時々ボソッと
ロシア語でデレる
隣のアーリャさん
Иногда Аля внезапно кокетничает по-русски
3
Я здесь.❤

「噛みついたんなら、歯ぁ食いしばれよ？」
「リセット、しとく？」
更科《さらしな》茅咲《ちさき》
現生徒会副会長にして、二年生の二大美女の一人。通称は〝学園の征母〟。恋人である統也の生徒会運営を、圧倒的武力で支える最強女子高生。割と脳筋なのが玉に瑕。
久世《くぜ》政近《まさちか》
選挙戦においてアリサのパートナーを務める、元中等部生徒会副会長。両親の離婚に伴って久世姓を名乗っているが、幼少期は周防家の神童として将来を嘱望されていた。

「悪だくみをはじめよっか」
宮《みや》前《まえ》乃《の》々《の》亜《あ》
アメリカ人の祖母譲りの金髪を持つ、
学園のスクールカーストトップに
君臨するギャル。性別問わず
多くの人々を惹きつける
学園の人気者だが、その本性は……

「邪魔……」

「——武器です」

目次

プロローグ　周防 …… 003

第1話　ラブコメにラブコメをぶつけた結果 …… 009

第2話　リセットは怖い …… 040

第3話　特に掃除はやりたくならないんだけどな？ …… 091

第4話　こ、これが文化の違いってやつか…… …… 118

第5話　いろんな意味で眩しかったです …… 159

第6話　いろんな意味で熱が上がりました …… 199

第7話　5Mだったみたいです …… 243

第8話　あいさつ …… 292

エピローグ　前を …… 334

あとがき …… 344

時々ボソッとロシア語でデレる隣のアーリャさん3

燦々SUN

角川スニーカー文庫

22931

Illustration：ゆゆり
Design Work：AFTERGLOW

Иногда Аля внезапно кокетничает по-русски

プロローグ　周防

世間一般でいわゆる高級住宅街と呼ばれる、大きな一軒家が立ち並ぶ区域の一画に、その屋敷はあった。

綺麗《きれい》に整えられた庭に、歴史を感じさせる佇《たたず》まいの洋館。周囲の家と比べても一際立派なこの屋敷こそ、数百年の歴史を持つ名家、周防《すおう》家の屋敷であった。

その一室では今、この屋敷に住まう家族三人が夕食を取っている最中だった。全体的に上品で落ち着いた雰囲気が漂う広間の長机。暖炉を背にした上座に座るのが、この屋敷の主《あるじ》。周防家現当主、周防巌清《げんせい》。

御年六十九になるその肉体は、しかし年齢による衰えを全く感じさせないほどに頑健で、ピシッと伸ばされた背筋も相まってまさに堂々たる佇まい。その顔に刻まれたしわも、彼に威厳を与えこそすれ弱々しさなど欠片《かけら》も感じさせない。さながら、厳しい風雨の中で年輪を刻んだ大木のような風格であった。

巌清の正面に並んで座るのは、彼の娘である周防優美《ゆみ》と、孫娘である周防有希《ゆき》。身長とスタイルに大きな差があることを除けば、非常によく似た母娘であった。有希がこのまま年を取れば、将来このようになるだろうと思われるほどそっくりな容姿。ただ、鼻も口も輪郭もそっくりな中、その目だけが違った。

有希と違い、母親の優美は垂れ目がちな目をしており、右目の下には泣きぼくろがある。その目とどこか陰のある表情が、父巌清と相反して気弱そうな印象を醸していた。

「……先日、学生議会があったようだな」

食事がある程度進んだところで、おもむろに巌清が口を開く。

「なんでも、参加者は政近《まさちか》と谷山《たにやま》重工の令嬢だったとか」

「はい。正確には、お兄様は九条《くじょう》さんの補佐役でしたけれど」

その程度のことは、今まさに自分の背後に控えている綾乃《あやの》から伝わっているだろうと思いつつ、有希は念のため訂正をする。しかしやはりと言うべきか、巌清はそのような些事《さじ》には全く興味がない様子で鼻を鳴らした。

「中等部で、お前と最後まで争った相手と言うからどれほどのものかと思えば……議会の途中で退席したらしいではないか」

「そうですね。何か事情があったのでしょう」

「フンッ！　どうあれ、結果として政近は生徒会長候補として箔《はく》を付けることになったわけだ」

不愉快そうにグラスを呷《あお》り、空になったグラスを机の上に置く。すかさず巌清の後ろに控えた綾乃の祖母が、空いたグラスにワインを注ぐ。それを待ってから、巌清は炯々《けいけい》たる眼差《まなざ》しを有希に向けた。

「よいか。相手が誰であれ、負けることは許さん。お前は、必ず征嶺学園《せいれいがくえん》生徒会長になるのだ」

「心得ておりますわ。おじい様」

「たしかに、お前は才においては政近には敵《かな》わぬ。だが、お前は才ある者の責務を知っている。その点、政近《あれ》はダメだ。誰より優れた才を持ち、恵まれた環境にありながら、それを放棄した」

苦々しい口調で吐き捨てるように言う巌清に、優美がそっと目を伏せる。

「よいか？　この世は不平等だ。富、家柄、容姿、そして才能。生まれつき持つ者と持たざる者にはっきりと分かれている。有希、お前はあらゆる面で、持つ者として生まれた。ならば、その分を世に還元せねばならぬ。それが持つ者の責務だ」

それは、有希たち兄妹が幼少期より刷り込まれた教え。周防巌清の絶対的な価値観であった。

「才ある者が、それを活かさず腐《くさ》らせることは罪であると知れ。才ある者は、それを世のために活かす責務がある。その責務を放棄したあ奴にお前が負けるなど、絶対にあってはならんことだ。分かるな、有希」

最愛の兄に対する厳しい言葉に、有希の心がざわつく。しかし、そんな内心を一切表に出さず、有希はおしとやかな笑みを浮かべたまま、

「はい、おじい様」

そう、静かに頷《うなず》くのだった。

◇

食事を終え、自分の部屋に戻ろうとしたところで珍しく母親に声を掛けられ、有希は意外感と共に振り返った。

「どうかなさいましたか？」

「……」

用件を尋ねるも、優美は斜め下辺りを見たまま、なかなか続きを口にしない。それでも辛抱強く待っていると、やがて優美はポツリと呟《つぶや》いた。

「政近さんとは……仲良くしているのかしら？」

「はい。もちろんです」

「……そう」

明るく笑って答える有希に、優美は視線を逸《そ》らしたまま頷く。

「えっと、お兄様がどうかされましたか？」

「？　お母様？」

「有希さん」

「いいえ、いいの。……この後は、中国語の授業だったわね？」

「はい。リモートで」

「そう……頑張りなさい」

「はい」

有希は綺麗に一礼すると、綾乃を伴って自室に向かう。その後ろ姿を、優美はじっと見つめていた。

「ふぅ……」

自室の扉を閉め、有希は小さく溜息《ためいき》を吐く。そして、前を向いたまま背後に控える綾乃に声を掛けた。

「……綾乃」

「はい、有希様」

「ちょっと、抱き枕になって」

「畏《かしこ》まりました」

知らない人が聞いたら耳を疑うような指示に、しかし綾乃は慣れた様子で頷くと、「失礼します」と言いながらベッドに横たわった。そこへ有希は無言でのしかかると、正面から抱き着き、綾乃の胸に顔を埋《うず》める。

そのまま、有希は綾乃を抱きかかえたまま右に左に寝返りを打ち、くりくりと綾乃の胸に頭を押し付ける。綾乃はその間、ひたすらされるがままになっていた。決して、有希の体に腕を回したり、その頭を撫《な》でたりはしない。それは、有希の主人としての矜持《きょうじ》を傷付けることになる。それが分かっているからこそ、綾乃は余計なことは言わずにただ抱き枕に徹するのだった。そして数分後、有希はガバッと勢いよく顔を上げると、ベッドの上で膝立《ひざだ》ちになり、フンスと鼻息を吐いた。

「よっし回復した!」

「もう、よろしいのですか?」

「うん、ありがと。いや〜やっぱりおっぱいって偉大だわ」

しみじみとそんなことを言いながらベッドを下りると、有希はパソコンに向かう。

「御髪《おぐし》を整えさせていただきますね」

「うん、お願〜い」

ベッドでごろごろしたせいで乱れた有希の髪を、ブラシで整える綾乃。その手つきはどこまでも優しく、その目には限りない慈しみが宿っていた。

「ほどほどでいいよ? どうせ肩から上しか映らないし。それより、飲み物をお願い」

「畏まりました。コーヒーでよろしいですか?」

「うん、今日は夜にブレハザとあのユメがあるし。特にブレハザは神回確定だからね〜。へっへ〜今夜は寝かさないぜ〜? お兄ちゃ〜ん」

深夜アニメとその後恒例の感想会を思い、楽しげな笑みを浮かべる有希。綾乃は、すっかりいつもの調子を取り戻した主に内心安堵《あんど》しつつ、音もなく部屋を後にするのだった。

第1話　ラブコメにラブコメをぶつけた結果

「よう久世《くぜ》！　先週の討論会すごかったな！」

「あの谷山《たにやま》さんに勝ったんだって？　驚いたよ……僕も塾がなかったら見に行ったんだけどなぁ」

討論会から明けて月曜日。教室に入った政近《まさちか》を迎えたのは、クラスメート達の好奇と称賛に満ちた声だった。

「もったいねぇよなぁ。絶対見るべきだったってマジで」

「いやぁ、マジで熱戦だったよ。あそこまで見どころある議会になるとは思わなかったわ正直」

どうやら政近が来る前から、クラスの話題はそれ一色だったらしい。事実、教室に辿《たど》り着くまでの間にも、討論会を実際に見た者が自慢げにその様子を語っている光景があちこちで見られた。先週の討論会は、それだけ話題性があったということだろう。

「最初の谷山さんの主張聞いた時点では、正直もう勝負あったと思ったんだけどなぁ～」

「そうそう、しかもその後の質疑応答でなんもしゃべんないからさぁ」

「ねえ、あれってどこまで作戦だったの？」

「ああ、まあとりあえず荷物くらい置かせてくれよ……」

興奮した様子で詰め寄って来るクラスメートを苦笑い気味に押しとどめながら、政近は自分の席に向かった。

（いや、そんなに気になるならもう一人の当事者に話を聞けよ……）

内心ツッコみながら見つめる先には、そのもう一人の当事者……と言うか、代表者たる九条《くじょう》アリサの姿。討論会の主役の一人であった彼女だが、しかしその周囲には誰もいなかった。いかに彼女が話し掛けづらい相手だと思われているかが、実によく分かる光景だ。

（まあ気持ちは分からんでもないけど……会長選に挑む以上、それじゃあ困るんだよなぁ）

選挙で生徒達の支持を獲得しなければいけないのに、クラスメートですらマトモにコミュニケーションが成立しないなんて論外だ。

なので、政近はこの話題に強制的にアリサを巻き込むことにした。

「おはよ、アーリャ」

「ええ、おはよう」

顔を上げてあいさつを返してきたアリサの手元には、いつものごとく教科書が広げられていて。教室中が自分達の話題で持ちきりの中、我関せずとばかりに授業の予習をしていたのが丸わかりだった。

（たぶん、他ならぬ自分の話に、どう反応したらいいのか分からなかったんだろうけど

……それじゃあクラスの連中も話し掛けられんだろ）

相変わらず人間関係で不器用なパートナーに内心苦笑しながら、政近は背後のクラスメート達を視線で示しながら言った。

「こいつらが、先週のお前の武勇伝を聞きたいってさ」

「え？」

戸惑った様子のアリサに構わず、政近は鞄《かばん》を置きながらクラスメートの方を振り返ると、アリサと同じように困惑した様子を見せる彼らに、シュタッと手を上げて言った。

「それじゃあ、詳しい話はアーリャに聞いてくれ。ガチャが……俺を待ってるんでな」

「「「おぉい！」」」

大真面目な顔でスチャッとスマホを取り出す政近に、クラスメートが半笑いでツッコむ。

それに構わず、政近はさっさとスマホに向き直ると、本当にゲームアプリを起動した。

「んじゃアーリャ。あとは頼んだ」

「え、ちょっと――」

政近を挟んで、困惑したアリサとクラスメート達が向かい合う。クラスメート達が、誰が口火を切るか視線で牽制《けんせい》し合う中、政近はこっそり前の席の光瑠《ひかる》に視線を送った。その視線に込められた意思を正確に汲《く》み取り、光瑠が少し困ったような笑みを浮かべながらアリサに声を掛ける。

「九条さん、討論会のあのスピーチって、九条さんが考えたの？　それとも政近との合作？」

「え？　ああ……あれは、一応私が考えたわ。久世君にも意見はもらったけど……」

「へぇ～そうなんだ。いやぁビックリしたよ。九条さんってスピーチも出来たんだね」

「あ、ありがとう……？」

光瑠が話し掛けたのを皮切りに、他のクラスメートも少しずつアリサに話し掛け始める。一度話が始まってしまえば好奇心が話し掛けづらさを上回ったのか、一気に話が広がった。

「質疑応答で何も質問しなかったのは作戦だったの？」

「そうね。そこに関しては、あらかじめ決めてたわね」

「じゃあ、久世が途中で乱入したのは？」

「あれは、私も予想外で……」

　慣れない様子ながらも頑張って受け答えするアリサに、政近はとうに回し終わっているガチャ画面を眺めながら、内心満足そうに頷く。アリサを中心にして、珍しく会話が弾む一年B組だったが……しかし、一人の男子生徒がそこに言及したことで、急に雰囲気が変わった。

「にしても、あれだよなぁ。谷山の奴、途中で逃げちゃってさぁ。な～んか拍子抜けだったよな～」

　恐らく、絶世の美少女であるアリサと珍しく会話が出来ていることにテンションが上がり、アリサのご機嫌取りをするつもりで言ったのだろう。たちまち数人の男子が同調し、あからさまな沙也加《さやか》下げ、アリサ上げの流れが生まれる。

「ホントそれな。自分から勝負挑んでおいて逃げるとか、だっさいよなぁ」

「あれはナイよね～敵前逃亡はマジでナイよ」

「質疑応答の時点で完全に九条さんの流れだったしな～。今まで負けなしだった分、案外打たれ弱かったんじゃね？」

察するに彼らの思惑としては、アリサの「まあね、口ほどにもない相手だったわ」といった感じの反応を期待していたのだろうが……実際に、それらを聞いたアリサの反応はと言うと。

「……」

無言で唇を引き結び、眉根《まゆね》を寄せるというものだった。予想と違ってどこか不満そうな反応に、周囲のクラスメートが戸惑う。不意に訪れた微妙に気まずい沈黙の中、アリサがおもむろに席を立った。

「久世君、ちょっと」

「ん？　おお」

指名を受けた政近は、スマホをポケットにしまいながら席を立つと、とっさに何かを思い付いた振りをする。

「あ、あ～そう言えば、生徒会の用事があったか。悪い、続きはまた後でな」

クラスメート達に向かってすかさずそうフォローを入れると、政近はアリサの後を付いて教室を出る。そうして無言で足早に歩くアリサの後を黙って追い、生徒会室に入ったところでようやく声を掛けた。

「で、どうした？」

政近の問い掛けに、しかしアリサは黙って眉根を寄せたまま。だが、政近はなんとなく、アリサが何に不満を抱いているのか理解できた。

「谷山がボロカスに言われてるのがそんなに嫌だったのか？」

「……だって、谷山さんは──」

「あいつは俺らに討論会を挑んで、途中で逃げ出した。クラスの奴らが言ってるのは何ひとつ間違ってない」

「でも、それは……！」

思わずといった様子で声を上げ、しかしそれ以上は言葉にならず、もどかしそうにグッと歯を食いしばる。

「ハァ……」

「……」

アリサの言葉にならない思いを、政近は正確に汲み取る。その上で、溜息を吐いた。あまりにも不器用過ぎる、と。

「……たしかに、俺達は谷山のあの行動に隠されたあいつの思いを知ってる。あいつが討論会の途中で講堂を飛び出した理由もな。だからこそ、『討論会を挑んで途中で逃げた』

っていう事実だけ切り取って、外野があれこれ言うのにモヤるお前の気持ちも分かる」

「……」

「でもな。はっきり言うが、このことに関して正々堂々戦った俺らに非はないし、谷山が何を言われようが俺らが気に病む必要もない。そうだろ？」

「……分かってるわよ。でも、実際は私達は勝ってない。あれは……無効試合みたいなものでしょ？」

それでも、納得できないのだろう。沙也加のあの行動の根本原因が、自分が政近とペアを組んだことにあると知っているがゆえに。認められないのだろう。不消化な形で転がり込んできた勝利を。強く高潔な矜持を持つがゆえに。

「それじゃあ、どうする？　仮に……そう、仮にだ。あれをなんとかして無効試合だったと周知して、谷山の名誉を回復したとして……そうしたら、俺達が勝ち取った討論会での勝利も無駄になるぞ？　敗者を持ち上げるってことは、相対的に勝者の格が下がるってことなんだからな」

「……」

「何より、谷山本人がそんなことを望んでいるかも分からない。勝者が敗者を憐《あわ》れみ、手を差し伸べるなんて、敗者の最後のプライドを踏みにじる行為だと言われても仕方ない。そもそも、敗北宣言をしたのは谷山のパートナーである宮前《みやまえ》なんだからな」

「……分かってるわよ」

淡々と説く政近に、しかしアリサは不満そうな表情を崩さない。理解は出来ても、納得は出来ないということだろう。

あくまで合理的に考えれば、この件に関して政近とアリサがすべき行動は〝知らない振り〟だ。乃々亜《ののあ》が出した降参宣言を粛々と受け取り、何食わぬ顔で勝者として振る舞うべきだ。政近はそう考えているし、アリサも恐らくそれが正しいと分かっている。

しかし、政近は苦悩するアリサを、「分からず屋」と怒るでもなく「気に入らないなら勝手にしろ」と突き放すでもなく、ただじっと見守っていた。

（ああ、綺麗《きれい》だな……眩《まぶ》しいな）

ただ選挙戦での勝利を目指すだけなら、アリサを説得すればいい。だが、政近にとっては……それ以上に大事なことがあった。それは、アリサの輝きを守ること。アリサが納得できる形で、アリサを生徒会長にすることだった。だから……

「ま、あくまで合理的に考えるならそうなるわけだが……そんなのはどうでもいい」

「え？」

「大事なのは、お前がどうしたいかだ。ほら、ムスッとした顔で飲み込もうとしてないで、全部吐き出しちまいな」

なんとか自分を納得させようとしていたところにおちょくるようにそう言われ、アリサはむっとした表情を浮かべた。

「どうしたいかって……それは、谷山さんを助けたいわよ。でも、それは――」

「ん、分かった。じゃあそうしようか」

「え？」

軽く肩を竦《すく》めてサラッと受け入れる政近に、アリサは意表を突かれた表情になる。

「……いいの？　あなたも言ったけど、これは谷山さんも望んでいない……私の自己満足よ？　それに、討論会でのあなたの努力も、無駄にしてしまうかもしれないのに……」

「いいさ。ここで変に引きずるより、綺麗に清算して気持ちよく終業式を迎えられた方がいい」

事も無げにそう言う政近に、アリサは申し訳なさそうに眉を下げる。

「……ごめんなさい。面倒なこと言って」

「気にすんな……言ったろ？〝支える〟って」

政近の言葉に、アリサは思い出した。あの日、政近が宣言した約束を。「俺が隣でお前を支える」という、あの言葉を。

「久世、君……」

少し照れくさそうに視線を逸《そ》らし、頭を掻《か》く政近を前に、アリサの胸の奥から何かが湧き上がってきた。それを確かめるように、アリサは胸の上でぎゅっと両手を握り合わせる。

抑え切れない感情が、瞳《ひとみ》に宿って政近に向けられる。そんな、強い熱の籠もった視線を向けられた政近は……ちょっと、それどころじゃなかった。

なぜなら、気付いてしまったから。照れくささから逸らした視線の先、生徒会室の奥の窓。そこに映る……会長机の向こう側。そこに潜む、二つの人影に。

（なんか、いる）

なんかと言うか、思いっ切り会長と副会長だった。学園一有名なラブラブカップル様だった。大柄な統也《とうや》と高身長な茅咲《ちさき》が、窮屈そうに机の下に体を押し込んでいた。当然のように二人の密着度はＭＡＸ。

（滅茶苦茶《めちゃくちゃ》ラブコメしてんじゃねぇか……）

自分の状況を棚に上げ、戦慄《せんりつ》と共にゴクリと唾を呑《の》む政近。

（これは……あれか？　二人っきりでラブコメってたところに誰かが来て慌てて隠れて、「あれ？　これ二人で隠れる必要なかったんじゃね？」↑〝今ココ〟ってやつか？　王道ならロッカーでやるところ、机の下でやるとは流石だな……！）

きっと、あそこでは今まさに「ちょっと、変なところ触らないでよ！」「痛って！　仕方ないだろ？　狭いんだから！」というやり取りが繰《く》り広げられているのだろう。

このまま順当に行けば、触れ合う吐息、汗ばむ体に高鳴る鼓動は誰にも止められず行くところまでイッちゃうことだろう。

（なるほど、メインイベントは向こうであったか。ふむ、ならばここは頃合いを見計らって知らん顔で出て行き、それとなく人払いをするのがデキる後輩。訓練された舞台装置としての振る舞いと言えるだろう）

オタク脳フル稼働でそう結論を導き出し、政近はアリサの方に向き直り……何やら乙女な表情をしているアリサに、思わずのけ反った。

（ん!?　あれ、これなんだこれ!?　こ、こっちでもラブコメイベントが!?　くっ、しまった。見誤った！　これは……単純な『二人で隠れて心も体もゼロ距離イベント』ではなく、『ラブコメの波動に中《あ》てられて気分盛り上がっちゃうイベント』も含んでいたのか!!　俺達は二人を密着させる舞台装置であると同時に、二人の気分を盛り上げる当て馬要員でもあったのか!!）

二次元方向に思考をぶっ飛ばす政近だったが、そうこうしている間にアリサがズイッと距離を詰めてくる。何やら熱の籠もった視線で。胸の前で両手まで組んで。

（あ、ダメだこれ。何がダメかっていろいろとダメだ。とにかくダメだ。こうなったら無《む》理矢理《りやり》にでも方向性変えるしかないぞうおぉぉぉぉ――――!?）

凄《すさ》まじい危機感に衝《つ》き動かされ、政近は禁断のジャンル変更に踏み切った。そう、ラブコメから……一気にシリアスに。

「で、いつまで隠れてるつもりですか？　会長、更科《さらしな》先輩」

政近が発した《オタクだったら一度は言ってみたいセリフランキング》上位常連のセリフに、アリサが「え？」という顔をするのと、会長机の下からゴンッ！　という音がするのは同時だった。

（あ、頭打った）

他人事のように思う政近の視線の先で、統也が気まずそうな表情で立ち上がった。その後すぐに、茅咲も視線を泳がせながらそろそろと立ち上がる。

「あぁ……すまん、ちょっと出るタイミングを逃してな」

「そうそう、ちょっと床に落としたものを二人で捜してたんだけど、な〜んか真面目な話が始まっちゃって出るに出られなくて……」

なかなかに苦しい言い訳をする茅咲だったが、政近はそこにツッコむ気はなかった。そして、アリサはそれどころじゃなかった。

「ん……じゃあまあ、ここはお互いに何も見なかったし聞かなかったということでどうですか？」

「あ、ああ。そうだな。そうしようか」

「じゃあそういうことで。行くぞ、アーリャ」

比較的冷静な者同士で素早く利害を一致させると、政近はアリサを連れて生徒会室を出る。扉を閉め、やれやれと溜息《ためいき》を吐いたところで……バチッと、アリサと目が合う。途端、アリサが激しく視線を泳がせて後ずさった。

「あ、その、私……」

動揺も露《あら》わにしどろもどろにしゃべると、アリサはもう耐えられないとばかりにくるりと踵《きびす》を返す。

「私！　少し、やることあるから……！」

そして、アリサにしては珍しく、駆け足でその場を去った。置き去りにされた政近はと言うと……廊下の天井を見上げながら、「ん〜」っと首をひねる。

「これ、扉に張り付いて聞き耳立てるべきかな……王道展開なら途中でバターンって扉が開いて『い、いつからそこに!?』ってなるところだけど、なんとなく更科先輩には気配でバレそうなんだよな……」

そうぶつぶつ呟きながら、肩越しに生徒会室の扉を振り返り、大真面目に考え込む政近、まさに、オタクの鑑《かがみ》であった。……ただの現実逃避とも言うが。

◇

「う〜っわ、見てこれ。ファイメルの新作めっちゃカワイイんだけど〜」

「あ、いいよねそれ〜あたしも欲しいわ〜。でも、今月キビシーからなぁ」

「ファイメル？　ああ、それなら俺のツテで手に入れられるかもしれないぜ？　ＳＮＳで宣伝してくれんならな」

「マ〜ジで？　さっすがぁ！」

「おいおい、お前らゆーてもフォロワー六千人くらいだろ？　その程度で宣伝になんのか？」

「ひっど！　フォロワー千人もいない人に言われたくないんですけど〜」

昼休み。結局、朝の一件以来アリサが〝話し掛けるなこっち見るなオーラ〟全開の会話拒否状態になってしまったので、政近は事態の解決に向けて一人で一年D組を訪ねた。の、だが……目的の人物を視界に収めたところで、否応《いやおう》なく立ち往生してしまっていた。名字の頭文字からして廊下側の席にいるだろうから、廊下側の窓からちょっと声を掛ければいいと考えていたのだが……目論見《もくろみ》が甘かったと言わざるを得ない。

（くっ！　なんてリア充力……！　ダメだ。これ以上……近付けねぇ……っ!!）

政近の視線の先にいるのは、つい先日討論会で戦った宮前乃々亜。その彼女を中心とした集団。乃々亜以外に男女二名ずつ計四名の学生がいるのだが、その全員が一目見て分かるスクールカースト上位陣だった。

元々の容姿がそれなりに整っているのに加えて、校則違反のラインに片足突っ込んだおしゃれな格好。そして、そんな格好をしていることになんの後ろめたさも感じてなさそうな、「生活指導が怖くておしゃれが出来るかぁ！」と言わんばかりの堂々とした態度。それらの外見的要素が、スクールカーストミドルゾーン以下を寄せ付けないキラキラしいオーラを放っていた。一方で、そんな彼らの中心にいる乃々亜はと言うと。

「ねぇねぇ、乃々亜ぁ。これどう思う～？」

「んん～？」

特に周囲の取り巻きの会話に加わることもなく、気だるそうに半分目を閉じた状態で、自分の席でスマホをいじっていた。

「これ、このファイメルの新作。い～感じじゃない？」

「あ〜それ？　ん〜この前の撮影で同じシリーズのやつ使ったけど、アタシはピンと来なかったかなぁ」

「え〜そうなの？　じゃあ、いっかなぁ」

「おいおい、いいのかよ」

「うん。まあ実物見た上で乃々亜がビミョーって言うんならねぇ」

「ねぇ、それよか乃々亜さぁ。今度の日曜、うちのホームパーティーに来てくれない？　うちの親戚《しんせき》の子が乃々亜のファンなんだって」

「ええ〜？　テスト前にぃ？」

取り巻き……うん、取り巻きだ。周囲に群がり、なんとか乃々亜の興味を惹《ひ》こうと話し掛ける男女。それらをスマホをいじりながらあしらう乃々亜。その様子はさながら、女王様とそのご機嫌取りをしようとする取り巻きにしか見えなかった。

「じゃあ、テス勉も兼ねてさ。ね、お願い！」

「え〜」

「む〜最近乃々亜冷たくな〜い？」

そう言って取り巻きの一人が唇を尖《とが》らせると、それまで興味なさそうにスマホをいじっていた乃々亜が唐突にスマホを置いて立ち上がり、にぱーっとした笑みを浮かべてその女生徒に抱き着いた。

「ウソウソ、じょ〜だんだって。パーティー？　全然参加する〜」

「マジ？　やったぁ！」

「マジマジ。って言うか……」

　そこで乃々亜は抱擁を解くと、おもむろに政近の方を振り向いて廊下側の窓から身を乗り出した。

「くぜっち、なんか用？」

「あ、お、おう。まあちょっとな」

「あ〜そ。ここじゃ話せない感じ？」

「そうだな。出来れば……」

「おっけ」

　特に理由を聞くこともなく頷《うなず》くと、乃々亜は周囲の取り巻きに声を掛ける。

「んじゃ、ちょっと行ってくるわ」

「あ、うん」

「あとで詳しい話しようね」

「おお」

「りょ〜かい」

　取り巻き達は様々な感情の乗った視線で政近を一瞥《いちべつ》すると、「乃々亜がいないならもういいや」といった様子で散っていく。

（本当に取り巻きなんだな……）

その様子を呆《あき》れとも感心ともつかない思いで見送っていると、教室から出て来た乃々亜が気だるげに髪をいじりながら声を掛けてきた。

「んじゃ、どこ行く？　どっか空き教室でも行く？」

「ああ、そうだな……って、今日はまた一段とスゴイ髪型だな」

改めて近くで乃々亜の髪型を見て、政近は頬を引き攣《つ》らせる。

乃々亜は、常日頃からその自前の金髪を気分でセットしているのだが、今日は何やらあちこちに大小様々な編み込みはされているわリボンは着けられているわでスゴイことになっていた。それでも、失敗した感が出てないのは流石といったところだったが。

「あぁ～これ？　しゅなちーとみあぴに任せてたらなんかこ～なってた。あ、そだ。せっかくだからSNSに写真上げとこ」

言うや否や、スマホを取り出して高く掲げると、慣れた様子で自撮りをする。一瞬にして映《ば》えるポーズと表情を作るテクニックと、一応校則で禁止されているスマホを廊下で堂々と使うその豪胆さに、政近は軽く感心すら覚えた。

「ん、いい感じ」

「あっそ……じゃ、こっち」

「了《りよ》～」

人気《ひとけ》のない空き教室に移動すると、乃々亜は相も変わらずやる気のなさそうな半眼のまま腕を組み、壁にもたれかかる。

「んで？　告白ならまあいいけど……そういうわけじゃないんでしょ？」

「ああ……って、告白ならいいのかよ」

聞き捨てならない発言に政近が思わず問い返すと、乃々亜は指で髪をくるくると巻きながら小首を傾げる。

「ん～今フリーだし？　まあくぜっちのことは嫌いじゃないし」

「いやいや、嫌いじゃない奴じゃなくて、ちゃんと好きな奴と付き合えよ」

「そんなこと言ったら、アタシ今まで好きな相手と付き合ったことなんて一度もないし」

「なんか問題発言来たなおい」

「仕方ないじゃん？　恋愛感情ってのがよく分かんないんだし？」

事も無げにそう言い、肩を竦《すく》める乃々亜に、政近は微妙な気持ちで眉《まゆ》を下げる。

「……お前の恋愛観に口出しするつもりはないが、自分を安売りするようなことはしない方がいいと思うぞ？」

政近の言葉に、それまで半眼だった乃々亜が目を見開き、どこか嬉《うれ》しそうな笑みを浮かべた。

「あっは、それさやっちにも言われた。まあ向こうはビンタ付きだったけど」

「……マジで？　谷山って親友にビンタとかするんだ？」

「あぁ……まあ、あれはね～うんまあ」

笑みをへらへらとした半笑いに変え、ぐるーっと視線を動かす乃々亜に、政近は特に答えを期待することもなく溜息交じりに呟く。

「何やらかしたんだか……」

「あぁ～ね？　まあ、その時の彼氏と？　教室で思いっ切りチューしてるとこ見られた？　みたいな？　なんだったら軽くBまで行ってた？　みたいな」

「おまっ、マジかよ……」

「あっはぁ……流石に引いた？」

二重の意味で予想していなかった答えが返ってきて、目を見開く政近。片眉を上げ、自嘲《じちょう》気味な笑みを浮かべる乃々亜に、政近はゴクリと唾を呑《の》み込んでから震える声で言う。

「完っ全に、百合《ゆり》漫画の出会いのシーンじゃねぇか……!!」

「……くぜっちのそういうとこ、アタシけっこー好きだよ」

「第一話の見開きカラーページだよなそれ。お堅い委員長は、教室で男と絡んでいるギャルを見て軽蔑《けいべつ》の表情を浮かべるんだけど、なぜか目が逸らせなくて……」

「お～い、戻ってこ～い」

「あ、ああ……んんっ」

咳払《せきばら》いをする政近に、乃々亜は軽く溜息《ためいき》を吐くと、髪をいじりながらテキトー感あふれる感じで言った。

「ま、付き合うってのはじょ～だん。……さやっちに言われてからは、男遊び控えてるし」

「男遊びって言っちゃうのかよ……お前、まだ高一だろ？」

「まま、それはそれとして……んで？　何の用？」

気だるげな態度でツイっと目を向けられ、政近は表情を改める。

「ん……まあ、なんだ。谷山のことでちょっとな……」

「ああ、なんか今日さやっち休んでんね。あの子、引きずる時は引きずるからな～……っと、それが？」

「……先週の討論会で、谷山が自分から勝負挑んどいて途中で逃げたとか、いろいろ言われてるだろ？　それを少し抑えられないかって話だ」

「……は～ん？　……くぜっちって、そういうの気にするっけ？」

首を傾げる乃々亜に、政近は肩を竦めて答える。

「俺の相方が気にしてるんだよ……」

「ああ……な～る」

得心がいった風に頷くと、乃々亜は呆れと感心が入り交じった様子で天井を見上げる。

「それはまあ……お優しいことで」

「優しいって言うか……真面目なんだよな、いろいろと」

「だとしても、優しいは優しいでしょうよ」

そう言って微《かす》かに笑ってから、乃々亜はどこか露悪的な笑みを浮かべる。

「それで？　なんでアタシにその話を持って来たの？　いちおーアタシはあんた達の敵なんだけど？」

「くぜっちなら気付いてるっしょ？　アタシがサクラ仕込んで聴衆を扇動したこと」

「もちろん気付いてるさ。A組の昆田《こんだ》、C組の長野《ながの》、D組の佐藤《さとう》と国枝《くにえだ》に、F組の金城《きんじょう》だろ？」

政近の言葉に乃々亜は目を見開くと、口の端を引き攣らせる。

「……マ～ジで？　あの暗～い講堂で、ステージ上からアタシが仕込んだサクラを見抜いたの？」

「確証は七割って感じだったけどな。今のお前の反応で確定した」

「あぁ～カマかけかぁ……こいつはやられたね～……万が一負けた場合に備えて、次善の策は用意しといたってワケね」

口元にニヤリとした笑みを浮かべ、上目遣いに顔を覗《のぞ》き込んでくる乃々亜に、政近はただ肩を竦める。だが、黙秘を選ぶ政近に構わず、乃々亜は自分の推測を語った。

「まあ、何年か前に選挙戦で脅迫や買収が行われたとかで、今は教師陣がそこら辺敏感になってるらしいしね～。サクラ仕込んで討論会の結果を左右したって噂が実名付きで流れれば、議題が生徒会の運営に関わる内容なだけに教師も無視できない……ことが大きくなればなるほど、アタシらの評判は落ちて逆にあんた達の評判は持ち直す。更には不正の疑いがある議題が学園で採用されることもない、と。いやぁ、エグイこと考えるね～」

「……別に、討論会で負けたからって、選挙に出馬しちゃいけないってわけじゃないしな。

お前らの評判を地に落とすことになるから、出来ればやりたくはない方法だったが」

「でも、いざとなったらやったんでしょ～？　いやぁ怖い怖い。勝たなくてよかったよホント」

怖い怖いと言いながらも、全く怖がっている様子もない乃々亜に、政近は冷めた目を向ける。

「俺からしたらお前の方が怖いわ。友人にサクラさせるとか……友達全員失いかねないことをよくやるよ」

「ん～？　まあ、アタシは来るもの拒まず去るもの追わずだし～？　ぶっちゃけさやっち以外のトモダチに執着ないし。いなくなっても別に困らない？　みたいな？」

実にあっけらかんとした調子で、およそスクールカースト最上位に君臨する人気者とは思えない発言をする乃々亜。しかし、政近は特に驚いた様子もなく静かに問い掛けた。

「ひとつ、気になるんだが」

「んん～？」

「谷山以外には執着がないってことは……逆を言えば、谷山にだけは執着してるんだよな？　なんでだ？　ああいう激しい一面を内に秘めたタイプって、お前にとっては一番理解できない人種だろ？」

「ああ、それは逆逆。理解できないからこそ興味深いし、一緒にいたいと思うんじゃん」

「そういうもんか？」

中途半端に首を傾げる政近に、乃々亜は不意にぐっと顔を近付けると、どこか怪しい笑みを浮かべて言った。

「くぜっちにだって分かるでしょ～？　自分にない輝きを持つ人間に憧《あこが》れる気持ち」

そこだけ欠片《かけら》も笑っていない、全てを見透かすような乃々亜の瞳《ひとみ》に、政近は言葉に詰まる。そんな政近を見て含み笑いを漏らすと、乃々亜は体を離して「さて！」と声のトーンを上げた。

「くぜっちがいい反応を見せてくれたところで……真っ直ぐで眩《まぶ》しいパートナーに憧れるひねくれ者同士、悪だくみを始めようか？」

「別に、悪だくみってほどのもんでもないんだけどな……」

少し苦笑いを浮かべてから、政近は真面目な表情をして言う。

「簡単な話だよ。谷山が討論会の最中に逃げたことに関して、もっともらしい理由を付けて噂として流したい」

「……あれは敵前逃亡《とーぼー》じゃなかったってことにするってこと？　いいの？　したらくぜっち達の勝ちが曖昧《あいまい》になるけど？」

片眉を上げて疑問を呈する乃々亜に、政近は肩を竦めて頷《うなず》く。

「承知の上だよ。まあ理由なんてなんでもいいが……それこそ、あのタイミングで親が倒れたって連絡が来たとか？　……ちなみになんだけど、あの後ってお前らどうしたんだ？もし喫茶店で慰労会やってたとかだと、さっきの手は使えないが」

「あぁ～あの後？　さやっちが泣き止《や》むまで待ってから……人目につかないよう、しばらく待ってからこそこそっと帰った感じ？　でもまあ、目撃者ゼロってわけにはいかないし、急な用事でどっか行ったって理由はキビシーかな～」

「そう、か……」

では、どうするか。腕を組んで考え込む政近だったが、不意に乃々亜がめんどくさそうに言った。

「んん～ま、そこはアタシがなんとかしとくわ」

「え、いいのか？」

「元々アタシのパートナーのことだし～？　アタシの方で解決するのが筋ってもんでしょ。噂流すのは得意だし」

そう言うと、話はこれまでと言わんばかりにくるりと背を向けてしまう。

「んじゃ、そういうことで。おつ～」

「お、おお」

そして、そのままさっさと教室を出て行ってしまった。思わぬ急展開に、取り残された政近は何やら手持ち無沙汰な気分になり、頭をガリガリと掻《か》く。

（あぁ～これ、あれだ。漫画とかなら、『〇〇、いるか』『ハッ、こちらに』とか言って影の者を呼び出して、『奴を追え。悟られぬよう慎重にな』とか命じるやつだ）

空き教室で対立候補相手に二人っきりで話し合うという今の状況と、今朝の誰もいないと思っていた生徒会室に人がいたという状況を思い、オタク脳を捗《はかど》らせる政近。そんな自分に苦笑し、戯れに影の者と呼べなくもない幼馴染《おさななじ》みの名を呼んでみる。

「綾乃《あやの》」

そして、すぐに「俺は何をやってるんだ」と恥ずかしくなって、そそくさと教室を出ようと――

「はい、政近様」

「うォえぃ⁉」

……して、背後から聞こえた声に、政近は比喩ではなく跳び上がった。

ガバッと振り返り、そこに本当に綾乃の姿を認め、目を引ん剝《む》く。

「なんでいるのぉ⁉」

「？　政近様がお呼びのようでしたので」

小首を傾げながら、さも当然のように宣《のたま》う綾乃。その言葉に政近の混乱は頂点に達した。

(呼んだから⁉　え、なに？　召喚的な？　呼んだら転移してくんの？　それともくのいちお得意の分身の術か？　常に一体分身が張り付いてるのか⁉)

混乱のあまり、オタク脳を暴走させる政近。そこへ、背後から新たな声が掛かる。

「おいおい、オレのことはお忘れかい？　ブラザー」

振り返れば、そこにはハードボイルドな笑みを浮かべながら、腕を組んで壁に寄り掛かる有希《ゆき》の姿。

「いや、マジでなんでいるんだよお前ら!!」

「フフッ、なぁに。貴様が敵である乃々亜嬢と接触を図っているのを確認したのでな……先回りして、教卓の裏に潜んでいたのだよ」

片目だけ大きく見開き、実に悪役っぽい不敵な笑みを浮かべながら近付いてくる有希。それに対して、政近は内心「また机の下かよ」と思いながら、ジト目で問い掛ける。

「で、ホントのところは？」

「空き教室で密談ごっこしてたら、まさかのガチ密談が始まったでござる」

「マジで何やっとんねんお前ら」

〝密談ごっこ〟という謎のパワーワードに政近が更にジト目になったところで、教室の扉がガラガラと音を立てて開いた。

「久世君？　いるの？」

叫び声を聞きつけたのだろう。遠慮がちにひょこっと顔を覗《のぞ》かせたアリサが……中にいる三人を見て、ストンと無表情になった。

「……ふぅん」

「アーリャさん？　何か誤解していらっしゃいやしませんかね？」

「何が？　幼馴染み三人、別に一緒に遊んでてもおかしくないじゃない」

「の、割には顔が怖いんですが？」

「気のせいよ。それじゃあごゆっくり」

ピシャリと言い切り、アリサはそのまま扉を閉める。しかし、扉が閉まり切る直前、アリサはちょっとだけ拗《す》ねた表情で呟《つぶや》いた。

【何よ、仲間外れにして】

そして、その表情はすぐさま扉の向こうに隠された。

「……」

何もやましいことはないのに、なぜか悪いことをしてしまった気分で立ち尽くす政近。

そこに、有希がチンピラの下っ端のような口調で話し掛ける。

「アニキぃ……ありゃあ、あれですぜ。『討論会でお世話になった久世君のためにお弁当作ってきたんだけど、どこにいるのかしら？』って校舎中捜し回った挙句のあれですぜ」

「勝手な裏話捏造《ねつぞう》すんな！　別にアーリャ弁当箱とか持ってなかったし！」

「そりゃ、中庭かどっかに、ビニールシートと一緒にセッティングされてるんでしょうよ」

「ヤメロォ！」

悲鳴のように叫ぶ政近の肩にポンと手を置き、有希はうざったい笑みでサムズアップした。

「どうだ？　罪悪感すげぇだろ」

「お陰様でな！」

たちまちコントのようなやり取りを始める兄妹を、一歩引いたところで見守る綾乃。

その顔は無表情ながら、今にも手を合わせ出しそうな尊いものを見る目をしていた。しかし、それでいてあくまで空気に徹するその姿には、決して余計なことをして二人の邪魔をしてはならないという鋼の意志も感じられ……図らずも、推しカプを見守るガチオタのような感じになっている綾乃であった。

◇

乃々亜は、自分が世間一般で〝サイコパス〟と呼ばれる人種であることを自覚していた。

幼少期から感情の起伏が薄く、生まれてこの方泣き叫ぶような悲しみや猛《たけ》り狂うような怒り、踊り出すような喜びといったものを感じたことがない。快不快を感じることはあれど、それは所詮《しょせん》表に出す前に自分の意思で制御できる程度のもの。

そんな乃々亜にとって、幼馴染みの沙也加は昔から心底理解できない存在だった。普段は聞き分けがいいくせに、ふとした拍子に突然癇癪《かんしゃく》を起こす珍獣。全く理解は出来なかったが、しかし特に付き合う上で問題はなかった。

乃々亜には人の感情がよく分からない。共感も出来ない。だが、だからこそと言うべきか、自分の行動と相手の反応を冷静に客観的に分析し、相手が望む自分を演じることが出来た。どういう言葉を投げ掛け、どういう表情でどういう行動を取ればこの珍獣の癇癪を抑え込むことが出来るのか。分かってしまえば、沙也加は乃々亜にとって非常に御しやすい存在だった。親にも仲良くするよう言われている相手だ。適当に上手《うま》いこと付き合っておこう。……そう、思っていた。あの日までは。

「自分を安売りするんじゃないわよ！　もっと自分を大事にしなさい‼」

誰かに本気で怒られたのも、ビンタをされたのも。それが初めてのことだった。

小さい頃から要領よくいい子を演じていた自分には、その苛烈な視線と言葉が、頬に走った鮮烈な熱感が、あまりにも斬新《ざんしん》で。今までどんな男と触れ合っても鼓動を乱さなかった心臓が、ドクドクと激しく脈打つのを感じた。

「百合《ゆり》漫画の出会い方、ねぇ～……案外当たらずとも遠からず？」

教室へと戻りながら、政近との会話を思い出して独り言《ご》つ乃々亜。うっすらと含み笑いを浮かべながら、つらつらと沙也加の名誉を回復する方法を考える……と言っても、実は政近と話し合った段階で答えは既に出ていた。答えを出した上で、あそこで言ったら政近に止められるだろうと予測できたから、さっさと話し合いを切り上げたのだ。

（にしても……アタシが仕込んだサクラって、四人だったはずなんだけどな？）

政近が言っていた五人の名前を思い出し、乃々亜は小首を傾げる。

（F組の金城、だっけ？　アタシの仕込みじゃないってことは、純粋な九条さんアンチかな～？）

んん～っと首を傾げ、教室が近付いてきたので考えを切り上げる。

（ま、九条さんとくぜっちには今回迷惑掛けちゃったし、お詫《わ》びの意味を込めてそのきんじょー君とやらはこっちで対処しときますかね～）

そう決め、乃々亜は教室の扉を開けて自分の席に戻る。

「あぁ～乃々亜やっと帰って来たぁ」

「待ってたよ～。B組の久世は何の話だったの？」

「あ～さやっちのことでちょっとね～。さやっち今日休んでるから、どうしてなのか気になったんだって」

すぐさま寄って来る友人たちにそう答えると、友人たちは不思議そうな顔をする。

「谷山？　今日休んでんの？」

「やっぱ討論会で負けたから～？　まだ引きずっちゃってるとか？」

「あ～違う違う。原因アタシだから。ってか、さやっちが討論会放棄したのもアタシが原因だし？」

「え、え？　何それ？」

「マジで？　それ聞いてない！」

好奇心に目を輝かせる友人たちに、乃々亜は……

「あぁ～実は討論会の最中に、アタシが観客にサクラ仕込んだことがさやっちにバレた？みたいな？　そんでさやっち、『そんな汚い手を使ってまで勝ちたくない！』ってガチギレ？　仲間割れで試合放棄～みたいな」

なんということもなさそうな態度で、そんなことを言うのだった。

第2話　リセットは怖い

「だから、有希《ゆき》や綾乃《あやの》とは本当にたまたま鉢合わせてな？」

「ふぅん」

「全然信じてないな……」

「別に？　無理に誤魔化《ごまか》さなくてもいいわよ？　幼馴染み同士、仲が良くて結構じゃない」

　結構と言いながらも、棘《とげ》のある口調を隠そうともしないアリサ。不機嫌そうな雰囲気をまとう彼女に、朝方は割と気安く話し掛けていたクラスメート達も、今は見て見ぬ振りを決め込んでいた。

（まあ、パートナーが対立候補とこそこそ空き教室で会ってたら、そりゃ面白くないだろうけどさ……しかも、有希は一応アーリャにとって同性の友人だし？）

　アリサの不機嫌の原因はそこにあると決めつけ、理解を示す政近《まさちか》。そう、アリサのこれは別に恋愛的なやきもちとかではない。気になる男子が別の女子と会っていたことで、機嫌を損ねていたりするわけではない。ないったらないのだ。

（ハァ……このままじゃ、またクラスで孤立しそうだな、こいつ……）

内心溜息《ためいき》を吐き、政近はこれ以上この話題を引っ張らずに、別の話に切り替えることにする。

「ああ～それはそれとして、アーリャ。よかったら今日の放課後、一緒に試験勉強しないか？」

政近の発言に、アリサは分かりやすく目を見開いた。

試験勉強。そんな単語が政近の口から飛び出したことが信じられないと言わんばかりの、実に懐疑的な表情で一言。

「……なんの冗談？」

「シンプルに失礼だなおい」

アリサの正直過ぎる返答に政近は苦笑しつつ、「まあそういう反応にもなるわなぁ」と肩を竦《すく》めた。

「……ま、俺も谷山《たにやま》とのことで少し思うところがあったってことだ」

その言葉に、アリサも先週のことを思い出して口を噤《つぐ》む。

先週末の金曜日に行われた討論会。

その後で、アリサと政近は沙也加《さやか》の思いを知り、会長選に挑む決意を新たにしたのだ。

（そう……久世《くぜ》君も、ようやく本気になったのね）

パートナーがやる気を出してくれたのを嬉《うれ》しく感じる一方で、そのきっかけが自分ではなかったことに少し複雑な感情を抱くアリサ。しかし、そんな自分の内面は表に出さずに、

「まあ、いいわよ」と頷《うなず》く。

「あぁ～……いや、もし一人じゃないと集中できないとかだったら、別に無理にとは言わないぞ？」

そんなアリサの素っ気ない反応をどう思ったのか、政近が遠慮気味に言う。それに対して、アリサはむっと眉根《まゆね》を寄せた。

「別に、嫌とは言ってないじゃない。付き合うわよ……パートナー、なんだから」

「おお……じゃあ、そうだな。場所は生徒会室でいいか？」

「ええ」

政近の提案に頷き、アリサはやれやれとばかりに髪を払った。

(ふふん、まあ久世君の勉強を見てあげるのも私の役目よね。まったく、世話の焼けるパートナーだわ)

どこかしたり顔でほくそ笑むアリサに、政近もまた、

(少し機嫌がよくなった、か……？)

そう、内心ほっと胸を撫《な》で下ろすのだった。

◇

そして放課後、政近がアリサを伴って生徒会室にやって来た。この時期教室や図書室に

は生徒がたくさんいるが、ここなら基本的に生徒会関係者しか来ないので、ゆっくり勉強が出来る。そう思っての選択だった。

「それじゃ、あ……？」

いつもの席に腰を下ろした直後、アリサもまた当然のように隣の席に腰を下ろしてきて、政近は固まる。

（……いや、普通こういうのって向かい合わせに座るもんでは？）

しかも、距離が近い。他の人が見たら「もっと机を広く使えばいいのに」とツッコまれそうな距離だった。

「……なに？」

「……いや、別に」

しかし、政近自身にそこをツッコむ勇気はなく。政近は、アリサのじろりとした視線にスイッと顔を前に向けた。

（ま、まあ、誰かに見られなければそれでいいだろ。会長と更科《さらしな》先輩は、恋人同士それこそ他の人が来ないところで一緒に勉強だろうし、マーシャさんは来てもスルーしてくれそうだし、唯一ツッコんできそうな有希はそもそも家で綾乃と勉強できるんだからここには来な——）

「あら？　申し訳ございません。ノックもせず……お二人とも、いらっしゃったのですね」

（妹ぉぉぉぉ————‼）

心の中で立てたフラグを食い気味に回収され、政近は内心絶叫する。

そろーっとそちらを窺《うかが》えば、そこには有希と綾乃の姿。一見申し訳なさそうな表情を取り繕っている有希だったが、しかし政近には、その目の奥が意地悪く笑っているのがはっきりと分かった。

『二人っきりになれるとでも思ったか？　させねーよ？』

『お前……何しに来たんだよ』

『それはもちろん……』

『もちろん？』

『生徒会室で行われるムフフな保健体育の勉強会を阻止しに来たのさ！』

『やらねーよ！』

目では激しくバチりながらも、有希は表面上はおしとやかな態度を保ったまま、小首を傾げる。

「お二人も試験勉強ですか？　よろしければ、わたくし達もご一緒させていただいても？」

有希の思惑はどうあれ、お嬢様モードでそう言われてしまえば、政近には断る理由はない。目で軽く非難するにとどめ、了承す――

【やだ】

（うぐふっ！）

背後から聞こえてきた若干拗《す》ねたようなロシア語に、政近はリアルに吹き出しそうにな

るのを必死に堪《こら》える。

「……アーリャ？　有希がそう言ってるけど、どうだ？」

内心ガクッと崩れ落ちながらもなんとか表情を抑えて隣を振り向くと、アリサもまた素知らぬ顔で肩を竦めた。

「いいんじゃないかしら。断る理由もないわ」

「……そうか」

ロシア語はともかくとして、日本語では了承を得られたので、政近は再び有希の方を振り向き──

【二人がいい】

（ふぐぅ！）

どこか甘えるような響きを帯びたロシア語に、政近はもう内心足腰が立たなくなっていた。生まれたての子鹿のようになっていた。

（このっ、このっ！　可愛いこと言うんじゃねぇ！　可愛いこと言うんじゃねぇ!!　萌《も》えるだろうがぁ────!!）

内心四《よ》つん這《ば》い状態で地面にガンガンと額を打ち付けながら、政近は悶絶《もんぜつ》する。激しく隣を振り向きたいが、頬が引き攣っていない自信がないので振り向けない。

表情筋の制御に全身全霊を傾けつつ、有希をじっと睨《にら》むしかない。

（くっそ、どうする？　でも、ここで断るわけにも……ここで断ったら、まるで俺がアーリャと二人っきりになりたいみたいじゃねぇか！　って言うか有希ぃ！　お前『では、アーリャさんの同意も得られたことですし〜』とか言いながら、さっさと席に座ればいいだろうが！　そんなに俺の口から同意を引き出したいか!!）

空気を読んだ上であえて無視している妹に、政近は非難の視線を強める。しかし、有希はアルカイックスマイルを浮かべたまま、窺うように小首を傾げるばかり。綾乃は空気。

（ふーっ、落ち着け。クールになれ。まず、アーリャは……どこまで本心かはさておき、有希と綾乃の参加には否定的。俺も、正直このまま素直に参加を認めるのはかなり癪《しゃく》だ……そうだ、冗談めかして『敵とは慣れ合わないぜ』みたいなノリでやんわりと拒否れば——）

「そうそう、会長や更科先輩から、過去数年分の過去問をお借りして来たんです。よかったら——」

「歓迎するぜ、二人とも」

試験対策の虎の巻を前に、あっさりと手のひら返しをする政近。その背中に、アリサのロシア語の【バカ】が突き刺さった。

◇

十分後、四人になった勉強会は、各々の内心はどうあれ順調に進んでいた。

黙々と物理の問題集を解くアリサ。その正面の席で世界史の過去問を解く有希。その隣で、数学の問題集を解く綾乃。三人がそれぞれにペンを走らせる中、政近はと言うと……

「……」

筆記用具を机に出すことすらなく、黙々と数学の問題集の解答解説集を読んでいた。

「……ねぇ、久世君」

「ん？」

「さっきっから延々解答解説を読んでるだけだけど……そんなので本当に試験勉強になってるの？」

自分で解く前に解答解説を見てしまっては、分かった気になるだけで身に付かない……というのが一般論であり、アリサもそれには賛成だった。

だからこそ、全く自分で問題を解く様子がない政近に、アリサは懐疑的な視線を向けたのだが……政近は特に気にした様子もなく肩を竦める。

「分からない問題をいくら考えても時間の無駄だろ？　その時間があるなら解き方を全部頭に入れた方が早い」

「あのね……それじゃあ応用が利かないでしょう？　テストで全く同じ問題が出るわけじゃないんだし、自分で解くのに慣れていないと本番の試験で時間が足りなくなるわよ？」

もっともな正論で政近を諭すアリサだったが、そこへ有希が少し困ったような微苦笑を浮かべて割り込んで来た。

「ふふ、大丈夫ですよ？　アーリャさん。政近君はいつもこんな感じですから。ねぇ、綾乃？」

「そうですね。政近様の勉強方法はいつもこうです」

対面に座る政近の幼馴染み《おさななじ》二人の言葉に、アリサは少し眉根を寄せて振り向く。

「……いつも？」

「ええ。いつも教科書や解答集を読むだけです。それでもちゃんと点数が取れてしまうんですから凄《すご》いですよね」

若干呆《あき》れの混じった苦笑いを浮かべる有希。しかし、アリサは納得がいかなかったようで、机の端に積まれている過去問（生徒会に代々蓄積されているもの）の中から四年前の数学の試験を引っ張り出すと、政近の前に突き出した。

「なら、この問六を解いてみなさい。制限時間は……そうね、二十分で。これが解けたら私ももう何も言わないわ」

数学の試験は大問が一から六まであり、制限時間は百二十分。単純計算ひとつの大問につき二十分掛けられる計算だが、問一や問二が割と基本的な問題が並んでいるのに対して、問五や問六は問題集にも載っていないような応用問題が出される。これを二十分で解けというのは、なかなかに厳しいハードルだった。

案の定、政近も「えぇ～」という顔をしながら渋々といった様子で試験用紙を受け取る。

「うん……まあ、これなら……」

「いいわね？　それじゃあ、スタート」

「ちょっ、待っ、まだ書くものが――」

慌てて筆記用具やノートを取り出し、問題を解き始める政近。

それからきっかり二十分後、アリサの「終了」という掛け声にペンを置くと、政近はアリサにノートを差し出した。

思ったよりもしっかりと計算式が書き込まれているノートに一瞬眉《まゆ》を動かしたアリサだったが、「まあ、大事なのはちゃんと答えが合ってるかどうかよね」と気を取り直して解説と照らし合わせ始め……その顔が徐々に険しくなっていく。

その表情の変化を見て、途端に政近がニヤニヤとした笑みを浮かべ始める。

「ん？　どうなんだい？　合ってるのかい？」

「……合ってるわ」

「オッシャ見たかぁ！　ホォレェ～イ！」

ここぞとばかりに調子に乗る政近に、アリサはイラッとした様子でノートを突っ返した。

「……まあ、解けるならいいわ」

「ふふっ、気持ちは分かりますけれど……気にしても無駄ですよ？　政近君とわたくし達とでは、地頭の良さが違うようですから」

「……むしろ、それだけ頭がいいならなんでいつも赤点ギリギリなのかが気になるのだけど」

「ん？　それは簡単な話だ。勉強しないからさ！」

「得意げに言えることじゃないでしょう」

堂々と言い切る政近に、アリサのジト目が突き刺さる。

「政近君は、普段本当に一夜漬けとかですもんね」

苦笑を深めながらそう言う有希に、政近はフッとニヒルな笑みを浮かべて言った。

「甘いな、有希……最近の俺は……朝漬けだ」

「本当にバカじゃないの？」

「流石にそれはどうなんです？」

「それでも赤点は回避できてた。えらいでしょ」

「全然褒められないわよ……というか、もしかして勉強会を企画したのって……？」

アリサの視線に、政近はさも当然のように頷《うなず》く。

「もちろん、俺がサボらないよう見張っててもらうためだが？　一人で勉強してたら絶対サボっちゃう」

「……自分のことがよく分かっているようで何よりね」

「それでも、胸を張って言うことではないですけどね？」

アリサと有希にジト目と苦笑を向けられ、政近はおどけた調子で首を縮める。そして、二人から視線を逸らす意味も込めて前を見ると、綾乃が数学の問題集を前に小首を傾げていた。

「どうした？　綾乃。どこか分からないところがあるのか？」

「あ、いえ……はい。少し……」

「どこ？」

「いえ、政近様のお手を煩わせるほどのことでは」

無表情ながらはっきりと辞退する綾乃に、政近は苦笑を浮かべてその隣の席に移動する。

「気にすんな。それで、どこが分からないんだ？」

「え、っと……」

「心配しないでも、別にバカにしたりしないって」

「いえ、そこはむしろ『なんでこんな問題も分からないんだこの無能』と、容赦なくおっしゃっていただきたいのですが」

「おっしゃらねーよ？」

「そう、ですか……」

「え？　なんでちょっと残念そう？」

表情はそのままにスッと瞳《ひとみ》を伏せる綾乃に、政近が若干引き気味にツッコむ。その様子を、アリサは不可解そうな顔で見ていた。

「ねぇ……あなた達って、ただの幼馴染み、なのよね？」

「え？　ああ、そうだけど？　なんで？」

「なんでって……なんだか、幼馴染みって言う割には距離感がちょっと……有希さんと君《きみ》嶋《しま》さんみたいな、主従関係って感じがするから」

鋭い……！

予想外の鋭い指摘に、政近は一瞬息を呑み、どう誤魔化《ごまか》すか高速で思考を巡らせ始める。が、政近が何かを言う前に、アリサがどこか切迫した表情で言った。

「もしかして……久世君と、有希さんは……」

「っ！」

突然有希との関係性に言及され、政近の心臓が跳ねる。だが、続いてアリサが口にしたのは、全く予想外な単語だった。

「い、許嫁《いいなずけ》、とか……？」

「え？」

「桜田門外の変？」

「政近君、それは井伊直弼《いいなおすけ》です」

「さっすが有希、イェーイ」

完璧《かんぺき》なボケツッコミに、政近と有希は綾乃越しにパンと手を打ち合わせる。

息の合ったやり取りに、とっさに反応できなかったアリサは一瞬ポカンとした後、むっと唇を尖《とが》らせる。

「ちょっと……人が真面目に訊《き》いてるのに、はぐらかさないでよ」

「いや、すまん。でも、お前があまりにも面白いこと言うもんだから」

「面白いって……これでも、真面目に考えたのだけど？」

「おいおい、冷静に考えろよ。名家の周防《すおう》家のご令嬢である有希と、フッツーの中流家庭の息子の俺。どんな間違いが起きたら許嫁なんて関係になるんだ？」

「それは……親同士が、仲が良かったとか？」

「ラブコメ漫画じゃねーんだからよ……いくら親同士が仲良くたって、『じゃあお互いの子供を結婚させるか』なんて発想にはそうそうならんだろ」

「……まさかあなたに、そんなツッコミをされるとは思わなかったわ」

普段オタク的発言をしている政近から、逆にオタク的発想を指摘されるという事態に、アリサは心外そうに顔をしかめる。

それに対して、政近はフッと不敵な笑いを浮かべた。

「それに、少し甘いな……親同士の口約束で決まった許嫁と言うなら、着物が似合う、大和《やまと》撫子《なでしこ》を体現したかのような黒髪清楚系巨乳美少女が王道だ！」

「……割と合ってない？」

「え？」

アリサの指摘に、政近は思わず首を傾げてから、改めて有希の方を見た。

(黒髪ロング、華道とかで着物も着てるし、まあお嬢様モードだったら清楚《せいそ》系……おやおや？)

たしかに、意外と合っている。だが……

「……うん。その、ね？」

「政近君？　どこを見ているのですか？」

「政近様、そのような不躾《ぶしつけ》な視線はいかがなものかと」

「最低」

つい、普段家で有希を相手にする時のノリで話してしまい、殺到した女性陣からの非難の視線に、政近は首を縮める。

「いや、うん。まあ……とにかく、許嫁なんかありえないから。と言うか、なんで毅《たけし》といいお前といい、やたらと俺と有希をくっつけようとするんだ？」

「ふふっ、それだけわたくし達がお似合いに見えるのではないでしょうか？」

そう言いながら、有希はチラリとアリサの方を見る。そのどこか意味ありげな目線に、アリサがむっと眉根を寄せた。

「別に……仲がいいなと思っただけよ」

「それはもう……仲はとてもいいですよね？　政近君？」

「あ～……まあ、ね」

頷きながらも、アリサがむむっと眉根を寄せる様子に視線を泳がせる政近。しかし、ここでなお追撃を加えるのが有希クオリティ。

「よくお泊まりもしますし」

「いや、それは……まあ」

むむむっ！〝お泊まり〟という単語に更に眉間《みけん》のしわを増やすアリサに、政近は背中に冷や汗を掻き……ここは逃げることにした。

「ま、いいだろそれは。それで？　綾乃はどこが分からないって？」

「その……ここです」

試験勉強という大義名分に逃れる政近だったが、教科書に目を落としていても、頭頂部にアリサの視線をビシビシ感じる。

それは綾乃の疑問を解決してからも変わらず、政近は自分の席に戻ってなお、隣からチラチラと向けられる視線に冷や汗を掻いた。

「……アーリャ？　なに？」

「……久世君は、どこか分からないところないのかなって思って」

「いや、今のところ特には……」

「そう……」

納得したように頷き、自分の手元に視線を落とすアリサ。それでようやく肩の力を抜いた政近だったが……

【少しは頼ってよ】

忘れていた。このロシアン娘は、油断したところを刺しに来るということを。

（も、もしかして、これを想定して近くに座ったの、カナ？）

内心吐血しながら、若干遠い目になる政近。しかし、現在進行形でチラ見による追加ダメージが入っているので、なんとか表情を取り繕ってアリサに声を掛けた。

「えぇっと、悪い。やっぱりちょっと分からないとこが……」

「あ、あら。そうなの？」

「ああ、ここちょっと教えてもらえる？」

「ふぅ～ん？　仕方ないわね……」

そう言いながらも、どこか嬉《うれ》しそうにファサッと髪を払うアリサ。その分かりやすい態度に追撃を食らいながらも、政近はふとももをつねりながら必死に表情を保つ。

と、そこへ不意にノックの音が響いた。四人で顔を見合わせ、代表してアリサが声を掛ける。

「？　どうぞ」

「みんな～お疲れ～」

アリサの声に応じて、ふわふわとした笑みを浮かべながら生徒会室に入ってきたのは、アリサの姉、マリヤだった。

「マーシャ？　たしか友達と試験勉強してるんじゃなかったの？」

「うん。もう終わったから、みんながまだ頑張っているようなら帰りがけにお茶でも淹《い》れてあげようと思って」

「まあ、それはありがとうございます」

すぐさま淑女然とした笑みを浮かべた有希が立ち上がり、同じく立ち上がろうとした綾乃を制してマリヤのお手伝いに向かう。そして、待つこと数分。マリヤが入れた紅茶が全員の手に行き渡り、一同は少し休憩をすることにした。

「あらぁ？　これは？」

ふとマリヤが不思議そうな声を上げ、会長の執務机の上に置かれていた一冊の本を手に取る。表紙には『誰でも出来る催眠術入門　～今日から君も催眠術師だ！～』という、実に胡散臭《うさんくさ》いタイトルが書かれていた。

「ああ、なんか更科先輩が没収した本っぽいですよ。あとで風紀委員に届けるつもりだったんじゃないですかね？」

「ふぅん」

マリヤは興味を惹《ひ》かれた様子でパラパラと本をめくると、おもむろにアリサの隣の席に腰を下ろし、アリサの顔の前に一本指を立てた。

「……なに？」

「は～い、この指をよ～く見ててくださいね～？　あなたはだんだん、意識がぼんやりしてきますよ～？」

「いや、何を言って……」

「えっと……わたしがパンと手を叩《たた》くと、あなたは夢の世界に落ちていきます。行きますよ？　さんにーいち、ハイ！」

そう言いながらマリヤは本を机の上に置くと、パンと手を叩いた。そして、期待に満ちた目でアリサを見る。そのマリヤを、アリサはめんどくさいものを見る目で見返した。

「……どう？」

「いや、掛からないわよ。掛かるわけないでしょ？　こんなのどうせインチキなんだから」

「えぇ～？　んぅ～～じゃあ、もう一回、もう一回」

「やらないわよ。勉強の邪魔するなら帰って」

「じゃあ、アーリャちゃんが掛ける側やって？」

「いやよ」

「なんで～お姉ちゃんもやってみたい。やってみたいぃ～」

頬を膨らませて椅子の上で体を揺するマリヤだが、アリサは全く取り合わない。そんなツレない妹に不満そうな顔をすると、マリヤはアリサ越しに政近の方に目を向けた。

「じゃあ、久世くん。久世くんがやって？」

「え、俺ですか？」

「だって……アーリャちゃん冷たいんだもの」

拗《す》ねたようにそう言うマリヤに苦笑しつつ、政近は席を立つと、マリヤの隣に立って机の上の本を取り上げた。

「えぇっと、まず……催眠誘導？　これか……」

先程マリヤがやっていた部分のページを開き、見よう見まねでやってみる。

「はい、この指をよく見ててください。あなたはだんだん、意識がぼんやりとしてきます」

少し屈《かが》み、椅子に座っているマリヤの前に人差し指を立て、そう語り掛ける。

変化は……一瞬にして現れた。それまでワクワクとした表情で瞳《ひとみ》を輝かせていたマリヤが、急にとろんとした目をしてスーッと表情を失うという形で。

「ん、え……？」

突然の変化に驚きながらも、政近はまだ演技かもしれないと思い、そのまま続行する。

「……私がパンと手を叩くと、あなたは夢の世界に落ちていきます。いいですか？　さんに－いち、ハイ！」

そして、政近がパンと手を鳴らした瞬間、マリヤの頭がカクンと傾いた。完全に虚《うつ》ろな表情で、人形のように床の一点をぼーっと眺めている。

「えっと……え？　マーシャさん？　マーシャさん？」

その、演技にしてはあまりに真に迫った様子に、政近は慌ててマリヤの顔の前で手を振るが、マリヤは瞬《まばた》きひとつしない。

「え？　マーシャ先輩……もしかして本当に掛かってしまいましたか？」

「ああいや……どうなんだろ、これ」

目をぱちぱちとさせて訊いてきた有希に、政近も困惑気味に返す。そこへ、呆《あき》れた様子で顔を上げたアリサが、背後から姉の肩を揺さぶった。

「はいはい、そういうのいいから……マーシャ？」

しかし、マリヤはただ体を揺さぶられるだけで、アリサの声に何の反応も返さない。

「ちょっと……何を──」

むっと眉根《まゆね》を寄せ、立ち上がってマリヤの正面に回り込んだアリサだったが、姉の尋常ではない様子に目を見開く。しかし、そう簡単には受け入れられないのか、またすぐに眉を寄せると、政近の方を見た。

「ちょっと、やめてくれる？　みんなで私をからかおうとして……」

「いや、違うって。俺も予想外過ぎてビックリしてるっていうか……」

「嘘よ。そんないい加減な催眠術、実際に掛かるわけないでしょ？」

「俺もそう思うけど……ほら、ここに掛かりたいと思っている人ほど催眠術に掛かるって書いてあるし、そういうことなんじゃないか？」

しどろもどろに釈明をする政近を、アリサは疑わしい目で見る。だが、実際に何も仕込みなんてしていない政近からすると、そんな目で見られても困るのだった。

「ま、まあとりあえず、一旦《いったん》催眠術解くから……」

アリサの視線から逃れるように本に目を落とすと、政近は催眠の解き方を調べ、再びマリヤの前に屈んだ。

「えっと、それじゃあ私が肩に触ると、催眠が解けます。いいですか？　いちにー、ハイ！」

声を上げながらガッと両肩を摑《つか》んで揺すると、マリヤがパッと頭を持ち上げた。その顔に徐々に表情が戻り、まどろみから覚めたかのようにぱちぱちと瞬きをする。

「……えっと、久世くん？　続きは？」

「はい？」

首を傾げる政近に、マリヤは頬を膨らませて本を指差す。

「んもう、そこに書いてあるでしょ？　指を立てた後に、パンと手を打つって」

「いや……いやいやいや、え？　覚えてない、んですか？」

「え？　何を？」

キョトンとした表情を浮かべるマリヤに、政近は「あ、これマジだ」と頬を引き攣《つ》らせる。しかし、それを見てもまだ信じられない人が約一名。

「マーシャ……そういうのいいから」

「アーリャちゃん？　どうしたの？」

「だから、ハァ……もうっ」

付き合ってられないと言わんばかりに首を左右に振るアリサに、有希が机の向こう側から声を掛ける。

「では、アーリャさんも政近君に催眠術を掛けてもらっては？」

「え？」

「は？」

振り向くアリサと政近に、有希はニコニコと笑いながら手を合わせる。

「先程のマーシャ先輩の催眠術は効きませんでしたが、政近君の催眠術なら効くかもしれないじゃないですか。少しでも効果を実感できれば、疑いも晴れるのでは？」

一見、なんの悪意もなさそうな淑女の笑み。

その裏にある「こいつぁ面白いネタを見付けたぜ」という、心底愉快そうな意地の悪い笑みをまざまざと感じ、政近は頬をひくつかせた。

しかし、アリサはそんな有希の内心には一切気付いた様子もなく、自分の席に戻ると胡《う》乱《ろん》な目つきで政近を見上げた。

「……ほら、いいわよ」

「え……マジでやるの？」

「いいから。こんな茶番、さっさと終わらせるわよ」

全く掛かる気のなさそうな態度で鼻を鳴らすアリサに、政近はそこはかとなく嫌な予感を覚えながら近付く。

「ええ～……じゃあ、この指をよく見ててください。あなたはだんだん、意識がぼんやりとしてきます」

そして、アリサの前に指を立ててそう言うと……胡散臭そうな顔をしていたアリサが、スッと無表情になった。

「……私がパンと手を叩くと、あなたは夢の世界に落ちていきます。いいですか？　さんにーいち、ハイ！」

政近が手を叩くと、アリサの頭がカクンと落ちる。そのぼんやりとした顔に政近は死んだ目になりながら、半ば棒読みで続けた。

「はい、じゃーわたしが肩に触ると、催眠が解けま～す。いいですか～？　いちにー、ハイ！」

そして、ガッとアリサの両肩を摑んで揺さぶると、パッと顔を上げたアリサがぼんやりと瞬き。数秒後、焦点の合った目で政近を睨《にら》むと、不満そうに言った。

「……ちょっと、途中で止まらないでよ。続きは？」

「おんなじ反応やないかーい！　まっっったくおんなじ反応やないかーい‼」

「え？　何が？」

思わず叫んでしまった政近に、アリサは怪訝《けげん》そうに眉を上げる。そこへ、有希が苦笑気味に声を掛けた。

「アーリャさん……今、ばっちり催眠に掛かってましたよ？」

「え……嘘」

「ホントですよ。ねぇ綾乃？」

「はい。わたくしの目から見ても、たしかに掛かっていたかと」

有希と綾乃に言われ、アリサの目に動揺が走る。しかし、すぐにキッと政近の方を睨むと、強気に言い放った。

「しょ、証拠！　証拠を見せなさいよ！　動画でも見せられない限り、信じられないわ！」

「ええ～……いや、もういいじゃん。別にそんなこだわらんでも……」

「嫌よ！　私が催眠術なんかに掛かる女だと思われるのは不服だわ！」

「いや、別にいいじゃん。なんのプライドだよ」

「いいから、もう一回！」

「はいはい」

そして、政近はアリサに言われるままもう一度催眠誘導を行い……結果は言わずもがな。

「チョロ過ぎんだろ……フラグ回収早過ぎてビックリだよ」

虚ろな目をしたアリサを前にして頭痛そうに額を押さえる政近の隣で、有希がアリサの前でひらひらと手を振る。この状態では記憶が残らないと分かったせいか、完全にお嬢様モードを解除していた。

「もしも〜し、アーリャさ〜ん？　起きてますか〜？」

「……」

「ダメだ、全然反応がない。ただの屍《しかばね》のようだ」

「縁起でもないこと言うんじゃねぇ」

力なくツッコむ政近に小さく笑い、有希はアリサの隣に座るマリヤに目を向ける。

「で？　なんでマーシャ先輩は掛けられてもないのに催眠に掛かってんの？」

「知らん」

兄妹が見つめる先、マリヤはまさかの余波（？）だけで催眠に掛かっていた。

虚ろな表情でぐったりと椅子に腰掛ける姉妹を見て、有希がゴクリと唾《の》を呑み込む。

「マジかよ……エロいことし放題じゃね？」

「思ってもそういうこと言うんじゃねぇ！」

「おいおい、どうするよ兄貴……薄い本が厚くなるぞ」

「なんでお前が一番ワクワクしてんの？」

「そりゃワクワクするでしょ……リアル催眠術だぜ？　まったく、これだから《獲得経験値十倍（球技は除く）》のチート持ちは」

「チート持ち言うな」

「ステータス画面開いてみ？　たぶんスキルの欄に《催眠術Lv．３》って追加されてるから」

「まずステータスが開けねーんだわ」

「ちなみに催眠術のスキルレベルがＭＡＸになると学園全体に催眠を掛けられるようになってとんでもないエロ校則が」

「オーケー少し黙ろうか」

なんでこいつ十八禁のテンプレにまで詳しいんだと、思わずジト目になる政近。そんな兄の視線をサラッと無視し、有希は手をワキワキさせた。

「どどどうする？　とりあえず、おっぱい揉《も》んどく⁇」

「揉まねぇよ⁉」

「じゃあ、あたしが揉むわ」

「オイバカやめろ！」

　本当にアリサの胸に手を伸ばす有希を、政近は慌てて止める。

　すると、有希はキョトンとした顔をしてから「ああっ」と手を打った。そして、ニヤッと笑ってサムズアップをすると、パチンとウインクをする。

「安心しろよ兄者……キスと同じだ。女同士のパイタッチは、ノーカンってのが通説だぜ？」

「いや、なんの話だよ。そうじゃなくて、いくら女同士でも意識ない相手にやんのはアウトだろ」

「む……でも、マーシャ先輩はともかく、アーリャさんは普段そんな隙見せないし……」

「そもそもなんで女であるお前が乳を揉みたがる？」

　政近の素朴な疑問に、有希はくわっと目を見開くと力強く叫んだ。

「バッカヤロウ!!　女子だっておっきいおっぱいは大好きだよ!!　やれるもんならマーシャ先輩のお胸に顔を埋《うず》めたいよ！　絶対気持ちいいもん！」

「……さよか」

「と、いうわけで……」

「いや、やらせねぇよ？」

　本当にマリヤの胸にダイブしようとする有希の首根っこを掴み、乱雑に引き離す。

「うにゃー！　あたしは猫じゃないぞ！」

「知ってるよ」

猫のように首の後ろを引っ摑《つか》まれ、有希は不満そうに政近を見上げながら髪を整える。

そちらに呆れた目を向けながら、政近は後ろの方で気配を消してる綾乃に声を掛けた。

「あぁ～綾乃？　有希が巨乳好きだからって、張り合う必要はないぞ？　と言うか、女の子がこんな場所で自分の胸を寄せたり上げたりするんじゃありません」

無表情のまま自分の胸をむにむにと触りながらしげしげと眺めていた綾乃だったが、政近の指摘に顔を上げると、大人しく自分の胸から手を離す。

そんな綾乃に、有希はイイ笑顔でサムズアップした。

「安心しろ綾乃。オレは綾乃のおっぱいも大好きだぜ？」

「お前、セクハラって言葉知ってるか？」

「知ってるよ。セクシーハラショーだろ？」

「アーリャに怒られるぞ」

「……冗談だよ。セクレタリーハラスメント《秘書へのいやがらせ》だろ？」

「間違ってるけど合ってる」

「大丈夫です。わたくしはハラスメントだと感じていませんから」

「謎の耐性見せ付けてくんな。調子に乗るだろこいつが」

「いや、だから襟首引っ張んなし」

つま先立ちになりながら、兄に抗議の視線を向ける有希。これが漫画だったら、ぷらーんと吊《つ》り上げられていそうな状態だ。もちろん、政近にそこまでの筋力はないが。

「ハァ……とりあえず、ちゃっちゃと催眠を解除するぞ」

「おいおい、証拠は撮らなくていいのか？」

「え？　……ああ」

そう言えばそんなことを言われてたなと思い出し、政近は「とりあえず写真を撮っておけばいいだろう」とスマホを取り出そうと——

「ここで突然オタク大喜利！　お題！　美少女に催眠術掛けちゃった♪　最初に掛ける暗示と言えば何⁉」

……して、突如響いた有希の言葉に、ポケットに手を突っ込んだままガバッと顔を上げると、素早く回答を叫んだ。

「幼児退行させる！」

「開放的な性格にさせて脱がせる！」

「え、えっと……何か恥ずかしい秘密をしゃべらせる、とかでしょうか」

順に回答を口にし、三人で視線を交わす。真っ先に口火を切ったのは政近。

「開放的な性格って言うけど、かなりざっくりしてないか？　そもそも〝開放的な性格〟＝〝脱ぐ〟っていうのは飛躍し過ぎだ」

「いやいや、幼児退行こそ最初に掛ける暗示としては攻め過ぎでしょ。それやるとしたら、ある程度の段階を踏んだ後じゃないと」

「む……」

政近を黙らせ、有希は続いて綾乃に目を向ける。

「綾乃はね〜……う〜ん、悪くはないんだけど、少し弱いかなぁ。なんかとんでもない秘密が飛び出して来たら、空気が凍る可能性あるし」

「そうですか……」

「逆に、もっと質問の内容を限定したらいいかもね。スリーサイズとか男性経験とか訊《き》くのはアリかも」

「勉強になります」

「いやいや、真面目に勉強せんでいいから」

「その点！　あたしの開放的な性格にさせるってのは大正解じゃない？　開放的な性格にすれば、そこら辺の恥ずかしい秘密とかも普通に話してくれそうだし！」

「ずるっ！　それはちょっとずるくないか⁉」

「わたくしの答えも織り込み済みとは……お見逸《みそ》れしました、有希様」

「はい、多数決であたしの勝ち！　お題『美少女に催眠術を掛けた時、真っ先に掛ける暗示は？』の答えは『開放的な性格にさせる』に決定！」

勝ち誇ったように拳《こぶし》を突き上げると、有希はニヤリと笑い、アリサとマリヤの前に立った。

「と、いうわけで二人には開放的な性格になってもらいま〜す」

「するなするな」

「ふっふっふ〜アーリャさん、マーシャ先輩、あなた達はだんだん開放的な性格になります。理性がなくなり、身も心も丸裸になってしまいます！」

「いや、そもそも二人の人間が共同で催眠術掛けるとか聞いたことが──」

政近が呆《あき》れ気味に言い掛けた瞬間、アリサとマリヤの頭がガクンと前に倒れ、直後ぼんやりとした表情で顔を上げた。その明らかに普通じゃない様子に、有希が虚を衝《つ》かれた表情になる。

「え……え？　まさか、本当に？」

「おいこらチートヤロウ。お前、人のこと言えねーじゃねーか」

「い、いや、まさか……」

有希が引き攣った表情で二人の顔を覗き込もうとするが、その瞬間アリサとマリヤが同時に立ち上がり、政近の方に向かってきた。

「え、ちょ──」

反射的に後ずさってしまう政近だが、そんな距離はあっという間に詰められ、政近はソファーに押し倒された。そして──

「……なあ、有希」

「……」

「なんで俺、無限よしよしされてんの？」

「さ、さあ？　どうしてでしょう？」

「オイコラこっち見ろよ犯人」

政近は今、マリヤに頭を抱きかかえるようにしてひたすら頭を撫《な》でられていた。その反対側では、アリサもまた同じように頭を撫でられている。

アリサも政近に何かをしようとしていたようだが、気付けばそのポジションに収まっていた。やはり、姉に敵《かな》う妹はいないということなのか。

それにしても、いつものアリサなら鬱陶《うっとう》しそうにマリヤの手を払いのけそうなものだが、これも催眠術の影響なのか……今はどこか気持ちよさそうに目を細めながら、大人しく頭を撫でられていた。

(開放的な性格って言うか……素直な性格になってないか？　マーシャさんは母性の塊みたいになってるけど)

これもある意味で理性と羞恥心《しゅうちしん》が薄れているということなのだろうかと、政近は現実逃避気味に考える。

「ふふっ、い～こい～こ♪」

右手で政近の、左手でアリサの頭を抱きかかえるようにして撫でくり回しながら、至福の表情を浮かべるマリヤ。

それを見て、有希（一応お嬢様モード）が戦慄《せんりつ》の表情を浮かべる。

「まさか、政近君ではなくマーシャ先輩のハーレムプレイが開始されるなんて……！」

「その驚き方はおかしい」

ジト目でツッコんでから、政近は上目遣いにマリヤを窺う。

「あの～マーシャさん？　そろそろ放してくれませんか？」

「んん～？　ダ～メ」

「ダメか～」

そんな風に言われたらもうこのまま身を任せたくなってしまうが、そうもいかない。なぜなら、この体勢何気に結構ツラいから。

今、政近はマリヤの肩に頭を乗せられているような状態なのだが、座高は政近の方が高いので、そうなると当然政近の上体がマリヤの方にかなり傾くことになる。

手をついてバランスを取ろうにも、すぐ横はマリヤの脚、その向こうはアリサの脚だ。手の置き場がない。ソファーの背に腕を回そうにも、マリヤの体が邪魔で腕を動かせない。と言うか、意識しないようにしているが現時点でいろいろと当たってしまっていた。

「ちょ～っと失礼……」

筋力の限界でマリヤの上に倒れ込む前にと、政近は遠慮がちにマリヤの腕をどかし、頭を抜こうとするが……

「ああん、もう。ダ～メ」

「ちょっ、力つよ──」

グイッと首の後ろに腕を回され、抱き寄せられる。堪《たま》らずバランスを崩し、慌てて手をつこうとするがそこはマリヤの脚でしかし迷っている間に倒れ──

むにぃ
政近の手に触れる柔らかな感触と、頬と鼻に触れるそれ以上に柔らかな感触。そしてすんごい良い匂い。左手にふともも、目の前には母性の塊（物理）。一言で言うなら天国《ヘヴン》。変に手をつくべきかどうか迷ったせいで、余計にけしからなく素晴らしい状況になってしまっていた。

「すみませ――っ⁉」

慌てて離れようとするが、これが上手《うま》くいかない。首根っこ押さえられてるだけで、人間思った以上に動けなかった。

と言うか、身動《みじろ》ぎするたびに、顔面にふにふにむにむにとなんとも形容しがたい感触が襲い掛かってきて、いろんな意味で危険だった。

「ちょっ、おい！　助けてく――」

「綾乃！　後ろを向きなさい！」

政近のSOSに、有希の鋭い命令が重なる。一瞬政近の救出に動こうとした綾乃がビクッと体を硬直させ、続く「早く！」という有希の叫びに弾《はじ》かれるように後ろを向いた。それと一緒に体ごと後ろを向くと、有希は背中越しに政近にサムズアップする。

「大丈夫です！　わたくし達は何も見ていません！　わたくしの分も、思う存分楽しんでください！」

「いらん気遣いするんじゃねぇ！　綾乃！　いいから助けてくれ！」

「……ですが――」

「綾乃！　あなたの主《あるじ》はわたくしでしょう！　わたくしに従いなさい！」

有希が強権発動！　綾乃の子宮にダイレクトアタック！　綾乃の目にハートマークが浮かぶ！

「……はぃ、有希様に従います」

「おぉい⁉」

頼みの綱の綾乃に見捨てられ、政近はやむなく覚悟を決めた。

「ああもう……失礼します！」

マリヤの腕を掴み、強引に頭を抜くと、そのままソファーから立ち上がる。流れでいろんなところを触ってしまった気がするが、それはこの際意識しないことにした。

（すみません、顔も知らないマーシャさんの彼氏さん）

心の中でマリヤの彼氏（なんとなく金髪イケメンのイメージ）に謝罪していると、どこか不満そうな顔をしていたマリヤが、今度はアリサを両手でぎゅーっと抱きしめ始めた。

「……っとぉしい」

が、アリサはグイッとマリヤを押しのけると、面倒《めんどう》そうな顔で立ち上がった。そして、おもむろにブレザーを脱ぐ。

密着したせいで暑くなったのかなぁ～……なんて、自分も手で顔を扇《あお》ぎながらぼんやりと考えていた政近だったが……アリサが背中に手を回し、ジジジッというファスナーを下ろす音が響いたところで「ん？」と首を傾げた。

「邪魔……」

「ちょっ、何して――」

絶句する政近の前で……アリサは、なんとジャンパースカートの肩ひもを外した。

当然、重力に引かれてパサリと落ちるスカート。ワイシャツの裾《すそ》から覗く、真っ白な脚と水色の下着。そのあまりにも扇情的な姿に、政近は目を剝《む》き――

「仕事出来るけど家ではズボラなＯＬの朝の姿！」

「分かる！」

「ん？」

「あ――」

反射的に叫んだ途端、背後から聞こえてきた賛同の声に振り返ると、そこにはこちらに背を向けながら……手鏡でバッチリこちらを確認している有希の姿。

「おい、思いっくそ見てんじゃねぇか」

「そんなこと言ってる場合ですか？　後ろ、大変なことになってますよ？」

「え――？」

〝大変なこと〟という言葉にパッと振り返ると、なんといつの間にかリボンタイを外したアリサが、とうとうワイシャツのボタンを外し始めていた。しかもその隣では、マリヤもブレザーを脱ぎ始めている。

「いや、ちょ、なんで二人揃って脱ぎ始めてんの⁉」

「あ、そう言えば先程、〝だんだん〟開放的な性格になって〝身も心も〟丸裸になるって……」

「てめぇこのヤロウ天才か！　ありがとうございます！」

「正直な感想出てますよ政近君」

しかし、そうこうしている間にもアリサが三つ目のボタンを外し、流石に冗談を言っていられなくなってきた。

無理矢理《むりやり》混乱と動揺を抑え込み、慌てて頭の中で呪文《じゅもん》を思い出すと、政近は半ば悲鳴交じりに叫ぶ。

「えぇっとそれじゃあ私が肩に触ると、催眠が解けます！　いいですか？　いちにー、ハイ！」

そして、祈るような気持ちでアリサの目を見て……

「……？」

「ちょぉい⁉　解けないんだけどぉ⁉」

普通に四つ目のボタンが外され、息を吞《の》むほど白い双丘の谷間と水色の布地が見えてしまい、政近はギュインッと視線を上に向ける。

「おい有希交代だ！」

「え？　撮影係？」

「鬼かお前は！　お前が解除しろってんだよ！」

「あ、うん」

流石にヤバいと思ったのか、有希がこちらに駆けてくる音が聞こえたので、政近は上を向いたまま場所を空ける。

「えっと……それじゃあ私が肩に触ると、催眠が解けます。いいですか？　いちにー、ハイ！」

有希の声が響き、静寂。痛いほどの緊張感に満ちた数秒の後、有希がボソッと呟《つぶや》いた。

「やっべ、解けねーぞこれ」

「おぉぉい!!　マジかぁ!?」

絶望を告げる言葉と共に、斜め前でまたパサッとスカートが落ちる音が聞こえ、政近は再び激しく動揺する。

「いや、マジでこれどうすん――」

「あ、綾乃！　あたしはアーリャさんを押さえるから、綾乃はマーシャ先輩を止め――」

「マーシャ～？　こっちはとっくに終わったけ、ど……？」

突如、扉の開く音と共に聞き慣れた声が聞こえ、政近がそちらに視線を向けると、そこには驚きに目を見開く茅咲《ちさき》の姿があった。

「……え？　なにこれどういう状況？」

「さ、更科先輩！　その、ですね……わたくしがその、催眠術の本を試したところ、ちょっと解けなくなってしまいまして⁉」

有希の言葉に、茅咲の視線が長机の上に放置されている本に向かい……ひとつ頷《うなず》くと、茅咲は扉を閉めてつかつかと近付いてくる。

「ちょっと失礼」

そして、アリサの両腕を押さえる有希を下がらせると、目にも留まらぬ速さで真横からアリサの顎《あご》をカッと打ち抜いた。

更に、ぐらりと体を揺らすアリサのこめかみやら頬やらを、両手の指先でトントントンと高速で弾く。

すると、アリサの瞳《ひとみ》が虚《うつ》ろになり、完全に脱力したその体を、茅咲は優しくソファーに寄り掛からせた。この間実に三秒。

続いてマリヤにも同じ流れを繰《く》り返し、姉妹が並んでソファーに身を沈めたところで、茅咲は満足そうに頷いた。

「よし」

「いやいやいや」

これには流石に政近もツッコまざるを得なかった。視線を逸らすのも忘れ、頬を引き攣《つ》らせて茅咲に問い掛ける。

「え、ちょっ――今、何をしたんですか？」

「え？　リセット」

「その単語を人間に対して使うのはマッドサイエンティストだけですよ⁉」

悲鳴交じりにツッコんだ直後、九条《くじょう》姉妹が同時に「うぅ〜ん」という声を上げて、政近はビクッと体を跳ねさせる。

「あ、あれ……私、なんでソファーに……？」

「あら……なんだか、意識が飛んでたような……？」

「その、アーリャさん、マーシャ先輩、混乱するお気持ちは分かりますが……とりあえず、身なりを整えた方が……」

「え？」

「身なり……って」

数瞬後、鋭い悲鳴が上がり、政近は全力で顔を背けた。が、不吉なオーラをまとった手にガシッと肩を摑まれ、ギギギッと前を向く。

すると、目の前には微笑みを浮かべた茅咲の綺麗《きれい》な顔。

普通の男子なら照れて思わずパッと目を逸《そ》らしてしまいそうな近さだったが……政近は目を逸らせなかった。目を逸らしたら殺《や》られるという、確信があったから。

「ところで、久世君……見たよね？」

「……」

「何を？」などと惚《とぼ》けられる雰囲気じゃなかった。しかし、正直に「見ました」と言える殺気でもなかった。

結果、何も言えずに唾を呑《の》み込む政近の前で、茅咲はゆっくりと右手を持ち上げると、指を一本ずつ折り曲げてパキパキと音を鳴らした。

「リセット、しとく？」

微笑みを浮かべたまま小首を傾げる茅咲に、政近は高速で首を横に振るのであった。

◇

「では、反省の弁を聞こうじゃないか」

帰宅後、当初の予定では場所を移しての勉強会が続行されるはずだった久世宅にて。政近は自室のベッドに腰掛け、カーペットの上に正座する有希を見下ろしていた。

あの後、本当に大変だったのだ。有希が「催眠術を掛けたのはわたくしですから！」と言ってくれたおかげで、なんとか茅咲のリセットは回避したが、アリサには犯罪者を見る目で見られるし、マリヤも流石に恥ずかしかったのかそそくさと帰ってしまうし……明日からどんな顔して会えばいいのか、非常に頭が痛かった。

ただまあとりあえず、あの怪しい催眠術に関しては永久封印することに決定したわけであるが。そうなったらなったで残るは……やらかしの清算である。

「何か言いたいことはあるかい？　同級生と先輩にセクハラしまくった挙句に脱がせた有希さんよ？」

「……ちゃうねん」

「とりあえず否定から入るのはやめような〜？」

「ええ、ええ、やりましたよ！　悪ノリしてアーリャさんとマーシャ先輩を半裸にしましたよ！　でも普通、まさか本当に掛かるとは思わないでしょ！」

「うん。だからって開き直るのは違うと思うぞ〜？」

生ぬるい目で見下ろす政近だったが、有希はツーンとそっぽを向くばかり。

そんな妹に溜息《ためいき》を吐き、政近はその隣——特に指示されたわけでもないのに、なぜか一緒になって正座している綾乃に目を向けた。

「あぁ〜綾乃？　別にお前まで正座しなくていいんだぞ？　悪いのは有希だし」

「いえ、主が正座をしているというのに、わたくしが立っているわけには参りませんので」

当然のように答える綾乃。なんという忠誠心。これぞまさに、従者の鑑《かがみ》と言ってもいい発言だ。ただ、気になるのは……

「……妹さんや」

「なんだい、兄やんさんや」

「……なんでこの子、ちょっと嬉《うれ》しそうなの？」

「Mだから」

有希の即答に、政近は天を仰いで瞑目《めいもく》した。

たっぷり十秒ほど天を仰ぎ、ゆっくりと前屈《まえかが》みになって目頭を押さえる。そしておもむろにスマホを取り出すと、ゲームを起動させてガチャを回した。

「チッ、また座敷童《ざしきわらし》か」

「……」

「……」

外れを引いたことに舌打ちし、スマホを枕の上に放ると、軽く咳払《せきばら》い。表情を改めて膝《ひざ》の上に肘《ひじ》を突くと、政近は有希に向かってズイッと顔を寄せた。

「で、反省の言葉は？」

「いや現実逃避すんな？」

「これが現実逃避せずにいられるかぁ！」

有希の冷静なツッコミに、政近はガバッと頭を抱える。受け入れがたい現実を前に両腕でガッチリ防御姿勢を取る兄に、有希は冷たい表情で更に追撃を加える。

「あと、フリが長い」

「それはごめん。途中でツッコまずに待ってくれてありがとう」

「どういたしまして」

痛烈な駄目出しに、政近が両腕の隙間からそっと顔を覗《のぞ》かせて謝る。綾乃は「なにこの茶番」とツッコんでいいと思う。

「ふぅ……さて、それじゃあ反省の言葉を聞こうか？」

「いや、だからうやむやにしようとすんな？」

「俺はにゃにも聞いてにゃい」

瞳孔《どうこう》の開いた無の表情でなかったことにしようとする兄を前に、有希は隣の綾乃に問い掛けた。

「ねぇ、綾乃ってM？」

「はい、わたくしはメイド《M》です」

「以上だ兄上」

「ヤメロォ！」

まさかの綾乃本人のM宣言に、政近はまたしても頭を抱える。

「いやだぁ！　ただでさえ妹がこんなんなのに、頼みの幼馴染《おさななじ》みまでアブノーマルだなんてぇ!!」

「おうコラそれはどういう意味だ？　まるであたしがアブノーマルみたいな言い方じゃないか」

「自分がノーマルだとでも思ってんのか」

「ふむ、たしかにわたしの可愛らしさは普通ではない」

「自分で言うな自分で」

腕を組んで大真面目に頷く有希に、政近はジト目になる。すると、有希はニヤッと笑い、上目遣いで実にあざとく政近を見上げた。

「でも、正直かわゆいじゃろ？」

パチッと片目をつぶって頬にグーを当てた、実にあざと可愛い表情。しかしそれを、政近はただジト目で見下ろす。

「マジレスしていいか？」

「いいぜ来いよ」

シリアスな表情で問い掛ける政近に、有希もまた無駄にシリアスな表情になる。今にも深刻な告白が行われそうな緊張感が漂う中、政近は重々しく告げた。

「正直……めっちゃ可愛い」

「ありがと～う。がばちょっ」

「コアラかお前は」

一瞬にしてシリアスの仮面を脱ぎ捨て、正座してる状態から器用にぴょーんと跳び上がると、ベッドに座る政近に両手両足で飛び付く有希。その姿は、たしかに政近の言う通り、親の体に両手両足でしがみつくコアラのようにも見えた。が……

「ん～どっちかって言うとだいしゅきホ――」

「黙れ」

「おにぃちゃんだいしゅき」

「急に幼児退行すんな」

「……ああ、それだわ」

不意に何かに納得した声を上げると、有希は政近から離れ、名案を思い付いたという風にしたり顔で左手を腰に、右手を胸に当てた。

「オーケイ分かった。それじゃあ、アーリャさんとマーシャ先輩に催眠術を掛けた罰を受けようじゃありませんか」

「は？　罰？」

「『目には目を歯には歯を』の原則に則《のっと》って、あたしも自己催眠で、お兄ちゃんご希望の幼児退行をするって言ってんだよ」

「いや、たしかに大喜利ではそう答えたが、別に望んでないし……綾乃、お前の主人は何を言ってるんだ？」

「さあ……わたくしのような凡人には、到底理解が及びません」

「いや、さも有希が深《ふ》っか〜い考えを持ってるかのように言うな？　こいつ今すんげ〜思い付きでしゃべってるぞ？」

「そのように見えて、実は何か思惑が……」

「あらへんあらへん。お前はなんでも好意的に解釈する勘違い系主人公の取り巻きか。その内〝さすゆき〟とか言い出すやつか」

「すみません、〝さすゆき〟とは……？」

「流石有希様の略で、さすゆきだよ」

「政近様、目上の方に〝流石〟は失礼です」

「いや、知ってるけども」

ジト目で綾乃を見つめる政近の前で、有希は足を大きく開いて腰を落とすと、まるで何かに挑みかかるかのようなポーズを取った。

「いくぜお兄ちゃん！　あたしは今、全力で羞恥心《しゅうちしん》を捨てる！　全力で、精神年齢を後退させるぅ‼」

「マジか。お前に羞恥心があったのか！」

「あるぁヴォケエェ‼　うぅおおおぉぉぉぉ────‼」

有希から放たれる凄《すさ》まじい気迫。それはさながら、必殺技に向けてオーラ的な何かを高める戦士の如き迫力だった。胸の前で両手を握り締め、雄叫《おたけ》びを上げながらグワァッと上体を反らした有希は、大きくのけ反った体勢で静止する。

「……おい、有希？」

「……」

「お～い」

「……兄さま？」

「ゴボほぉ⁉」

まさに純粋無垢《むく》といった感じの綺麗な瞳《ひとみ》で上体を戻した有希に、政近は胸を押さえて前屈みになった。突然胸を拳銃《けんじゅう》で撃たれたかのような反応をした政近に、有希が心配そうに駆け寄る。

「兄さまどうしたの⁉」

「うぐっ、や、やめ、古傷、古傷がぁ！」

「傷……？　大変！　お医者様を！」

「ちが……っ！　そ、その綺麗《きれい》な目をやめろぉ！」

「きれいな目……？　どうして？　兄さまも同じ目をしてるのに」

「チガウよぉ！　形はそっくりでも、俺の目はよどんでるんだよぉ！」

ベッドの上に腰掛ける政近の膝の上に手を置き、コテンと首を傾げる有希。その小柄で可憐《かれん》な容姿も相まって、ここだけ切り取ればさながら天使のような愛らしさだった。もっとも、汚れっちまった悲しみを抱える政近にとっては、その純粋さが目に痛いのだが。

「兄さま、具合が悪いの？」

「あ、あのな？　有希。もう俺が悪かったから、元に戻ってくれないか？」

「兄さま、何を言ってるのか分かんない」

「もうやだ！　綾乃ぉ！　お前の主《あるじ》だろ！　なんとかしてくれ！」

堪《たま》らず綾乃に助けを求める政近だったが、当の綾乃は尊いものを見る目でスーッと気配を消した。

「おい待て。空気になろうとすんな！　戻って来ぉい！」

「ねぇ、兄さま」

「だからお前はその純粋な目をやめろ⁉」

天使な有希と、空気な綾乃。場は混迷を極め、結局この日は勉強会どころではなくなってしまったのであった。

第3話　特に掃除はやりたくならないんだけどな？

静寂。とあるマンションのリビングは今、遊びたい盛りの男子高校生が三人もいるとは思えないほど、心地の好《よ》い静寂に満ちていた。

聞こえるのは雨音と、エアコンが風を送り出す音。そして、紙の上をペンが走る微《かす》かな音。それのみ。

室内に満ちる落ち着いた雰囲気は、エアコンで調整された快適な湿度気温と相まって、思わずうたた寝をしてしまいそうな——

「潤いが足りなぁい!!」

……空気だったの、だが。突如立ち上がった少年——毅《たけし》が吼《ほ》えたことで、その空気は一瞬にしてぶち破られた。

「急にどうした？」

「人の家のテーブルを思いっ切り叩《たた》くのはどうかと思うよ？」

その向かい側に座る政近《まさちか》と光瑠《ひかる》が、苦笑を浮かべながら毅を見上げる。

「なんだ？　除湿が気に入らなかったのか？　冷房に切り替えようか？」

「エアコンの設定じゃねーんだよ。そっちの潤いじゃねーんだよ！」

「じゃあどっちの潤いだよ」

「まあ、なんとなく想像は付くけどね……」

親友二人に生ぬるい視線を向けられながらも、毅は全く怯《ひる》むことなく吼える。

「ぬぁ～にが悲しくてせっかくの休みに野郎三人で勉強しなきゃならんのだ！　やるにしても、勉強会ってのはフツー女子も誘ってやるもんだろうが!!」

「おいおい、俺みたいなこと言うなよ」

「いや、別にオタク的発想ではねーよ？　あくまで一般的に、だよ！」

「その一般は、一部の勝ち組リア充にとっての一般だろ？　普段から女子とつるんでない俺達に適用するのは間違ってるだろ」

「ほっほ～う、お前がそれを言いますか。我らが学年の二大美姫《びき》と仲のいいお前が、女子とつるんでないと言いますか！」

「いや、まあ……なあ？」

毅の言う学園の二大美姫とは、〝孤高のお姫様〟ことアリサと、〝深窓のおひい様〟こと有希《ゆき》のことだ。

毅の目から見れば、アリサはクラスで政近の隣の席であり、来年の生徒会長選挙にペアで立候補することを約束した仲。有希は同じ生徒会のメンバーであり、政近とは幼馴染みということで仲良くしている。実際のところ有希は政近の実妹だが、そんなことは知らない毅からすれば、たしかに政近の立場は非常に恵まれたものに見えるだろう。

「周防《すおう》さんとは特別仲がいい上に、あのアーリャ姫と唯一交流がある男子生徒であるお前が、女子とつるんでないぃ？　全校の非リア男子に謝れぇ!!」

「ごめんね美少女と仲が良くって。羨《うらや》ましいか？　羨ましいのか？」

「貴っ様ぁ!!」

ニヤッと笑って煽《あお》る政近を、毅は親の仇《かたき》のような目で睨みながら、両手をダンッとテーブルに叩きつけた。

「羨ましいです！　というわけであの二人をここに呼んでください!!」

「なんて正直な」

両手を叩きつけた勢いでガバッと頭を下げる毅に、政近は苦笑いを浮かべる。

「言っとくけどなぁ。俺だってあの二人を休日に気安く呼び出せたりはしないぞ？　有希は習い事とかで忙しいだろうし、アーリャとはプライベートで連絡取り合ったことほとんどないし。そもそも、お前あの二人呼んだら緊張しちゃって勉強手に付かんだろ」

「ま、そうなんだけどさぁ……」

自覚はあるようで、毅はストンと椅子に腰を下ろす。そのままテーブルに頬杖《ほおづえ》を突きながら手元の教科書を恨めしげに眺め、ふと何かに気付いた様子で顔を上げた。

「んじゃあ、あの娘《こ》は？」

「あの娘？」

「ほら、この前の討論会で周防さんと一緒に働いてた娘」

「あぁ……」

毅の言葉に、有希の従者兼会長選のペアである綾乃《あやの》のことを言ってるのだと気付き、政近は気のない声を上げる。

「なんかパッと見目立たない感じだったけど、よく見たらすげぇ可愛かったよな。オレ見たことない娘だったんだけど、高校からの外部入学生かな？」

「いや？　バリバリの内部進学だが？」

「え？　そうなん？　じゃあ高校デビューしたとか？」

「……いや、あいつは中学からずっとあんな感じだな」

「へぇ～……って、その言い方！　まさかお前、あの娘とも中学の頃から交流あったのか⁉」

「いや、中学からっていうか……幼馴染《おさななじ》みだし」

「ハァ～～～⁉」

政近の告白に、毅は半ば裏返った声を上げながら身を乗り出すと、至近距離から政近を睨んだ。

「てんめぇマジでいい加減にしろよ⁉　どんっだけ美少女と縁があるんだあぁ⁉」

「羨ましいか」

「うらやまじぃぃぃ！」

毅はハンカチでも噛《か》みそうな表情でバタバタとテーブルを叩き、キッと顔を上げた。

「というわけで、紹介して？」

「やだ」

「なんで！」

「大事な幼馴染みをエロ猿に紹介したがる奴がいるか？」

「誰がエロ猿だ！」

「お前だお前。というか、気になるなら自分で行けよ」

「え……いや、初対面の女子に話し掛けるとか……緊張するじゃん」

「ピュアか」

照れた様子で視線を泳がせる毅に、政近はジト目を突き刺す。

「クラスの女子とかとは普通に話せるのに、なんでそこは緊張すんだよ」

「いや、あれは……クラスメートに話し掛けるのと、別クラスの知らない女子に話し掛けるのは全然違うだろ。それに……」

「それに？」

「……オレ、大体女子グループに話し掛けるばっかりで、個人には話し掛けないし……」

「……なるほど？　女子グループに『お前ら～』って行くのは大丈夫だけど、個人に『誰々さん』って声掛けるのは無理だと」

「緊張するじゃん」

「だからピュアか」

普段女子にもグイグイ行く毅らしくない態度に、政近と光瑠は呆《あき》れ半分、微笑ましさ半分といった感じの表情になる。

「まったく、その変な奥手さがなかったら、普通に彼女の一人や二人は出来ると思うんだけどなぁ」

「だよね～」

「お、おいおい、なんだよいきなり……」

友人二人にしみじみと言われ、毅が少し戸惑った様子ではにかむ。

「いや、だってお前って性格は明るくて社交的で、あまり嫌われるタイプでもないし、まあ顔だって不細工ではないし……ちょっと空気読めないところはあるけど。それに何より、ば、彼女欲しい願望が強いから、その肝心なところでの奥手さをなくして本物の肉食系になれば、彼女くらい普通に作れると思うんだよな」

「そうだね。裏表がなくて素直な性格っていうのは好感度高いと思うよ。……ちょっと空気読めないとこあるけど」

「褒められてる気がしない！　なんだよ、どうせなら思いっ切りいい気分にさせてくれよ！　なんで余計な一言付け足すんだよ！」

「いやぁ、だって……」

「ねえ……」

　苦笑気味に視線を交わす二人に、毅は憮然《ぶぜん》とした表情で腰を下ろす。そうして、しばし
「どーせオレはKYですよ～」とかぶつぶつ言った後で、政近にジロンと目を向けた。

「……そう言う政近はどうなんだよ。お前だって何気にスペック高いし、やろうと思えば
彼女くらい作れるんじゃねーの？」

「あん？　俺？」

「光瑠はまあ……前にいろいろあったって聞いてるし、彼女作らないのも納得だけど……

お前はどうなんだよ？　彼女欲しいとか思わんの？」

「う～ん……」

　毅の質問に、政近は腕を組んでしばし考える。

「……特に作る気はないかな」

「なんで？　まさか、マジで二次元にしか興味がないのか？」

「いや、別にそういうわけじゃないんだけど……俺に彼女が出来るとか、現実感なさ過ぎ
る」

「なんでだよ。こう言うのは恥ずいが、お前こそ普段の不真面目な態度さえなければ、結
構な完璧《かんぺき》超人だよな？　ルックスだってまあ、光瑠ほどじゃないがなかなかだし」

「いや、顔に関しちゃ人並みだろ……」

「そうかな？　僕も、政近はどちらかと言えばイケメンの部類だと思うけど」

「マジで言ってんの？　まあスタイルは自分でも悪くないと思うけど……」

顔に関しては本当に人並みだと思う。と言うか、光瑠なんかと比べてしまうと、自分の顔に関してはいろいろと言いたいところがあるのだが……そんなのはほとんどの人間がそうだと思うので、あえて何も言わないでおく。

「それでも、完璧超人ってところは否定せんのな」

「……ま、運動神経と地頭が相当にいい自覚はあるからな」

　毅のジト目の指摘に、政近は肩を竦《すく》める。政近は決して、自分の才能に無自覚ではない。友人の手前〝相当〟という表現に止《とど》めたが、実際は〝相当〟どころではないレベルで優れた才能を持っていると自覚している。

　オタクな妹《有希》には冗談交じりで《獲得経験値十倍（球技は除く）》のチート持ちとか呼ばれているが、それもあながち否定できない程度には、政近はあらゆる分野で優れた才能を発揮してきた。おかげで、昔は周防家の使用人に神童なんて呼ばれていたくらいだ。

　だが、それは……

「所詮《しょせん》、生まれ持った才能だからなぁ。別に誇るようなもんでもない」

「いや、そこは誇ってもいいと思うが……」

「毅……いいことを教えてやろう。大して努力もせず、親《他者》に与えられた才能《チート》で俺Tueeeする奴ほど、読者に嫌われる主人公はいない。そして、そんなクソチーレム野郎にあっさり惚《ほ》れるヒロインは、おしなべて〝チョロイン〟って呼ばれて叩かれるんだ」

「それはまあ、なんとなく分かるが……別にお前、俺Tueeeはしてないじゃん」

「調子こいたら叩かれるって分かってるから、謙虚に生きてんだよ〜」

やる気のない感じでそう言うと、政近はぐでーんと椅子の背もたれにもたれかかった。

（それでもまあ、親にもらった才能で人生舐《な》めプしてんのは確かなんだけどな）

人並み外れた地頭の良さと要領の良さを活《い》かして、大して苦労もせずに日本有数の名門校に進学。生徒会活動でそれなりに実績も積んで、将来への布石も十分。

これぞ舐めプ。真面目に努力して一生懸命生きてる人を馬鹿にしてる。これで、二次元に出てくるヒロインのようなステキな彼女をあっさり手に入れようもんなら、それこそ非難轟々《ごうごう》だろう。

「『恋愛の女神は、自分から動く人間に微笑む』ってな……」

「何それ？」

「なんかの漫画のセリフか？」

「違《ち》げーよ。俺のじいちゃんの名言？　口癖かな？　恋愛においては、自分からグイグイ行く奴が成功する〜って意味だと」

ちなみにこの〝じいちゃん〟とは、政近の父方の祖父のことだ。ロシアが大好きで、幼少期の政近にロシア文学やロシア映画を薦めまくった張本人であり、齢《よわい》七十を超えた今でも、いつかロシアン美女を両脇に侍《はべ》らせてウォッカを飲むのが夢だと語るファンキーなおじいちゃんである。ただし、本人はウォッカなんて飲もうもんなら急性アルコール中毒待ったなしの下戸だというオチが付くのだが。

「ふぅ〜ん、まあ真理っちゃ真理か。……ん？　待て。じゃあ光瑠はどうなるんだ？」

「生まれついて恋愛の女神に愛されちゃってる人は例外だろ」

「全然嬉《うれ》しくないけどね」

表情の抜け落ちた顔で即答する光瑠に、毅は口の端を引き攣《つ》らせて笑う。

「いや、うん……光瑠の場合は、なんつーか恋愛の女神とやらにヤンデレ気味に愛されちゃってる気がするよな、うん」

「よく女神は嫉妬深いって言うもんな……あれか？　光瑠が完全に女性不信になった段階で、『あなたにはもう私しかいないのよ』とか言って女神が降臨するパターンか？」

「それ悪魔じゃね？」

「たしかに」

「もっとも、ヤンデレ女神であれ悪魔であれ、オレなら一向に構わんがな！　というか！　一度でいいから女子に迫られてみたい!!」

ブレずに願望をぶちまける毅に、政近と光瑠は苦笑いを浮かべる。

「まあ、迫られんの期待して受け身でいるのは危険だと思うけどな……じいちゃん曰《いわ》く、攻めの姿勢が大事らしいし？」

「攻めの姿勢、か……分かった！　オレ、本物の肉食系男子になってみる！　そして、女子にガンガンアタックする！」

「お〜う、頑張れ〜」

「ほどほどにね……」

所詮他人事なので、政近はテキトーに毅の応援をした。……後日、その無責任な発言が、責任という形で我が身に降りかかってくるとも知らずに。

◇

「……ふぅ」

毅と光瑠が帰った後、政近は自室で明日の試験に向けた試験勉強を続けていた。が……

「モチベ上がんねぇ……」

自分でもはっきりと、集中力が持続していないのが分かった。勉強してはいる。だが、全然頭に入ってこない。教科書の上を目が滑っているのが自分でも分かるし、これではダメだと頑張って詰め込んでみても、頭の中に保持することが出来ずに入れた端から知識が消えていく。分かりやすく能率が落ちている状態だった。

「あぁ……もう十一時か……」

お風呂上がりからかれこれ二時間くらい勉強しているが、無駄に時間ばかり掛かって全然勉強が進んでいない。

「そろそろブレハザ始まるな……」

毎週楽しみにしている深夜アニメの放送時間が迫ってきて、政近の心は揺れる。

（ここまで能率が下がっている状態で勉強しても無駄だし、少し休憩して、それから改めて勉強した方がいいんじゃないか？）

そんな考えが浮かぶが、しかしここで一旦《いったん》アニメに逃避したら絶対そのまま勉強に戻らないということは、政近も自分で分かっていた。

（でもなあ……時間掛ければ偉いってわけじゃないし。一通り試験範囲の勉強は終わったし、あとは明日の朝復習すれば……と言うか、こんなこと考えてる時点で集中できてないのは明らかなわけで）

椅子の背にぐでーんと体を預け、うだうだぐだぐだと頭の中で言い訳をこねくり回している内に、アニメの放送時間になる。

「始まった、か……」

……しかし結局、政近はテレビをつけることはなく。五分ほど待ってから、諦《あきら》めたように机に向き直った。

「ハァ……俺、こんなに根性なくなってたのか……」

アニメが始まってしまうまで待って、ようやく踏ん切りをつける自分に溜息《ためいき》を吐く政近。昔は、母親やあの子のためなら努力なんて一切苦にならなかったというのに。数年間腑抜《ふぬ》けている間に、どうやら努力の仕方というものを忘れてしまったらしい。

アリサと……沙也加《さやか》の思いに応《こた》えたいという気持ちはある。あの二人のために、誰にも恥じぬ副会長候補にならなければならないという使命感もある。……あった。少なくとも一週間前までは。

（でも……多少成績が上がったところで『だから何？』って感じだし。そもそも成績上げるって目標自体俺が設定しただけで、誰と約束したわけでもないし）

しかし、今はこんな考えが浮かんでしまうくらいにはその気持ちも薄れていた。所詮、今の政近のやる気などその程度のものである。

（結局のところ、自己満足なんだよな……ま、努力なんて大体が意地と自己満足みたいなもんか。いつだって敵は自分自身……ってやつだな。こんなのを延々と続けられるんだから、やっぱりアーリャってすごいわ）

自分で掲げた目標に向かって、自分が理想とする自分になるために、終わりのない努力を続けるなんて、普通出来ることじゃない。一言で言えば向上心ということになるのだろうが、そんな言葉では片付けられない眩《まばゆ》い輝きがアリサにはあった。

「ま、俺には向上心なんてもんは欠片《かけら》もないわけですが……つーか、欲ってもんがないんだよなぁ」

地位も名誉も、金も女も、特に欲しいと思わない。明日も今日と変わらず、そこそこに平穏でそこそこに楽しい日常が続けばそれでいい。むしろ、その平穏を失うくらいなら地位や名誉なんていらないし、金や女を求めて自ら平穏を破る気もない。それが政近の基本スタンスだった。

そんな政近が、アリサと共に立候補することを決めたのは……このままではいけないという漠然とした焦りがあったのと、単にアリサを放っておけなかったからだった。

「でも、そのためには……最低でも、アーリャの半分くらいは努力しないといけないわけで……」

机に突っ伏し、教科書にぐりぐりと額を押し付けながら政近は唸《うな》る。

「頑張れ俺……せめて俺の評判のせいでアーリャの足を引っ張らないくらいには……」

今の政近はただの授業態度も成績も悪い劣等生だが、成績が上がれば……具体的には、成績優秀者として廊下に貼り出される上位三十位以内に入れば、評価は変わるはずだった。

(そう、目指すは授業中寝てばっかだけどやたらと成績はいいという、少女漫画のヒーローポジション！　真っ当に努力家なヒロインに突っかかられるタイプの！)

人は、圧倒的な努力よりも圧倒的な才能に憧《あこが》れを持つ。悲しいかな、世の多くの人はいつも勉強してて成績がいい人より、全然勉強していないように見えるのに成績がいい人の方を、やれすごいだのやれ天才だのと持て囃《はや》すものなのだ。

政近からすると、「は？　努力してる人間の方がすごいし偉いに決まってるだろ？」と言いたくなるのだが……事実なのだから仕方ない。そして、自分のキャラ的にも、狙うとしたらそのポジションだと思っていた。人目に付かない生徒会室で勉強をしていたのは、実はそのためでもあったのだ。

「だから頑張れ……もう少し」

自分を鼓舞し、ガバッと顔を上げたところで、机の上に置いたスマホが振動した。

「ん？　電話？」

　ブーン、ブーンという連続した振動に、政近は慌ててスマホを手に取り……表示されている名前を見て固まった。

「え……アーリャ⁉」

　大方父親か有希辺りだろうと思っていたところのこの名前に、政近は驚愕《きょうがく》する。何しろ、アリサとは電話はもちろんメッセージのやり取りすら滅多《めった》にやらないのだ。しかも今は夜中。優等生なアリサが電話を掛けてくるには遅過ぎる時間だった。

「あ、切れた」

　しかし、そうこうしている間に電話は切れてしまった。十秒ちょっとで切れたことからすると、どうやらアリサの方で切ったらしい。そうなると、特に大事な用というわけではないのだろうかと思えるが……とりあえず、政近は折り返し電話を掛けることにした。掛けてすぐ、コール音が二回も鳴らない内に電話が繋《つな》がる。

「あ、もしもし？」

『……こんばんは、久世《くぜ》君』

「おお、こんばんは……どうした？　なんか用か？」

『別に、用ってほどじゃ……』

　言葉を濁すアリサに、政近はニヤッと笑ってすかさずからかいに行く。

「どうした？　急に俺の声が聞きたくなっちゃったのか？」

『……』

無駄に低めのイケボでそう言うと、返って来たのは沈黙。アリサの冷たい目がまざまざと想像できる沈黙に、流石に居た堪《たま》れない気分になった政近は、咳払《せきばら》いでもして話を切り替えようと──

【……悪い？】

……したのだが、その直前に聞こえてきたロシア語に、ゴンッと机に突っ伏した。

『……？　何の音？』

「いや……ところで今、なんて言ったんだ？」

『「バーカ」って言ったのよ』

「あっそ……で、何の用？」

『……その、一人だとサボっちゃうって言ってたでしょ？　勉強、大丈夫かなって思ったのよ』

「……」

まさにピンポイントな指摘をされ、政近は言葉に詰まった。すると、スマホの向こうから数段トーンの下がった声が聞こえてくる。

『……まさか』

「いや、サボってはないぞ？　一瞬アニメの誘惑に揺らいだが、ちゃんと打ち勝ったから。マジでマジで」

数秒間、実に疑わしそうな沈黙が流れた後、小さな溜息が聞こえる。

『試験は明日よ？　今が踏ん張り時じゃないの』

「ま、そうなんだけどさ……悪いね、根性なしで」

『そうは言わないけど……』

「どうもモチべが上がらんのですよ……むしろ、お前はこういう時どうやってモチべを維持するんだ？」

『……モチベーションを維持するも何も、モチベーションが途切れたことがないから分からないわ』

「……マジかよ。スゲーなおい」

サラッと飛び出した凄《すさ》まじい発言に、政近は頰を引き攣らせる。すると、少し考える間を置いてから、アリサがゆっくりと話し始めた。

『そうね……私はむしろ、いつも時間に追われてる感じね。まだやり残したことはないか、まだ詰められるところがあるんじゃないか、って考えてたら、モチベーションなんて気にしてる暇はないわ』

「……本当にすごいな」

まさに完璧《かんぺき》主義者と言うべきか。自らの理想を徹底的に追求するその姿勢に、政近は素直に脱帽した。同時に、「あとは明日の朝見直せばいっか～」とか考えていた自分が少し恥ずかしくなる。

「それじゃあまあ、邪魔してもあれだし……俺もアーリャを見習って、もう少し頑張ってみるさ。わざわざありがとな」

『え、あ……』

「ん？」

切ろうとしたところでちょっと焦りを帯びた声が聞こえ、政近はスマホを耳に押し付けた。

「どうした？」

『……』

「？」

何があったのかと首を傾げる政近の耳に届いたのは、何やら痛切な響きを帯びたロシア語。

【まだ……ダメ……】

その囁《ささや》きに、政近はあたかも額を銃で撃ち抜かれたかのようにのけ反ると、ずるずると椅子の上で崩れ落ちた。耳をそばだてていたところに突然のウィスパーボイスが入り込んできて、耳から脳に至るまで激しく痺《しび》れさせる。

（こ、こいつ耳元でなんつーことを囁きやがる!!　っていうか、『まだダメ』ってなんですか!?　いや、『まだ切っちゃダメ』ってことなんだろうけども！　抽象的過ぎていかん妄想が湧き上がりますよぉぉぉ────!?）

　耳をぞくぞくと震わせる囁きに、政近のオタク脳が暴走！　脳内に恥じらいの表情を浮かべて視線を逸らすアリサのスチルが表示され、先程の囁きが脳内再生される！

（【まだ……ダメ……】って、完全にキスシーンやないか～い！　顔近付けようとしたら口を手で押さえられるやつやないか～い！　付き合って三回目のデートの別れ際やないか～い！　………あ、これこの後ちょっと二人が気まずくなっちゃって、そのタイミングを狙いすましたかのように新キャラが波乱を運んでくるやつだ）

『……久世、君？』

「でもって、その新キャラって大体二人のどちらかの過去の秘密を知ってて、それをな～んか匂わせてくるんだよな。第一印象が明るく爽《さわ》やかな奴ほど信用しちゃならんのですよ」

『……何の話？』

「え？　少女漫画の転校生って少年漫画の転校生に比べて悪意を持ったキャラが多くない？　って話だけど？」

『……あなたが全っ然勉強に集中できていないことはよ～く分かったわ』

「あ、いや……うん」

　おかしな妄想をしてしまった気まずさから黙り込む政近に、アリサは軽く溜息を吐いてから、気分を切り替えるように言った。

『そうね……じゃあ、モチベーションが上がらないなら、ひとつ賭けをしない？』

「賭け？」

『ちなみに、あなたの今回の目標は？』

「目標？　試験の？」

『そう』

「……一応、学年三十位以内だけど」

『……大きく出たわね。まあいいわ。もしあなたがその目標を達成できたら、なんでもひとつお願いを聞いてあげるわ』

「ん？　今〝なんでも〟って言った？」

『……もちろん、良識の範囲内よ』

「あ、いや、すまん。ちょっとオタクとしては今のには反応しとかなきゃいけないかなと」

〝なんでも〟に食いついた途端冷たい声で返され、政近は目を泳がせながら弁解する。

『……何を言ってるのか分からないけど、まあとにかく、それでどう？』

「えっと、もちろん達成できなかった場合は……」

『もちろん、私のお願いを聞いてもらうわ』

「……それはそれで若干興味があるな」

『久世クン？』

「あ、いや！　今のは命令されたいとかそういうドM的発想じゃないぞ⁉　ただ純粋に、お前が俺にどんなお願いをするのか興味があるってだけだからな⁉」

慌てて誤解を正すと、アリサはまた少し疑わしそうに沈黙した後、ボソッとロシア語で呟《つぶや》いた。

【……名前】

「え？」

『ヒントよ』

「……いや、ロシア語で言われても分からんが」

『知ってるわ』

ふふんっと笑いを含んだ声で言われ、政近は「いや、ロシア語は分かってるけどな？」と内心でツッコむ。しかし、ロシア語が分かってもヒントが何のことかは分からず、政近は首を傾げた。

『それじゃあ、そういうことでいいわね？』

「あ、ああ、まあ……三十位以内が達成できたらお前が俺の言うことを聞く。達成できなかったら、俺がお前の言うことを聞く。だな？」

『ええ、そうよ』

「いいぜ。グェッヘッへ、俺にこの提案をしたことを後悔させてやるぜ……」

『ま、精々頑張って』

「……お前、スルースキル上がったよな。お兄さんは少し寂しいよ……」

『いつから私のお兄さんになったのよ。私達は同い年でしょう』

呆《あき》れ気味なアリサの言葉に、政近は首を傾げる。

「いや……たしかに同学年ではあるが、歳《とし》は俺の方が上だろ」

『え？』

「え？」

スマホの向こうから聞こえてきた、ポカンとした表情が目に浮かぶどこか素っ頓狂な声。

それに同じように疑問符を返してから、政近は念のため尋ねる。

「……お前の誕生日って、十一月七日だよな？」

『そう、だけど……何で知ってるの？』

「転入してきた頃にクラスで話してなかったか？　たしかそこで聞いたような……まあ、それはいいんだけど。俺、誕生日四月九日だから」

『……』

「もう俺、十六歳ですけど……？」

『……』

なんとも言えない沈黙が流れ、政近は気まずさを誤魔化《ごまか》すように咳払いをすると、早々にお開きにすることにした。

「あ～んんっ、それじゃあそろそろ……」

『……そうね』

「わざわざありがとな、アーリャ」

『別に……いいわよ』

「おう、じゃあまた明日」

『ええ、また明日』

そして、どちらからともなく電話を切り、政近はグッと伸びをした。

「んん……っ、よし！」

気持ちを新たにして、再び教科書に向き直る。数分前に地の底まで下がり切っていたモチベーションは、アリサとの電話を経てすっかり持ち直していた。

別に、アリサとの賭けに釣られたわけではない。ただ、こんな夜に自分の勉強時間を削ってまで、気遣いの電話を掛けてくれたパートナーの存在が嬉しかった。否応《いやおう》なく、その気遣いに応《こた》えたいと思ってしまったのだ。

（しっかし、まさかモチベが下がってるのを見抜かれるとはな……）

そこまで見抜かれていることが恥ずかしく、同時に嬉《うれ》しくもある。自然と〝以心伝心〟なんて言葉が脳裏に浮かび、政近は胸の中がこそばゆくなった。

「ありがとな、アーリャ」

照れ笑いを浮かべ、静かにパートナーへの感謝を口にし。政近は、最後の追い込みに入った。

◇

一方その頃、そのパートナーであるアリサはと言うと。

「大丈夫……大丈夫……」

自室のドアを開けたところで、何やら小声でぶつぶつと自分に言い聞かせていた。

何をしているのかと問われれば、なんのことはない。単にリビングに水を飲みに行こうとしているだけだった。

ただ水を飲むだけなのに、なんでこんなに神経を張っているのかと言うと……ことは数時間前、夕食の時間までさかのぼる。

『この世に潜む、人知を超えた存在。彼らが起こす身の毛もよだつ心霊現象……今宵《こよい》、あなたを恐怖の世界にご招待しましょう……』

おどろおどろしいBGMと共に、ノイズ交じりの不穏な映像が流れる。

夕食の席でたまたまテレビをつけていたところ、折しも夏ということもあり、心霊特集の番組が始まったのだ。

ホラーが苦手なマリヤはこの時点で早々に夕食を片付け、部屋に戻ったのだが……アリサは負けず嫌いな性格が働いて、「まったく、マーシャは怖がりなんだから……私？　全然平気ですけど？」みたいな顔でゆっくりと夕食を食べ、「ま、大したことなかったわね」

と平然とした態度で部屋に戻ったのだ。そして、お約束のように夜中になって怖くなってしまったのだ。真っ暗な廊下を前にして立ちすくんでしまう程度には。

（ど、どこかに、白い顔が浮かんでるんじゃ……）

先程テレビで見た心霊映像が脳裏にフラッシュバックし、アリサは部屋から一歩も外に出られなくなった。

しかし、この期に及んで家族に情けなくすがるなんてことがアリサに出来るはずもなく。悩みに悩んだアリサは、どうにか恐怖を和らげようと、非常識な時間であることを承知で政近に電話をしたのだ。試験勉強云々《うんぬん》に関しては、その場で思い付いたただの口実だった。

どこかの誰かさんは〝以心伝心〟とか思って照れていたが、その実全然まったくそんなことはなかった。所詮《しょせん》、世の中そんなものである。

「大丈夫……ん、よし！」

自分を鼓舞し、つい先程まで政近と通話していたスマホをお守りのように胸に抱くと、アリサは暗い廊下へ忍び足で駆け出した。

周囲の暗闇に目を向けないよう、ただ真っ直ぐ前だけを向いてリビングまでスタタッと駆け抜けると、シンクでコップ一杯の水を呷《あお》り、またシャッと自分の部屋に戻る。

「ふ〜〜……」

明るい部屋に戻り、アリサは安堵《あんど》から長く息を吐く。

そして恐怖が薄れてくると、湧き上がってきたのは不満。何の不満かと言うと、政近に誕生日を教えてもらえてなかったことに対する不満だった。

「何よ……教えてくれれば、お祝いくらいしたのに」

この場に政近がいたら、「いや、自分から誕生日を言うとか『祝ってくれ。プレゼントくれ』って催促してるみたいじゃん……」と、返すことだろう。だが、これは仕方がない。なぜなら、これはまごうことなき文化の違いだからだ。

日本では誕生日祝いは友達や家族から祝ってもらうのが一般的だが、アリサが生まれたロシアでは違う。ロシアでは、誕生日を迎えた当人がお誕生日会を主催し、家族や友人を招待して祝ってもらうという形が一般的なのだ。それこそ、「今日は俺の誕生日だ！　存分に食べて飲んで、俺の誕生日を祝ってくれ！」といった感じでやるものなのだ。

つまり、アリサの中では、「誕生日を教えてもらってない」＝「お誕生日会に招待されてない」＝「その程度の相手としか思われてない」という図式が成り立ってしまうのである。

「友達だって、言ったくせに」

それを言うなら、アリサだって去年の自分の誕生日には政近を招待していなかった。だが、それはそれなのだ。いや、正直招待したいという気持ちもないではなかったのだが……政近だけを招待したら家族に冷やかされるのが目に見えており、かと言って他に招待できる友人もいなかったので、断念した。

……別に泣いてなんかない。賑《にぎ》やかなマリヤのお誕生日会と比較して、悲しくなったりなんてしてないのだ。決して。マリヤのお誕生日はクリスマスイブと被ってるんだから仕方ない。この盛り上がりの差はそこから生まれてるんだなんて、自分を慰めたりはしてないのだ！　決して！

「……ふんっ、もう知らない」

不満げにそう漏らすと、アリサは苛立《いらだ》ちを発散するようにベッドに身を投げ出した。枕をむぎゅーっと胸に抱き、口元を埋める。そして、ふっと力を抜くと、唇を尖《とが》らせてボソッと呟いた。

「……久世君のバカ」

第4話 こ、これが文化の違いってやつか……

「終わっ、たぁ～～っ」

一週間に及ぶ期末試験を乗り越え、政近《まさちか》は達成感から大きく伸びをする。

教室を見回すと、まだホームルームが残っているにも拘《かか》わらず、教室のあちこちで解放感に浸ったり放課後の予定について話し合ったりしている生徒が見受けられた。

政近はと言えば、今日は試験期間中に録《と》り溜《た》めていたアニメを一気に消化するつもりなので、特に友人と遊んだりといった予定はなかった。なかった、が……ひとつ、非常に気になっていることはあった。それは……

「アーリャも、お疲れ」

「ええ、お疲れ様」

……なんとなく、本当になんとな～く、アリサの態度がどこかよそよそしいというか、素っ気ない気がすることだった。

月曜日からずっと違和感はあったのだが、試験期間中は試験に集中するため、あと単純に気のせいである可能性があったため放置していた。だが、この違和感を解決しないまま休みに突入するのは非常に気持ちが悪い。

「えっと、アーリャは放課後なんか予定あるのか？」

「いいえ、特には」

「そっか。じゃあ、途中まで一緒に帰らないか？　終業式のことについて、話したいこともあるし」

「……いいわよ」

「おっけ、じゃあまた後でな」

「ええ」

これ自体は、普通の会話だ。アリサの態度も特に普段と変わらないように見える。だが、違和感は確かにあった。それは……

（ロシア語で、デレないんだよな……なんか知らんけど）

そう、この五日間。アリサのロシア語が完全に鳴りをひそめているのだ。いや、それ自体は政近にとってはいいことだ。不意に放り込まれるロシア語のデレは政近にとって心臓に悪いものだし、その後大体言った当人のアリサがチラッチラしてくるもんだから表情筋が鍛えられる。だから、いいと言えばいいのだが……やはり気になる。そして、気にしてみると、どうもアリサの態度が素っ気ないような感じがしてくるのだ。

（んん～……まあ、気のせいだったら気のせいだったでいいんだけど……）

来週の土曜日には終業式あいさつという、選挙戦における一大イベントが待ち構えているのだ。ペアの連係を乱す要因は、今のうちに取り除いておきたいところだった。あと、まあ……

（……俺、なんか嫌われることしたかな？）

心当たりがなくてもどうしても気になってしまう、繊細な男心があったりもするのだが。

◇

ホームルームを終え、政近とアリサは約束通り一緒に教室を出た。二人並んで歩いていると、以前よりも多くの注目が集まるのを感じる。元よりアリサはそのいろいろと浮世離れした容姿ゆえに否応なく視線を集めるが、今は政近の方にも視線が向いている。どうやら、先週の討論会を経てこの二人の組み合わせが、会長選のペアとして多くの生徒に認知されたらしい。

「……それで？　終業式のあいさつの話だったかしら？」

「ああ、そうなんだけど……」

いつも通り、自分に向けられる視線などないかの如く平然と話し掛けてくるアリサ。それに対して、政近は少し迷ってから直球で尋ねた。

「その前に……なあ、アーリャ。なんかあった？」

「何かって？」

「いや、ずっと気になってたんだけど……月曜日から、なんかいつもと態度違くない？」

政近の質問に、アリサはピタリと立ち止まった後、意外そうな表情でまじまじと政近の方を見る。

「その反応……やっぱり何かあったのか」

「……」

苦笑気味に言った政近の言葉に、アリサはパッと前に向き直ると歩みを再開させた。そして、素知らぬ表情を取り繕って言う。

「……気のせいでしょ」

「いや、その誤魔化しは無理があるぞ？」

「……」

どうにも態度が頑《かたく》ななアリサに、政近はあえて視線を前に向けたまま、アリサの方を見ずに話し掛ける。

「俺がなんかしちゃったのか？　だったらそう言って欲しいんだが」

「……言いたくない」

「う〜ん、そっかぁ……」

「ふぅ……出来るだけ表には出さないようにするわ。週明けには、いつも通りになるようにするから……それじゃあダメ？」

軽く息を吐いてから、チラリと上目遣いで窺うようにそう言うアリサ。そのちょっと不安そうな子供っぽい表情には、思わず「ううん、全然ダメじゃないよ～？」とか言って頭を撫《な》でたくなる愛らしさがあったが、政近は雑念を振り払って真面目な表情で首をひねった。

「ん～そうは言ってもなぁ……もう五日間その調子だろ？　ホントにいつも通りに戻れるって言うならまあいいんだけど……」

「……そんなに、分かりやすかった？」

「まあ、ね……」

「そう……表には出してないつもりだったんだけど」

まあ、表にはほとんど出てなかった。ただ、ロシア語も出てなかった。本人気付いてないっぽいけど。

「ま、実際ほとんど態度には出てなかったし、その認識は合ってると思うぞ。俺は気付いたけど」

「ふ、ふぅ～ん？」

肩を竦《すく》めつつ政近がそう言うと、アリサが少し眉《まゆ》を上げて髪をいじった。

「つまり、それだけ私のことを気にしてたってこと？　試験期間中なのに？」

どこか挑発するように言うアリサに、政近は真顔で返す。

「そりゃ気にするだろ。大事なパートナーなんだから」

「ふ、ふぅ～～ん」

大事なパートナーなんだから。大事なパートナーなんだから。大事なパートナーなんだから……アリサの脳内で政近のセリフがリフレイン。アリサの髪の毛いじいじが加速する。このままでは毛先がくるっくるになってしまいそうな勢いで加速する。

しかし、突如その指の動きをピタッと止めると、アーリャはむっと表情を険しくさせた。

「だったら、なんで……」

「ん？」

「……」

首を傾げる政近に、アリサは無言でプイッとそっぽを向く。その分かりやすく不貞腐《ふてくさ》れた態度に、政近はどうしたもんかと考えながら靴を履き替えた。そして、並んで正門に向かって歩き始め……少し経《た》ってから、ようやくアリサがボソッと呟《つぶや》いた。

「……誕生日」

「え？」

「誕生日パーティー、どうして呼んでくれなかったの？」

そっぽを向いたまま、不満げに言うアリサ。だが……政近には何が何やら分からない。

「誕生日パーティー？　何の話だ？」

「何の話、って……」

とぼけられたと思ったのか、アリサがパッと振り向いて不快そうに眉根を寄せる。しかし、そんな顔をされても分からないものは分からなかった。

「え？　誕生日パーティー？　俺の？」

「……そうよ」

「……いや、そんなもん開いてないけど……どこ情報？」

「開いてないって、そんなわけ……」

「い、いや、ホントに開いてないって！　そもそも小学生じゃないんだから、誕生日パーティーとかそんな開かんだろ⁉」

「え……？」

そこで、アリサがようやく何か食い違っていることを自覚したらしく、眉根を寄せたまま小首を傾げる。と同時に、政近もピンと来た。

「え、あ、あぁ～あ～……もしかして、ロシアでは誕生日にパーティー開くのが一般的なのか？」

「え、ええ……日本では違うの？」

「まあ、日本じゃそれこそ小学生とかしか……いや、この学園だったら結構やる奴いるな。ホームパーティーとか開く奴マジでいるみたいだし……ま、それは置いといて。少なくとも俺は、小学生以降はやったことないぞ？」

「そ、うなの……」

「と言うか、そんなこと今までも気付く機会あっ………………ごめん」

「なんで謝るのよ」

「いや、うん。ねえ？」

そもそもパーティーに招かれるような友達がいなかったか……とは流石に言えず、言葉を濁す政近。しかし、すぐにニヤッとした笑みを浮かべると、アリサに意味ありげな目を向けた。

「にしても、ふ～ん？」

「……なによ」

「いんやぁ～？　ただ、そ～んなに俺のお誕生日をお祝いしたかったのかって思ってね～？」

「っ！」

苦虫を噛《か》み潰《つぶ》したような表情で、再びパッと顔を背けるアリサ。しかし一瞬遅く、その白い頬がカッと赤くなるのがはっきりと政近の目に見えてしまった。

「……ロシアでは、お誕生日を教えないってことは『あなたとは今年もう仲良くしませんよ』って意思表示になるのよ」

「ふ～ん？」

「なによ」

「いや？　まあそういうことにしときますかね～？」

「ムッカつく……！」

本気でイラッとした表情を浮かべるアリサに、政近はからかうのはこのくらいにして機嫌を直してもらうことにした。

「それじゃあ、まあ……お祝いしてもらおうかな？　もう三カ月も過ぎてるけど……」

「え？」

「お前とは今年も仲良くしたいしな。週明けの月曜日は午前中授業だし、昼ご飯をどこかに一緒に食べに行くってのはどうだ？　ついでに、その場で終業式のことについてもいろいろと……それとも、ロシアでは遅れて誕生日を祝っちゃいけない風習があるのか？」

政近の問い掛けに、アリサは少し首を傾げてから、頭を横に振った。

「いいえ……早くに祝うのはよくないけど、遅い分ならまあ……」

「よっし、決まりだな。じゃあ、週明けに……うむ、遅ればせながら俺の誕生日パーティーを開催するので、是非来てくれたまへ」

「なにそれ」

無駄に真面目くさった表情で重々しく言う政近に、アリサは微《かす》かに苦笑を漏らす。その表情を見て、どうやら多少機嫌が直ったようだと政近はほっとした。しかし、その政近の安堵《あんど》した表情を見て、アリサは再び眉根を寄せた。

いいようにからかわれた挙句、一転して子供をあやすようにご機嫌取りをされたことに気付いたのだろう。政近の顔を横目で睨みながら、アリサはむぅっと不満げな顔をする。

と、二人の分かれ道に差し掛かり、政近はアリサの方を向いた。

「それじゃあ、ここら辺で……また月曜日、に……？」

その瞬間、アリサがサッと周囲に視線を巡らせ、政近は小首を傾げる。

(何を探して……？)

疑問符を浮かべながら、釣られて周囲を見回そうとし──こちらに向き直ったアリサがニヤッとした笑みを浮かべているのを見て、危機感が跳ね上がった。

(やばっ、何か、来る──？)

反射的に一歩後ずさる政近だったが、それ以上の速度でアリサが距離を詰める。一瞬にしてお互いの吐息が感じられそうな距離まで接近すると、硬直する政近の肩に手を置き、アリサは政近の頬に自分の頬を押し付けた。そして、政近の耳元で一言。

【楽しみ♡】

そう言うが早いか、アリサはすぐに体を離すと、政近をキッと睨《にら》むような目で見ながら言った。

「はい、これで仲直りね。それじゃあまた」

「お、う……」

早口で言うだけ言うと、クルリと踵《きびす》を返して素早く駆け去っていくアリサ。その後ろ姿を、政近は呆然《ぼうぜん》と見送る。そして、半自動のようなぎこちない動きで反対方向に歩き出すと……角を曲がったところで、塀に手をついて崩れ落ちた。

(へ、へへっ、四日ぶりのロシア語……効くじゃねぇか)

胸元を手で押さえ、「今ならリアル吐血できる自信がある」と引き攣った笑みを浮かべる政近。

（と言うか、なんか滅茶苦茶《めちゃくちゃ》ハードル上げられた気が……）

あんなことを言われては、そこら辺のファミレスでテキトーに終わらせるなんて出来そうもない。それなりにオシャレなお店で、しっかりとしたお祝いをしないといけなさそうだ。

（この土日で、いい感じのお店の調査をしないとな……）

そういったことに疎い身としてはなかなかに難しいミッションだと、苦笑を漏らす政近。

しかし、無事アリサの素っ気ない態度の原因は分かったのだ。それはよかったと思うことにする。しかし、それ以上によく分かったのは……

（リアル耳元ウィスパーは……割と死ねる）

と、いうことだった。

◇

週明けの月曜日。試験期間が終わった後の五日間は、基本的にテスト返しと三者面談に充てられる。午前中はテスト返しと夏季休暇に向けた各教科の課題の説明、時々普通の授業が行われ、午後からはそれぞれの教室で三者面談が行われるのだ。三者面談は出席番号順に行われるので、アリサと政近は明日の予定になっていた。

「それで、試験はどうだったの？」

「んん〜まあ、全教科平均点は超えてたぞ？」

学園からの帰り道。アリサからの質問に、政近は首をひねりながら答える。一応今日の時点で、既に全教科の個人点数と平均点が記載された成績表は配られていた。テスト返しの最中に採点ミスなどで点数が変動することがあるため、順位などの正式決定は土曜日になるが、三者面談に使用するために仮の成績表はあらかじめ配られることになっているのだ。

ちなみに、征嶺学園《せいれいがくえん》では隔週で土曜日に半日授業があり、今学期は土曜日の午前中に成績発表と終業式が行われることになっていた。

「まあ、順位が目標に達してるかは分からないが……前回よりずっといいことは確かだな」

「そう、頑張ったのね」

「えらいでしょ」

「えらいえらい」

「……お前、だんだん俺の扱い方が分かってきたな」

棒読みで受け流すアリサに、政近はジト目を向ける。が、アリサはこれも素知らぬ顔でスルー。

「グスン、アーリャちゃんが冷たい」

「マーシャの真似《まね》をしてるつもりならホントにやめて気持ち悪いから」

「はい」

一切笑ってない目で言われ、流石の政近も真顔になる。そして、視線を泳がすと露骨に話題を変えた。

「あぁ～……にしても、真っ昼間に出歩くとやっぱり暑いなぁ。今日は日差しも強いし……」

そう言いながら政近は制服の胸元を掴《つか》んでバタバタと風を送り込み、しかめっ面で自身の服装を見下ろした。

「何より、この制服が暑いんだよな……なんで今の時代、夏服が普通に長袖《ながそで》なんだよ」

「あ、やっぱりこれって普通じゃないのね……」

「全然普通じゃねーよ？　他の学校は大体夏服は半袖だし、今の時代サラリーマンでも半袖着るよ？」

一応、冬服に比べれば生地は薄手になっているが、長袖という時点でどうしたって熱は籠もる。じゃあなんで今の時代に頑《かたく》なに制服が長袖なのかと言えば……学生鞄《かばん》と同じで、やはりこれも〝伝統〟なのだった。

征嶺学園《せいれいがくえん》の制服はかなり有名で、これを着ているだけで街中では「おっ、征嶺学園《せいれいがくえん》の生徒だ」と注目される。言ってしまえば制服自体がひとつの有名ブランドであり、それを身に着けることは征嶺学園《せいれいがくえん》の生徒にとっての誇りである。

それと同時に、「常に注目されているのだ」という意識が、征嶺学園《せいれいがくえん》の生徒として相応《ふさわ》しい振る舞いを心掛けることにも繋《つな》がる……と、いうことらしい。が、政近に言わせれば、「地球温暖化舐《な》めんなって話だよな……このブレザーを脱げればだいぶ楽になるとは思うんだが」

「でも、会長がそこを変えようとしてるって話じゃなかったかしら？」

「それが当選時の公約のひとつだったからな～……結構難航してるらしいが。実現するにしても、来年度からじゃないか？」

　現在、政近と同じ考えを持った統也《とうや》が制服の変更に向けて動いているらしいのだが、なかなか難しいらしい。生徒の中にも「この制服がカッコイイ！　暑さ？　おしゃれは我慢してなんぼ！」という層が一定数いる上、例の歴代会長と副会長で構成されたサロンを筆頭にした、ＯＢ会の反対がなかなかに強固なのだそうだ。

　これに関しては、政近は「いや、俺らが我慢してたんだからお前らも我慢しろっていう、後輩への嫌がらせでは……？」と疑っているのだが。

「まあ、会長には是非頑張って欲しいね……車の送迎とかがない俺ら中流階級の生徒としては」

「単に薄着の女子を見たいってだけじゃないの？」

「薄着になってかえって視線は熱くなるって？　よく分かってんじゃねぇか……！」

「……」

「いや、ホントにそんなこと考えてないからな？　まあオタク的には制服変更イベントって結構重要なイベントだと思うけど、ずっとこの学園だったからイマイチそこはピンと来ないし……」

なかなかにずれた弁解をする政近を冷めた目で見ていたアリサだったが、不意に挑発的な笑みを浮かべたかと思うと、髪を払い、流し目を政近に向けた。

「あら、見たくないの？　私の半袖姿」

「見たくないかと問われれば、興味はあると言わざるを得ないな」

「ふふん、そう？」

もっと正直に言えば、半袖シャツの制服で起きることがあると噂の、〝透けブラ〟というものに大変興味があった。思春期男子としては。

（でもあれって、前の席の女子に起きるってイメージがあるんだよな……光瑠《ひかる》の背中が透けてても欠片《かけら》も嬉《うれ》しくねぇ）

「何か変なこと考えてない？」

「いや？　ただ……会長が半袖シャツになったら、なかなかに暑苦しそうだなって」

「それは……まあ、そうね？」

得意げな表情から一転してジト目になったアリサだったが、政近が何食わぬ顔で言った言葉に視線を巡らせると、思わず頷いてしまう。統也にとってはとんだ風評被害であった。

「あと、更科《さらしな》先輩もなんかすごいことになりそうだよな……二の腕とか肩とか。あの人、普段は目立たないけどかなりのアスリート体型っぽいし」

「ああ、そうね」

再び頷き、アリサは政近の体を上下に見ると、どこか小馬鹿にした笑みを浮かべた。

「それに比べて、あなたはなんだかなまっちょろくなりそうね」

「え、なんでいきなり馬鹿にされた？　俺これでも結構筋肉ついてますけど？」

「ふぅん？」

「インドア舐めんなよ？　俺の細マッチョセクスィーボディーを見せ付けてやろうか」

そこまで言ってから、政近はふと自分で想像した。ビーチベッドに横たわり、半袖シャツの前を開けて胸筋と腹筋を見せ付けている自分の姿を……想像して思わず、口元を手で押さえる。

「？　どうしたの？」

「いや……自分で想像したらめっちゃキモかったわ。細マッチョがセクシーなのも、結局は『ただしイケメンに限る』ってことか……」

頭の中の変にナルシストっぽいイメージを打ち消しながら、政近はしみじみと言う。すると、アリサが少し視線を上に向けてから……何を想像したのか、髪をいじりながらボソッと言った。

【別に、キモくはないけど】

「なんだって？」

「『変なもの想像させないでよ』って言ったのよ」

「ああそう……そこは正直に言わなくてもええんやで？」

「あなたが訊《き》くからじゃない」

ふんっと鼻を鳴らして髪を払うアリサ。それをジト目で見てから、政近は少し遠い目をする。

（一体、アーリャの目には俺がどういう風に見えてるんですかね～？）

【そもそもイ、イケメンだし】

（ふぐっ！　ほ、ホントに、どういう風に見えてるんだろう、ね……？）

胸の奥がムズムズする感覚に、政近は口が引き攣《つ》らないようにするのに必死だった。しかし、幸いと言うべきか、ちょうどそのタイミングで目的地が近付いてきたので、政近はそちらに意識を切り替える。

やって来たのは、駅近くの若者向けの大きな服屋だった。なんで食事の前に服屋に来ているかと言うと、答えは簡単、着替えるためだ。政近は別に制服のままでもいいと思ったのだが、アリサが「流石に昼日中から制服で食事に行くのはどうなの？」と難色を示したので、食事の前に着替えることにしたのだ。と言っても、ここで服を買って着替えるわけではない。

政近も最初に聞いた時は「上手《うま》いこと考えたな」と感心したのだが……このお店は、征《せい》嶺学園《れいがくえん》の生徒限定で更衣室が無料開放されているのだ。

征嶺学園《せいれいがくえん》の生徒だって、年頃の少年少女である以上、放課後に友人達と寄り道だってし

たい。だが、制服姿での寄り道は校則で禁止されているため、ファミレスくらいならともかく、流石に制服でカラオケやゲーセンに行くわけにはいかない。

なまじ制服が有名なこともあり、下手したら近隣住民から学園へ報告が行く可能性があるし、もしそうなれば処分は免れない。

ならどこかで制服から私服に着替えるしかないが、富裕層の多い征嶺学園《せいれいがくえん》の生徒の中には、公衆トイレなどで着替えるのを嫌がる生徒もいる。そんな生徒達に向けて、このお店は更衣室を開放しているのだ。

若者向けの服屋にとって、金払いのいい富裕層の学生は喉から手が出るほど欲しいお客だ。更衣室をちょっと貸すだけで征嶺学園《せいれいがくえん》の生徒が向こうからホイホイやってくるなら、更衣室くらいいくらでも貸すということだろう。

（にしても、これは少しやり過ぎな気がするけどな……）

店の奥、軽く二十以上ありそうな更衣室の列を前に、政近は苦笑いを浮かべる。一体、どんな団体客の来訪を想定しているのだろうか。いや、これだけのことをしてでも、征嶺《せいれい》学園《がくえん》の生徒を逃したくはないということだろう。

「それじゃあ私、ここで着替えるから」

「ああ、おう」

店長の商魂たくましさに感心しつつ、政近はアリサと少し離れた更衣室に入り、すぐに制服を脱いだ。

「あぁ〜暑《あ》っつかった」

解放感に浸りつつ、手早くタオルで汗を拭《ぬぐ》うと、本来体操服などを入れるサブバッグから私服を取り出して着替える。そして、制服をサブバッグにしまうと、学生鞄と一緒に大きめのエコバッグに放り込んだ。これで変身完了。

「あ〜涼し〜」

半袖と冷房のありがたさを実感しながらしばらく待ってると、やがてアリサも更衣室から出てくる。

「お待たせ」

「お、う……」

出て来たアリサの服装は……いつぞやの買い物の際にアリサが試着した、純白のワンピースだった。今この場にこの服を着てくるというのには、果たして何らかの意図があってのことなのかどうなのか。しかし何はともあれ、ここは自称紳士として淑女の服装を褒めねばならない。

「やっぱり似合ってるな、その服」

「ふふん、そう？　ありがと」

政近の称賛に、満足そうに髪を払うアリサ。わざわざ靴まで服に合わせた水色のサンダルに替えてる辺り、妙に本気なのが窺《うかが》えるというか……バッチリ決めてきてる気がするのは、果たして気のせいなのだろうか。

「それじゃあ、行くか？」

「ええ、そうね」

店員さんに会釈して感謝を伝えつつ、政近とアリサは外に出た。

（なんつーか……これは、流石にデート感が強くないか？）

考えてみれば、私服姿のアリサと二人で、それも真っ昼間の街を歩くのは初めてのような気がする。

（すげぇ、マジで街行く人が振り返る）

すれ違う人々が、男女問わずまるで魂を抜かれたようにアリサを凝視する光景は、なかなかにすごいものだった。有希《ゆき》もすれ違う人にまじまじと見られることはあるが、ここまで露骨に振り返られることはそうそうなかった。

（まあ、こんだけ目立つ容姿してたら当然か）

夏の日差しにキラキラと輝く銀の髪に、産毛の一本一本が光を溜《た》めているんじゃないかと思うほどに眩《まぶ》しく白い肌。これだけで十分人目を惹《ひ》くだろうに、ルックスもスタイルも抜群となれば、目を逸らせなくなってしまうのも無理はない。

「……なに？」

「いや……なんかめっちゃ注目されてるなって」

「気にしても仕方ないわ。美人の宿命だもの」

事も無げに言うアリサに、しかし事実でしかないから政近は何も言えない。周囲を見回せば、向けられる視線が何よりその事実を証明している。

「今日は俺がいるからいいが……一人だったら滅茶苦茶《めちゃくちゃ》ナンパされるんじゃないか？」

「そうね。休日はよく声を掛けられるわ」

「あ、やっぱり？　そういう時どうするんだ？」

「相手が諦《あきら》めるまで、ひたすらロシア語でまくし立てるだけよ」

「……なるほど」

政近から見れば、アリサの顔は純粋なロシア人とは少し違う。ところどころに日本人っぽい要素もあるのだが、それでもこの容姿でネイティブのロシア語をしゃべられたら、たしかに普通の人は引いてしまうだろう。

（いや、でもよかった……てっきり毒舌と暴力で撃退してるのかと）

「何か失礼なこと考えてるでしょ」

「いや全然？　アーリャがタチの悪いナンパに引っ掛かってなくて何よりだなって」

何食わぬ顔でそう言う政近に、アリサは片眉《かたまゆ》を上げて挑発的な笑みを浮かべた。

「あら、独占欲？　まるで彼氏面ね」

「悪いな。デートの最中は少なからず彼氏面したくなっちゃうものなんだよ」

「あっ、そう……デート……そう、ね……」

しかし、政近にサラッと切り返されて、すぐに真顔になった。ぱちぱちと目を瞬かせた後、恥ずかしそうに肩を縮こまらせると、落ち着かない様子で髪をいじり始める。そして、チラリと政近の方を見てからボソッと言った。

【……初めて】

(うん、そうだね～俺とのデートはこれが初めてかな～？)

突如叩《たた》き込まれる回数制限付きの超攻撃！ 女の子が人生で数えるほどしか使えない究極の攻撃技《初めて》を、政近は必殺《都合のいい解釈》で威力を軽減して受け止める！

説明しよう！ 必殺《難聴》が「え？ なんだって？」から繰《く》り出される究極の受け流し技なら、必殺《都合のいい解釈》は「ああ、そういうことね」から繰り出される究極の防御技なのだ！

(HAHAHA、こ～んな美少女がデート自体初めてなんてそんなことあるわけないジャナイカ)

精神を平穏に保つため、必死にそう自分自身に言い聞かせる政近。政近には、こんな完《かん》璧《ぺき》美少女の〝初めてのデート〟なんていうとんでもなくプレッシャーの掛かる代物を背負う勇気はなかった。チキンと呼ばば呼べ。

(とゆーか、〝デート〟って別に本気で言ったわけじゃないし？ 言葉の綾《あや》っていうかなんていうか……まさか、アーリャも本気にしてないよな？)

恐る恐るアリサの方を窺う政近だったが、パチッと目が合った瞬間、アリサはプイッと反対方向を向いてしまう。そして、視線をそっぽに向けたまま蚊の鳴くような声で言った。

【そ、それじゃあ……手とか、繋《つな》いでみる……？】

微妙に赤い頬でチラチラそわそわするアリサに、政近は遠い目になる。

（あ、う～ん……めっちゃ本気にしてるやん……）

もう、なんというかムズムズする。背筋がムズムズして、思わず身震いしたくなる感覚だった。

しかし、幸いにしてそこで目当てのお店が見えてきたので、政近は必殺《保留》を使って意識を切り替えた。いわゆる「それは一旦《いったん》横に置いといて」というやつだ。もちろん、一旦置いたものを再び取り上げることはない。「それは保留じゃなく放置だろう」というツッコミはしてはいけない。

「あ、見えてきた。あの店だよ」

「……あの、お肉がディスプレイされてるお店？」

「そうそう」

やって来たのは、駅から少し離れたところにある熟成肉専門のレストランだった。

夜は五千円以上のコース料理が基本の、学生の身には厳しいなかなかにお高いお店になるが（もっとも征嶺学園《せいれいがくえん》にはそんな金額が苦にならない学生も一定数いるが）、実はランチ限定で千円ちょっとでいろんな熟成肉を食べることが出来るのだ。

この土日の間にネットと自分の足を駆使して探し出した、デート初心者である政近渾身《こんしん》のセレクトである。

（どうよこれ！　結構よくない⁉　アーリャも肉は嫌いじゃないはずだし、これは割とセンスいいだろ！　ラーメンとかカレーとか焼肉とか、安易な選択肢に逃げなかったぞ！　偉いぞ俺！）

店の前で内心ガッツポーズしつつ、チラリとアリサの様子を窺う政近。しかし、政近は分かっていなかった……アリサもまた、デート初心者だということを。そう、アリサもまた初心者だからこそ……正直に、こんなことを言ってしまう。

「ああ、このお店おいしいわよね。前に家族と来たことあるわ」

アリサの何の悪気もない一言が政近を襲う！　心の中の政近がガッツポーズをした体勢のままビシッと石化する！

（あ、うん……いや、まあ『前に来たけど微妙だったわ』って言われなかっただけマシ、か……）

そのままピシピシとひび割れ掛けるも、なんとか自分で自分をフォローして持ち直す。が、そこに一切の悪意なくバルディッシュ（ロシアのなんかゴツイ武器）が振り下ろされた。

「たしか、鹿肉がおいしかったのよね」

〝石化〟×〝重量武器〟＝〝砕ける〟。政近のメンタルはこの時点で見事に砕け散った。もう「俺のセンス割とよくない⁉」とか誇る気持ちは欠片《かけら》も残っておらず、むしろ居た堪《たま》れない気持ちでいっぱいだった。なぜなら……

「……ごめん、ランチメニューに鹿肉は出ないんだ……」

「あ……そう」

意気消沈してるのを隠し切れない政近の様子に、流石のアリサも失言だったと気付いたらしく、慌ててフォローする。

「でも、他のお肉も美味《おい》しかったから、嬉《うれ》しいわ。さっ、入りましょ？」

「……そうだね」

内心「あれ？　なんで俺がエスコートされてるんだ？」と思いながら、政近は店に入った。案内されたテーブル席に着いてランチメニューと飲み物を注文すると、政近は気分を切り替えるように、すぐに終業式の話を切り出す。

「えっと……それじゃあ、終業式のことなんだけど」

「え、ええ」

「まあ詳しい話は前日の準備の時にでも会長辺りから説明されるだろうけど、ザッと流れを説明しとくな？　例年通りなら、会長が司会になって一人ひとり役員の名前を読み上げるから、それに従って演台に立ってあいさつをするって形になる。順番は……」

政近は右手を上げると、指をしゃべりながら一本ずつ折り曲げていく。

「会長候補、そのパートナーの副会長候補、また別の会長候補、そのパートナーの副会長候補……って感じで、役職に関係なくペアがセットで呼ばれる。会長候補がまず会長選に挑む意気込みを語って、その後でそのパートナーが、なんで自分が彼あるいは彼女を会長として推すのかを語るって感じだな」

「で、これが重要なんだが……実はこのイベント、投票こそないが、それに近いものがある」

「え？」

驚きに目を見開くアリサに、政近は真面目な顔で告げた。

「各ペアのあいさつが終わった後、観客は応援したいと思ったペアにのみ、拍手を送るんだよ。別に一組だけにしか拍手しちゃいけないなんてルールはないが、これが言わば形のない投票だな」

「それって……その」

そこでアリサはゴクリと唾を呑み込み、恐る恐る問い掛けた。

「全く拍手がもらえずに、体育館が静まり返るとか……あるの？」

「あるよ？　実際、過去にその状態になったペアが、二学期からもう生徒会に来なくなったなんて話もあるらしい」

「うわぁ……」

なんとも悲惨な話に、アリサは顔をしかめる。それに対して、政近も気持ちは分かるという風に頷きながら頭を掻いた。

「こういう足切りイベントみたいなもんがあるのが、生徒会役員の不利な点だよなぁ……今年みたいに圧倒的な有力候補がいる場合は、あえて生徒会役員にならずに選挙戦に挑むってのもひとつの手だと思うよ……まあ、今更だが」

　自分でも話してる内に言っても仕方ないと気付いたのか、政近は首を振って話を戻す。

「話が逸れたな。だからまあ、俺らとしても有希と綾乃《あやの》が拍手喝采、俺ら〝しーん〟って展開だけは避けないといけないわけだ」

「そうよね……あまりにも拍手の量に差があると、今後の戦いに響きそうだし」

「そうなんだよなぁ～人間面白いもんで、自分が『いいな！』と思った相手でも、周囲が支持してないと素直に支持できないもんなんだよなぁ～。まあ、これは逆もまた然《しか》りだけど」

「あぁ……なんか聞いたことあるわね。周囲の人間が『好きだ』と言っているものに対しては、同じように好きになる傾向が強い……って話だったかしら」

「そそ、それそれ」

　アリサの言葉に頷き、政近は少し真剣な表情を浮かべた。

「正直言って……今の俺らが、有希と同じだけの拍手をもらえるとは思えない。だからと言って、全然拍手がもらえないのはマズい。ここで全然応援されてないって空気を作ってしまうと、後で挽回《ばんかい》するのはかなり厳しいからな」

「やっぱり……難しいかしら」

「難しいな。支持層の厚みが全然違うんだ。だから、こう言うのもなんだが……目標は、離されないようにすることだ。勝とうとはしなくていい。誰の目にも分かるほどの負け方

「冷静に、現時点での彼我の戦力差を鑑《かんが》みた上での判断だよ。一学期の終業式なんて、まだまだ選挙戦の序盤なんだ。決定的な差さえ付けられなければ、ここからいくらでも巻き返せる」

少し不満そうに眉根を寄せるアリサに、政近は落ち着いた様子で肩を竦《すく》める。

「ずいぶん消極的ね？」

をしなければ、それで十分だ」

「……そうね。分かったわ」

政近の冷静かつ先を見据えた発言に、アリサも不満そうな表情を引っ込めて頷《うなず》く。そして、ふと気付いたように視線を斜め上に向けながら首を傾げた。

「ところで、有希さんと私は、どっちが先にあいさつをするのかしら？」

「ああ、そこは要相談だな。俺らが中等部の時はじゃんけんで決めたけど」

「ふ～ん、そこも役職は関係ないのね」

アリサの言葉に、政近はヒラリと右手を上に向けて肩を上下させる。

「別に、会長と副会長以外の役職に上下関係はないからな。書記だから偉いとか庶務だから偉くないとかは特にない。そもそも、そんなこと言ったら広報なんて役職は前までなかったし」

「え？　そうなの？」

「あれ？　言ってなかったっけ？」

意外そうな顔で瞬《まばた》きをしながら、政近は自分の顔を指差す。

「広報って役職を作ったのは、実質俺だぞ？」

「え⁉」

「ぶっちゃけ言えば、中等部時代に有希の人気取りのために作った役職だからな……ほら、あいつが隔週でお昼の校内放送借りて、生徒会の活動報告やってるの知ってるだろ？」

「え、ええ……たしかにやってるわね」

「あれ、一応考案者俺」

「そうだったの⁉」

政近の言う活動報告とは、二週間に一回、お昼休みに有希がやっているラジオ放送みたいなものだ。生徒会がこの二週間で行った活動や、投書箱（通称目安箱）に寄せられた生徒の意見を取り上げてトークをするのだ。

そして、これが生徒達に非常に評判がよかった。有希のトーク力が非常に優れているのもあるが、普段完璧なお嬢様然とした態度を崩さない有希が、この放送の最中だけは時折砕けたしゃべり方をするのも人気の秘密だった。

ぶっちゃけ、放送部が普段やっているお昼の放送よりも注目度が高くて、放送部が苦笑いしているという話もあるくらいだ。

「元々、有希は俺と同じで庶務だったんだよ。で、有希の知名度向上と人気取りのために、俺があの放送を企画して有希にやらせたんだ。それが恒例イベントとして定着して、『じゃあせっかくだし、庶務じゃなくてそれ用の役職用意するか』ってことで、他の広報紙の作成とかの仕事もそこに集約されて、広報って役職が作られたって流れ」

「つまり、有希さんのやってた活動が、広報という形で正式に生徒会役員の仕事として認められたってことね」

「ま、そんな感じだな。いやぁ……自分で言うのもなんだけど、あれずるいよなぁ。生徒会長ですら基本イベントごとでしか表に出ないのに、有希は隔週で生徒会の顔としてしゃべる場があるんだぜ？　そんなん他の会長候補と知名度で差が付くのは当然だよ」

苦笑気味にそう言ってから、政近は表情を改めて続ける。

「まあ、そこであれこれ言っても仕方ないよな。話を戻すと……あいさつに関しては、前にも言った通りお前の好きなようにしゃべればいい。言葉が足りない部分は俺がフォローするから」

「分かったわ……フォローはお願い」

「おう。あと……そうだな。引き分けを狙うなら、やっぱりあいさつは先攻でやるべきだな。先攻は、後の基準になる分どうしたって拍手は控えめになる。その共通認識があるから、後攻で差をつけられても言い訳が利く」

「むぅ……」

分かりやすく不満そうな顔をするアリサに、政近は苦笑した。

「そんな顔するなよ……そりゃ、手段を選ばなければまだやりようはあるけどさ……」

「例えば？」

「え〜？　……それこそ、有希と綾乃に精神的揺さぶりを掛けるとか？　でも、そういうラフプレーはお前の主義に合わないだろ？」

「そうね……」

聞いただけで顔をしかめているアリサに、政近は「そうだろうな」と肩を竦める。

「まあ、向こうから仕掛けられれば話は別だが……あいつらだってそこまでのことはやってこんだろうよ。討論会じゃあるまいし」

「……逆に、討論会だったらやるの？」

「必要とあらば」

アリサの問い掛けに、政近は端的に答える。そして、覚悟を問うようにアリサを見た。

「軽蔑《けいべつ》するか？」

「……いいえ。私には難しいと思うけれど、そういった駆け引きも生徒会役員に必要なスキルだもの……軽蔑なんてしないわ」

「そうか、ならよかった」

こくんと頷き、政近は口の端を持ち上げる。

「まあ、そんなえげつないことはやらんから安心しろ？　宮前《みやまえ》じゃあるまいし」

「？　どういうこと？」

「ああいや、その……っと、料理が来たな」

そこで注文した料理が運ばれてきて、政近は話を中断した。流石に……過去に数名、乃々亜《ののあ》に洗脳された人間がいるという話は、アリサには聞かせられなかった。アリサの怪訝《けげん》そうな視線を避けるように飲み物を持つと、軽く掲げて一応乾杯する。

「ええっと、それじゃあ一応俺の誕生日を記念して？　かんぱ～い」

「……かんぱい」

お互い微妙な表情でチンッとグラスを合わせ、飲み物を一口飲むと、早速料理に取り掛かった。

お皿にはソテーされた野菜と何種類かのお肉が二切れずつ盛られており、それを三種類の塩で食べ比べることが出来るようだ。

政近は、とりあえず牛肉（ブランド名や部位は聞き逃した）をワイン塩なる赤い塩を付けて食べてみる。

「ん、おいしいなこれ」

「ええ、そうね」

思った以上のおいしさに、政近は本当に話し合いのことを一旦《いったん》忘れると、存分に食べ比べを楽しむ。

（この塩おいしいな……どっかで買えないかな？）

今まで食べたことのない変わり種の塩に、政近がそんなことを考えていた時、アリサがポツリと言った。

「宮前さんのあの噂は……久世君《くぜ》の？」

「ん？」

一瞬何のことかと考え……すぐに気付いた。少し顔をしかめ、政近は肩を竦める。

「ああ……あれか。いや、あれは宮前が自分で考えて自分で流した噂だな。俺も、あいつに相談は持ち掛けたが……ああいった方法を取るとは聞いてなかった」

「そうなの……」

乃々亜が広めた噂は、試験期間中に学園中に広まり、現在あの討論会に関しては「沙也《さや》加《か》乃々亜ペアの反則負け」という意見と「いや、あのまま続けてたらどうなってたか分からなかった」という主に二つの意見に分かれていた。

「まあ、結果的に谷山《たにやま》を貶《おとし》めるような噂は沈静化したわけだな……同時に、予想通り討論会の結果に関してはうやむやになったが」

「……」

政近の言葉に反応を返さず、ただじっと自分のお皿に視線を落とすアリサ。何か別のことを気にしているようだが……政近は、その〝何か〟に心当たりがあった。

現在、学園では討論会でサクラを仕込んだ乃々亜に対して、少し批判的な声が上がっている。本人が自分で暴露したということと、普段の乃々亜のキャラもあって、ほとんどの生徒は「な～にやってんだか」と軽く呆《あき》れている程度だが……一部の生徒はいい顔をしていないというのも事実だった。

「あぁ〜……言っとくが、宮前のことは気にしなくていいと思うぞ？　これはマジで。あいつが自分でやったことだし、あいつは他人にどうこう言われても全く気にしない鋼のメンタルの持ち主だから」

気掛かりそうな様子を見せるアリサに、政近はそう告げる。そして、少し考えてから静かに言った。

「……悪いな。もう少し他に手はあったかもしれん」

「え……」

「俺が、宮前に全てを任せたせいでこんな形の解決になってしまったわけだしな。あいつが何をやるつもりなのか聞き出して、一緒に考えればまだ──」

「ううん、いいの」

政近の言葉を、アリサは首を左右に振って遮る。

「結局、私は何もしなかったし何も出来なかったのだもの。そんな私が、この結果にどうこう言う権利はないわ」

少し寂し気にそう言うと、アリサは穏やかな表情でふっと笑った。

「だから……ありがとう、久世君。私のために、動いてくれて」

そのどこか儚《はかな》げな微笑みに、政近はどうしようもなく落ち着かない気分になる。

「おう……気にすんな」

そして、辛《かろ》うじてそれだけ言うと、視線を伏せて食事に戻った。そんな政近に、アリサはニヤッとした笑みを口元に浮かべる。

「あら、なに？　恥ずかしがってるの？」

「……うっせ」

しかし、動揺が激しくて気の利いた返しが出来ない。まるで小学生のような返しをする政近に、アリサはますます笑みを深めた。

「可愛い」

おい、こいつとうとう日本語で言い始めたぞ。

ニマニマとした笑みを浮かべて、まるでおもちゃを見付けた猫のように目を細めるアリサ。そして、おもむろにお肉を一切れ箸で摑むと、岩塩を付けて政近に差し出した。

「はい、じゃあこれはお礼。あ～ん」

まさかのあ～ん再びだった。この店にはファミレスとは違ってテーブル席の間に衝立《ついたて》などがないため、あちこちから視線が集まるのがはっきりと分かる。しかし、アリサは全く気にした様子もなく箸を突き出す。

（すんげぇ調子乗ってんなこいつ……人が動揺したと思って、ここぞとばかりに攻めてくんじゃん……前回、それでスプーン使えなくなったの忘れたのか？）

あ～んしたはいいものの、そのスプーンを使えずにまごまごしていた前回を思い出し、政近はジト目になる。そして、この調子に乗ってるパートナーに少しお灸《きゅう》を据えてやろうと、覚悟を決めてお肉にかぶりついた。

差し出されたお肉を、箸ごと一切の躊躇《ちゅうちょ》なく口に含む。そして、まるで睨《にら》むようにアリサを真っ直ぐに見据えながらゴクンと飲み込むと、挑発的に笑った。

「どうも、うまかったよ」

「そう」

しかし、アリサもまた平然と笑うと……なんと、その箸で普通に食事を再開した。

(なっ、動揺、しないだと……!?)

若干頬が赤くなっている気はするが、それでも笑みは崩れていない。むしろ、自分の唇が触れた箸がアリサの口の中に運ばれる光景を見た政近の方が、思った以上に動揺してしまった。

(っ、な、なんか、ダメだ。なんか知らないけど、すごい流れを持ってかれてる気がする)

なんとか立て直そうと自分の皿に目を向けるも、もうほとんど料理は残っていなかった。ほんの数口食べるだけで食べ終わってしまい、顔を上げるとアリサもちょうど食べ終わっていた。

「ごちそうさまでした」

「……ごちそうさま」

「それじゃあ、プレゼントね」

「え？」

笑みを浮かべたアリサが荷物の中からラッピングされた箱を取り出し、政近はこれが一応誕生日祝いだということを思い出した。

「はい、どうぞ」

「ああ、マジか。わざわざ誕生日プレゼントを用意してくれたのか……ありがとう」

箱を受け取り、アリサに促されるまま中を開けると、出て来たのは白い陶器製のマグカップだった。丸みを帯びた優美なデザインで、側面には青い植物の絵柄が描き込まれている。

「おお……なんか、すごくセンスがいいマグカップだな……」

「ふふ、そうでしょう？」

デザインといいしっとりとした手触りといい、なんとも高級感漂うマグカップに、政近は素直に感嘆する。お世辞ではなく、このマグカップが気に入ったのだ。

「ありがとう、大切に使わせてもらうよ」

「ええ、是非そうして？」

素直にお礼を言う政近に、アリサは鷹揚《おうよう》に頷《うなず》く。マグカップを元通りに箱にしまいながら、政近はふと思った。

(にしても、日用品か……こういうのって、大体消え物をプレゼントするもんだと思っていたんだが……)

よりによって食器とは……いや、もしかしたらロシアでは誕生日に食器を贈る習慣でもあるのだろうか……？　疑問を込めて視線を向けると、アリサが小首を傾げる。

「？　何？」

「いや……食器とか、それこそ恋人同士がペアで買うもんじゃなかろうか〜と、思ってね」

軽く反撃の意思を込めてそう問い掛ける政近だったが、しかしアリサは動じた様子もなく笑みを浮かべる。

「あら……よく分かってるじゃない。それもペアで買ってるわよ、もちろん。私の分はもう家で使ってるわ」

「マジで⁉」

「……って、言ったらどうする？」

ニマーっとした笑みを浮かべて、アリサは問い返す。まんまと動揺してしまった政近は、それ以上何も言えずに顔を背けた。なんかもう、今日は全然勝てる気がしなかった。

「ところで、久世君」

「……なに？」

そっと視線を向けると、アリサはニコニコとした笑みを浮かべて言った。

「ロシアでは、誕生日パーティーは主役が主催者なのだけど……ここの支払いは期待してもいいのかしら？」

「も、もちろんだぁ？」

元々そのつもりではあったのだが、動揺から若干返答がおかしくなってしまう政近。

（いや、大丈夫……飲み物を入れても、一人二千五百円くらいのはず。うん、全然大丈夫）

素早く頭の中で計算し直し、改めてアリサに頷こうとし……それより早く、フッと笑みを浮かべたアリサが伝票を手に取った。

「冗談よ。ここは私がご馳走《ちそう》するわ」

「ああ、いや……マジでいいぞ？」

「いいわよ。その代わり、またの機会にご馳走してちょうだい？」

そう言うや否や、アリサは荷物を手に立ち上がると、さっさとレジに向かってしまう。そして、政近が慌ててプレゼントをしまって後を追い掛けた時には、もう会計を済ませたところだった。

「ありがとうございました～」

店員さんに見送られ、店を出る。もう完全にアリサのペースだった。

（ダ～メだ。今日はもうアーリャに勝てんわ）

完全にペースを握られ、政近は遠い目で空を見上げる。すると、そんな政近の態度をどう思ったのか、アリサが少し気遣わしげに声を掛けてくる。

「……そんなに、支払いが気になる？」

「え？　……ああ、まあ」

「そう……」

すると、アリサは一転してニコッとした笑みを浮かべた。見ている方も自然と笑顔になってしまうような素敵な笑みに……しかし、政近の背筋に嫌な予感が走る。

「ところで、誕生日となれば当然ケーキは必要よね？」

「え？　まあ……そうかな？」

視線を泳がせながらも頷く政近に、アリサはニコーッと笑みを深める。その笑みに、政近の脳裏に先程のアリサの言葉が蘇《よみがえ》った。

『いいわよ。その代わり、また、の、機会にご馳走してちょうだい？』

政近の嫌な予感が確信に変わり……現実となった。

「久世君、この近くにとーってもおいしいケーキ屋さんがあるのだけど」

やられた……！　完全にしてやられたことを自覚し、政近は内心歯噛《はが》みする。しかし、事ここに至って醜く足掻《あが》くのは紳士的ではない。なので、政近はせめて潔くと、胸を張って素晴らしい笑みを浮かべた。

「じゃあ、そこに行こうか？　今度は俺がご馳走するよ」

「そう？　楽しみ」

そして、二人はそれぞれ別の感情から来る笑みを浮かべながら、ケーキ屋さんへと向かうのだった。

……ちなみに、アリサはケーキを一人で五個食べた。そして、その金額は飲み物代も含めて、軽く三千円を超えた。

Иногда Аля внезапно кокетничает по-русски

第5話　いろんな意味で眩しかったです

「いやぁ、まさか全員集まっちゃうとはね……」

茅咲《ちさき》が苦笑気味に言いながら、生徒会室内を見回す。生徒会室の長机には、入り口から見て正面奥に会長の統也《とうや》。右側に奥からマリヤ、アリサ、政近《まさちか》。左側に奥から茅咲、有希《ゆき》、綾乃《あやの》。と、現生徒会メンバーが定位置で勢揃いしていた。

彼らが放課後の生徒会室で何をしているのかと言えば、当然生徒会活動……ではなく、三者面談の順番待ちだった。午前中のテスト返しを終え、今は各自の教室で行われる三者面談の開始を待っているのだ。

　各教室で三十分刻みで面談が行われるのだが、当然出席番号によって昼休憩後すぐからになったり、はたまた夕方からになったりする。そこで、多くの生徒は自分の順番が来るまで、部室や図書室を利用して時間を潰《つぶ》すのだ。が……今期の生徒会役員は、別に示し合わせたわけでもないのに見事に全員生徒会室に集まってしまったのだった。

「まあ、考えてみれば今年の生徒会は、偶然にも全員名字が近いんだよな……〝き〟みしまに始まり、〝く〟じょう、〝く〟ぜ、〝け〟んざき、〝さ〟らしな、〝す〟おう……まさかの〝き〟から〝す〟までの七音に全員集まってるんだからな」

「そうですね。たしかにすごい偶然です」

茅咲と同じく苦笑気味に言う統也に、有希が相槌《あいづち》を打つ。

「まあ……綾乃は昨日の時点で面談を終えてますけども」

そして、隣に座る綾乃を見ながらそう言うと、茅咲が意外そうに瞬《まばた》きをした。

「え？　そうなの？　じゃあ綾乃ちゃんは今日、普通に半日で帰れたんじゃん」

「わたくしは帰ってもいいと言ったのですけどね？　まあ綾乃ですから……」

「有希様がいらっしゃる場所がわたくしのいるべき場所です」

至極当然のように言う綾乃に微苦笑を浮かべ、有希は「この通りなもので」という風に肩を竦《すく》める。他の面々が同じように微苦笑を浮かべる中、マリヤが両手を合わせて声を上げた。

「それじゃあ、せっかくだし紅茶を淹《い》れようかしら？」

「うん、おねが〜い」

立ち上がったマリヤに、茅咲が嬉《うれ》しそうにおねだりをする。そんな茅咲に微笑みを向け、マリヤは綾乃の方を見ることもなく言った。

「あ、綾乃ちゃんは座ってていいのよ？」

「!?」

その言葉に、音も気配もなく立ち上がろうとしていた綾乃は目を見開く。軽く腰を浮かせたまま「なん、だと……⁉」といった感じの目でマリヤを凝視する綾乃を、その隣に座る有希が軽く腕を引いて座らせた。

「綾乃、ここはマーシャ先輩のお言葉に甘えましょう」

「有希様……はい、畏《かしこ》まりました」

綾乃が椅子に腰を落ち着けたのを見届け、マリヤは食器棚の方に向かう。

「久世《くぜ》君？　どうしたの？」

「……いや、なんでもない」

マリヤの後ろ姿を窺うようにじっと見つめる政近に、その隣に座るアリサが小首を傾げる。しかし、政近は首を横に振って前に向き直ると、ふと思い出したように統也に質問した。

「そう言えば会長、昨日ちょっとアーリャと話したんですが、夏服を変更するって話はどうなってるんですか？　来年度くらいには実現できそうです？」

何気なく問い掛けた政近だったが、それを聞いた統也の反応は予想以上だった。ニヤリと不敵な笑みを浮かべると、よくぞ聞いてくれたと言わんばかりの表情で口を開く。

「おう、それなんだがな……ここだけの話、早ければ夏休み明けには新しい制服を導入できそうだ」

「え！　マジですか⁉」

「ああ、終業式にサプライズ発表する予定だったんだがな……まあもうほとんど本決まりの状態だ」

「まあ、それは素晴らしいですね。わたくしはこの制服も好きですが、やはりこの季節はどうしても暑いですし」

統也の言葉に、有希もまた嬉しそうに手を合わせる。後輩の反応に機嫌よさそうに笑ってから、統也は少し申し訳なさそうに眉《まゆ》を下げた。

「だがまあ、いろいろとバタついてるところもあってな……もしかしたら、みんなには夏休み中も少し協力してもらうことになるかもしれん」

「いや、そのくらいなら問題ないですよ。大事なところは会長が進めてくれたんですから、あとは俺達も出来る限り協力します」

「ありがとう……まあ、この企画が通ったのは茅咲の力が大きいんだけどな？」

統也の言葉に、全員の注目が茅咲に集まる。が、茅咲は苦笑を浮かべながら統也を見た。

「そんなことないよ。統也が粘り強く交渉した結果だって」

「それも、茅咲が後押ししてくれたからこそだよ。つくづく、俺のパートナーがお前で、本当に良かったと思うよ」

「統也……」

「茅咲……」

「なんて自然に二人の世界作り出すんだこの人達」

見つめ合い始めてしまった恋人同士を、生ぬるい目で見る政近。そして、有希の方を向いて「困ったもんだな」という風に肩を竦めるが……何を思ったのか、有希はおもむろに綾乃の方を向くと、熱い視線で綾乃を見つめ始めた。

「綾乃……」

「有希、様……」

「え、なにこの流れ」

突然百合《ゆり》百合しい雰囲気で二人の世界が構築され、政近は目を瞬かせる。が、チラチラと有希に目配せをされ、なんとなく乗っかることにした。

ガリガリと頭を掻き、ふーっと息を吐いて気持ちを整えると、今の自分に出来る最大限の甘い雰囲気をまとってアリサの方を振り向く。

「アーリャ……」

「なんでよやらないわよ」

「冷たっ!!」

悩ましい表情でアリサの方を向いた途端バッサリと切り捨てられ、政近は「グハッ！」と崩れ落ちる。すると、そこで有希が少し挑発的な笑みを浮かべてアリサの方を向いた。

「あらあら、そちらはペアの絆《きずな》が今ひとつのようですね」

「むっ」

「選挙戦ではペアのチームワークが何より大切……そんな様子で、本当にわたくし達に勝てるのでしょうか。ねぇ綾乃？」

そう言うと、有希は何やら妖艶《ようえん》な笑みを浮かべて綾乃の頬に指を這《は》わせた。くすぐったかったのか、綾乃が片目を閉じてブルッと体を震わせる。二人の背後にドブワッと百合の花が咲き乱れ、政近は不覚にもちょっとワクワクした。

「久世君……」

「いや、煽《あお》り耐性低過ぎかお前」

甘い雰囲気など欠片《かけら》もなく、まるで挑みかかるような目でこちらを見てくるアリサに、政近は呆《あき》れた表情を浮かべる。しかし、そのまま視線を逸らそうとしないアリサに、なんとな〜く見つめ合う形になる。

そうして明るいところで間近にアリサの顔を見て……政近は改めて、その造形の美しさに感嘆してしまった。

(こうして見ると……ホント人間離れしてんな。同じ種族とは思えん……ってか睫毛《まつげ》長っ！　瞳《ひとみ》がマジで吸い込まれそう……肌も滅茶苦茶《めちゃくちゃ》キレイだし、シミひとつない透き通るような肌とはこのことか。と言うか毛穴どこよこれ。これでノーメイクってマジ？　……ん？　なんか肌が赤く……って、なんか近付いてない？)

軽く麻痺《まひ》した脳でうっすらと違和感を認識した瞬間、マリヤの声で急速に現実に引き戻される。

「は〜い、お待たせ〜……って、なぁにこれ？　にらめっこ大会？」

的外れなことを言って小首を傾げるマリヤの声を聞き、アリサが弾《はじ》かれたようにそちらを振り向く。と、同時に政近もしぱしぱと瞬きをし、同じようにマリヤの方を振り向いた。するとマリヤは政近の視線に一瞬怯《ひる》んだように笑みを固まらせてから、すぐに何事もなかったかのように紅茶を全員に配り始める。

「お茶菓子はこの前使い切っちゃったから、今日は紅茶だけね～」

「え、そうなの？」

「うん。夏休み前だから、この前使い切っちゃったのよ～」

「ああ、そっか……夏休みの間、ずっと置いとくわけにはいかないしね。まあでも、マーシャの紅茶はおいしいから、それだけでも十分だよ」

「ふふっ、ありがと～」

茅咲の言葉に笑みを深めながら、マリヤはアリサと政近の前にも紅茶を置く。

「はい、どうぞ」

「ありがとう」

「あ、ありがとうございます」

しかし、その際もマリヤは、わずかに政近の視線を避ける素振りを見せた。続いて有希や綾乃に紅茶を配りに行くマリヤの様子を見ながら、政近は気のせいではないという確信を強める。

（やっぱり、ちょ～っと避けられてるよなぁ……この前の催眠術の一件がまだ尾を引いてるのか）

先々週の睡眠術事件の後、アリサには翌日改めて謝罪をし、許しを得ていた。アリサとしてもいろいろと言いたいことはあったようだが、元々の原因が自分の姉だったこともあり、強くは言えなかったのだろう。代わりにあの時見たものは早急に記憶から消すよう言われたが、もちろんあんな刺激的なものをそうそう忘れることなど出来るはずもないのだがそれはそれとして。

アリサには翌日に許しをもらうことが出来た一方で、政近がマリヤと顔を合わせるのはあの一件以来今日が初めてだった。そして、どうやらマリヤはまだあの時のことを気にしているらしい。

(まあ……もう一回、ちゃんと謝っておいた方がいいよな)

このままの状態で夏休みに突入するのは政近にとっても気持ちが悪かったので、政近はどこかでマリヤと話し合いをしようと決意する。

政近が密《ひそ》かに決意を固めたところで、マリヤが席に着くのを見計らった統也が、おもむろに口を開いた。

「あ～その、ところでみんなは、夏休みの予定はどうなってる？　もしよかったら、役員同士の交流を深めるためにも合宿とか出来たらと思うんだが」

「合宿、ですか……」

部活ならともかく、生徒会で合宿というのはあまり聞いたことがないし、中等部の頃にも経験がなかった。今ひとつピンと来ていない一年生組の雰囲気を察したのか、統也が心配するなという風に笑いながら付け加える。

「合宿とは言っても、実際ただの旅行みたいなもんだ。さっきも言った通り、もしかしたら夏休み中も生徒会業務で呼び出すことがあるかもしれんしな。その慰労会？　みたいなのも兼ねて、な」

「いいね！　楽しそう！」

「そうね～わたしもいいと思うわよ？」

茅咲とマリヤが乗り気な姿勢を見せたことで、一年生組も前向きに考え始める。

「そうですね……わたくしも、早めに予定を決めていただければスケジュールを開けることが出来ると思います。ふふっ、生徒会の仲間で合宿なんて初めてなので、楽しみです」

「有希様がそうおっしゃるのであれば、わたくしに異論はありません」

「じゃあ私も……」

「俺もまあ、特に予定はないんで大丈夫です。精々二泊三日くらいですよね？　場所はどうします？」

「日程は全員の予定と照らし合わせて相談だな。場所は、よかったらうちの別荘とかどうかと思ってるが……」

「え？　別荘？」

意外な単語に、政近含むその場の多くのメンバーが目を瞬かせると、統也はニヤリとした笑みを浮かべた。

「海沿いの観光地にちょっとな……プライベートビーチ付きだぞ？　しかも、毎年近くでお祭りも開かれる」

「マジですか⁉　えっと、あれ？　会長の家って、そんなにお金持ちでしたっけ？　失礼ですけど、あんまりそういうイメージなかったんですが……」

「ああ……まあたしかに、親が社長とかってのは別にないんだが、祖父がかなりやり手の投資家だったらしくてな……家に資産だけはあるんだ」

「ははあ、そういう……」

「ま、あくまで選択肢のひとつとしてだ。他に行きたいところがある人がいれば言ってもらって構わんが？」

統也がそう言って全員を見回すと、茅咲が少し考えながら口を開いた。

「別荘と言うか……まあ親戚《しんせき》が山を持ってるんで、海より山がいいって人が多ければ、うちも協力できると思うよ？」

「山持ってるんですか！　それはそれですごいですね！」

続いて飛び出してきた衝撃告白に、内心「やっぱりこの学園パネェ！」と叫ぶ政近だったが……その後の茅咲の言葉に、すぐにスンッと真顔になった。

「まあ、建物自体は別荘っていうか……モロに合宿所？　というか道場？　ビーチはないけど、近くに墓地があるから肝試しとか出来るし、お祭りも毎年開かれるよ？　武闘祭だけど」

「対比から漂う天国と地獄感。ビーチはないけど墓～地はあると。え？　と言うかその墓地って……まさかその、武闘祭？　で死んだ人の墓地じゃないですよね？」

「あははっ、まっさかぁ－」

「で、ですよね」

「一部にはそういうのもあるかもしれないけど、大半は修行の最中に――」

「会長！　俺は会長の家の別荘がいいです！」

「わたくしも、どちらかと言えば海の方が」

「有希様がそうおっしゃるのでしたらわたくしも」

素晴らしく晴れやかな笑顔でビシッと手を上げる政近に続いて、有希と綾乃も海行きを希望し、アリサとマリヤも特に異論を口にすることなく統也の方を見る。集まった雄弁な視線に、統也も苦笑を浮かべて頷《うなず》くと、茅咲の方を向いて言った。

「まあ、俺も茅咲の言う道場には若干興味があるが……生徒会の交流にはあまり向かなそうだから、今回はやめておこうか」

「そう？　じゃあ……生徒会とは関係なしに行く？　その、二人で」

「え」

ちょっと気恥ずかしそうに言う茅咲に、統也は表情を凍らせる。だが、テレテレしながらチラッチラ見てくる恋人に、ギギッと無理矢理《むりやり》表情を動かして笑みを作った。

「あぁ～……そう、だな。うん……茅咲が行きたいなら、俺も行きたい、かな？」

「やった！　向こうで師匠にも紹介するね！」

「師匠……」

無邪気に告げられた言葉に、統也の脳が自然とその先の展開を想像する。「茅咲を鍛えた師匠に紹介される」↓「わしの愛弟子《まなでし》をたぶらかした男がどれほどのものか、直々に確かめてくれるわぁ！」↓「死」。

容易に想像できる未来に、統也の瞳が若干虚《うつ》ろになった。しかし、茅咲はそれに気付いた様子もなく嬉《うれ》しそうに続ける。

「そうだ、せっかくだから武闘祭にも出てみたら？」

「え〜」

「武闘祭に出場する」↓「死」。何の悪気もなく次々と死亡フラグを突き立ててくる恋人に、統也の瞳から光が失われた。

「大丈夫！　ちゃんとアマチュアの部門もあるし！　それに……統也のかっこいいところ、ちょっと見てみたいし？」

「う……」

しかし、茅咲が見せるいじらしい姿に、統也は……

「任せろ。やれるだけのことはやってみるさ！」

「ホント!?　嬉しい！　うわ〜すごく楽しみ！」

「ハハ、ハ……」

力強く頷き、乾いた笑みを漏らす。そんな統也の姿に、政近は内心「マジで漢《おとこ》だな……」と感心した。感心しながら、両手を合わせた。とりあえず、夏休み明けに統也が第二形態になっていたとしても、引かないで受け入れようと決意する政近だった。

その後は、しばらくの間雑談が続いた。マリヤが淹《い》れてくれた紅茶を片手に、生徒会のことや学園のこと、夏休みのことなどを思い思いに語る。そうして三十分ほど経過した時、統也が不意にスマホを取り出し、画面を確認した後に立ち上がった。

「ん……だいぶ早いな。ああ、ちょっと親が着いたらしいんで行ってくる」

「あ、いってらっしゃーい」

「頑張ってね～……って言うのも変か」

茅咲の声援に苦笑を浮かべながら、統也が生徒会室を出て行く。すると間もなく、今度はマリヤが立ち上がって全員のカップと受け皿を片付け始めた。

「それじゃあ、わたしもそろそろ時間だから、一旦《いったん》お片付けするわね～」

「あ、手伝います」

ここだ！　そう思って、政近はすかさず立ち上がると、正面の綾乃と隣のアリサのカップを手に取った。綾乃や有希を視線で制しつつ、政近は手元で食器を重ねていく。そして、重ねた食器を持ってマリヤの方を向くと、お盆を手にしたマリヤが一瞬目を泳がせてから、にこっとした笑みを浮かべた。

「そう？　じゃあお願いするわね？」

「はい」

マリヤの持つお盆に食器を載せ、そのままお盆ごと受け取る。そして、二人で生徒会室を出た。

生徒会室には電気ポットや小さな冷蔵庫はあるが、残念ながらシンクはない。なので、食器を洗う際は、多少面倒だが他の部室の流しを借りないといけないのだ。大抵は家庭科室の一角を借りるが、場合によっては理科室の流しを借りることもある。もっとも、衛生上あまりいい気分はしないので、それは最終手段だ。幸い、今日は家庭科室が空いていたので、普通に家庭科室の流しを借りることにする。

二人で並んで食器を洗いながら、政近はこっそりマリヤの様子を窺う。マリヤは一見いつも通りに振る舞っていたが、やはりどこかぎこちない感じがした。

（やっぱ……そういうことだよな）

心の中で小さく溜息《ためいき》を吐き、視線を背けた瞬間、マリヤと軽く手がぶつかってしまう。

「っ！」

途端、マリヤが弾《はじ》かれたようにパッと手を逃がし、持っていた受け皿がガチャンと音を立てた。

「あ、すみません」

「う、ううん？　いいのよ。ごめんね？　ちょっと……静電気かしら？」

夏場の洗い物で静電気は発生しないと思うが……政近はそこにはツッコまず、「そうですか」と頷く。そして、またこっそりとマリヤの方を窺うと……マリヤは耳を若干赤くしながら、何かを誤魔化《ごまか》すかのように貼り付けたような笑みを浮かべていた。

「……マーシャさん」

「うん？　なぁに？」

「……そのカップ、さっき洗いましたよ？」

「あら？　そうだったかしら？」

そう言って、手元のカップをしげしげと眺めるマリヤ。それに内心「いや、見ても分からんだろ……」とツッコミを入れつつ、政近は果たしてこれは天然なのか動揺なのかと首を傾げる。

しかし、いずれにせよあの一件を引きずっているのは確かなようだと判断し、二人とも洗い物を終えて手を拭《ふ》いたタイミングで、政近は覚悟を決めてマリヤに話し掛けた。

「えっと、マーシャさん」

「うん？」

「その……改めて、すみませんでした。あの、催眠の件……」

「あ、ううん。いいのよ？　あれは、わたしが始めたことだったし……」

頭を下げる政近に、マリヤは少し慌てた様子で頭を上げるよう言う。しかし、言われた通り頭を上げた政近と目が合った瞬間、うっすらと頬を赤らめて視線を逸《そ》らした。

「あ、その……えっと、あの時は聞きそびれちゃったけど……わたしって催眠術に掛かっている間、久世くんに何を……したの、かしら？」

そして、恥ずかしそうに政近の顔をチラチラと見ながら尋ねた。いつも年上の余裕を漂わせているマリヤらしからぬその態度に、政近は不覚にもグッと来てしまった。思わず唾を呑み込み、慌てて意識を切り替える。そして当時のことを思い返し……蘇《よみがえ》ってきた羞《しゅう》恥心《ちしん》に身悶《みもだ》えしそうになりながら、なんとか堪《こら》えて正直に言った。

「えっと、アーリャと一緒に抱きかかえられて……頭をなでなでされました」

言葉にするとなんとも恥ずかしい事実に、政近はグッと奥歯を嚙《か》み締める。しかし、マリヤはゆっくりと瞬《まばた》きをすると、軽く安堵《あんど》した表情で問うた。

「え……それだけ？」

「ええ、まあ」

実際には、マリヤの豊満なお胸に顔が半分ほど埋まったが。それはあくまで〝抱きかかえられた〟の範疇《はんちゅう》だ。より厳密に言えばスカートの上からふとももを触った……と言うか、今思い返すとかなりきわどいところに指が触れていた気もするが、あれはあくまで「政近がマリヤにやったこと」であって「マリヤが政近にやったこと」ではない。なので、ここでわざわざ言う必要はないのだ。紳士？　ちょっと知らない単語ですね？

「そう……それならよかったわ」

そんな政近の小狡《こずる》い思考に気付いた素振りもなく、マリヤはほっとした表情で胸を撫《な》で下ろした。その純粋な表情が政近の罪悪感をチクチクと刺激する。

「えぇっと、よかったんですか？」

「うん、そのくらいなら全然大丈夫。ま、あ……」

と、そこで何かを思い付いたマリヤが、パッと自分の体に腕を回した。

「えっと、その……見た？」

「え、えぇっと……」

上目遣いにこちらを見てくるマリヤの、ちょっとだけ怒ったような責めるような表情に、政近は思わず視線を泳がせる。

見たか見てないかで言えば、見た。いや、マリヤが脱ぎ始めた段階では視線を逸らしていたのだが、茅咲のやったことが衝撃的過ぎて、思わず目で追ってしまったのだ。その結果……まあ、視界には入ってしまった。スカートを脱いで第二ボタンまで外したマリヤの、大変セクシーなお姿が。もっとも、その隣のアリサはほとんど全部ボタンが外れていたので、どちらかと言えばそっちの印象が強かったのだが……うんまあ、マリヤの方も白だったことはバッチリ覚えていた。

その事実をどう釈明したものかと思考を巡らせる政近だったが、即座に否定しなかった時点で察しは付くというものだ。マリヤはちょっと恨めしそうに唇を尖《とが》らせると、気持ちジトッとした目で政近を見た。

「久世くんのえっち」

「あ、うん……なんかすみません。つい見ちゃいました」

内心ちょこっと「マーシャさんでもこういうのはちゃんと怒るんだ……」と驚く気持ちもありつつ、政近は素直に頭を下げる。いや、実は多少なり、マリヤなら「全然いいわよ～あれくら～い」とふわふわ笑って許してくれるんじゃないかという考えもあったのだ。だからこそ、ここで普通の女の子らしい反応をされたのは少し意外であり、同時にあの学園の聖母《マドンナ》を怒らせるようなことをしてしまったのだという背徳的な喜びも少しあり……

「久・世・く・ん？」

「え、あ、はい？」

「もう、ちゃんと反省してるのかしら？」

「してますしてます」

むぅ～っと眉根《まゆね》を寄せてこちらを見上げてくるマリヤ。しかし、童顔なマリヤにそんな顔をされても一向に怖くない。というか、むしろ……

（レアな表情ありがとうございます大変可愛らしいです。普段年上オーラすごいマーシャさんの子供っぽい姿、正直最高にギャップ萌《も》えですグゥかわです。その表情で人差し指立てて『めっ』ってやってもらえたらジャンピング土下座で『ありがとうっ、ございまぁす‼』と叫ぶ自信があります）

「もう！　やっぱり反省してないでしょう！」

アホなこと考え続ける政近に、マリヤはぷぅっと頬を膨らませると、おもむろに両手でパチンと政近の頬を包んだ。

そして、政近の両頰を指でつまむと、むぃぃ——っと横に引っ張り始める。

「ぬぁにしゅるんでしゅか」

「おしおき！」

むむっと眉根を寄せたまま上目遣いに政近を睨み、むぃむぃと政近の頰をいろんな方向に引っ張るマリヤ。しかし、そんなに痛くもない。アリサの容赦のないビンタに比べれば、いろんな意味で可愛いものだった。むしろご褒美ではなかろうか。

やがて満足したのか、マリヤは政近の頰から指を離すと、再び両手で政近の頰を包んだ。グッと政近の顔を自分の方に向かせ、マリヤは至近距離から真面目な顔で言い聞かせる。

「いい？　女の子に恥ずかしい思いをさせちゃダメよ？　あと、相手が怒ってる時にはちゃんと反省すること」

そうは言っても、イマイチ本気で怒っている感じがしないのだが。と言うか、この体勢は一歩間違えばマジでキスする五秒前にしか見えないのだが。間近に見るお姉さんの顔が良過ぎて思春期男子としては冷静でいられないのだが、本人に自覚はあるのかどうか。

（ここで反論したら、この体勢のまましばらくお説教してくれるんだろうか？）

そんな思考がチラリと脳裏をよぎるも、流石にそこまでやったらこの優しい先輩を本気で怒らせてしまう気がしたので、政近は素直に頷《うなず》くことにした。

「……はい」

「ん、よし」

政近の返答に頷くと、マリヤは政近の頬から手を離し、「よく分かりました」とばかりに軽く頭をよしよししてから流しの方に向き直った。

しかし、マリヤが洗い終わった食器を布巾で拭こうと手を伸ばしたところで、マリヤのポケットからヴーヴーという微《かす》かな音が響いた。

「あ……お母さんが来ちゃったみたい」

「あ、いいですよ。あとは俺が片付けときますから」

「うぅ～ん……ごめんね？　それじゃあお願い出来る？」

「はい、いってらっしゃい」

少し申し訳なさそうに家庭科室を出て行くマリヤを見送り、政近は食器を拭き始めた。ザッと拭き終わると、重ねてお盆に載せて生徒会室に戻る。

その後はまた三十分ほど残った五人で雑談をして、今度は茅咲が母親の出迎えに生徒会室を出て行った。アリサはたまたまマリヤの面談終わりが自分の面談始まりと被っていたので、茅咲が出て行ってすぐに席を立った。

「それじゃあ、行ってくるわ」

「おお、いってら～」

「いってらっしゃい」

「いってらっしゃいませ」

三人でアリサを見送り、生徒会室の扉が閉まったその数秒後。有希がそれまで浮かべていたアルカイックスマイルを引っ込めたかと思うと、政近の方をグリッと振り向いて無駄に低いイケボで言った。

「やっと二人っきりになれたね」

「よっし、それじゃあ俺もじいちゃんを迎えに行くかなぁ」

「待てよぅ！　なんで無視するんだよぅ！」

「いや、お前こそサラッと綾乃の存在を無視するな！」

机の上に身を投げ出すようにして腕を伸ばし、政近の腕をはっしと掴む有希。淑女の鑑《かがみ》と称される模範生らしからぬその姿に、政近は思わず嫌なものを見る目で妹の後頭部を見下ろしてしまう。

「なんでそんな目で見るんだよぅ！　なんだかんだ忙しかったせいで、こうして兄妹できるのは久しぶりじゃんかぁ！」

「ああ……そう言えばそうか？」

有希の言葉に視線を巡らせ、たしかにそうかもしれないと納得する政近。そして改めて考えてみれば、十日間以上も兄妹の時間が一切ないというのはなかなかに珍しいことであった。

「まあ、お兄ちゃんはアーリャさんと楽しく過ごしてたから気にならなかったかもしれないけど〜？」

「いや……そんなことはない、ぞ？」

ジトッとした目で見上げられ、政近は気まずさから目を逸らす。すると、有希は机の上でゴロンと横向きになり、両手を目の下に当てて分かりやすく泣き真似を始めた。

「くすん、くすん、さみちかったたぁ」

「そうかそうか、さみちかったのか。分かったから、とりあえず机から降りような？　な？」

政近がそう言い聞かせると、有希はスルスルと机から降りる。机の上に広がっていた長い黒髪がずるずると机の端に消え、そうかと思うと翼のようにバサッと打ち払われる。そうして乱れた髪を背後に流してから、有希はドッカと椅子に腰を下ろした。更には脚を組んでふんぞり返ると、偉そうに顎《あご》を上げて言い放つ。

「というわけで、甘やかせ」

「いや、お前情緒どうなってん……？」

妹のキャラ変の激しさに呆《あき》れる政近だったが、有希は気にした様子もなく芝居がかった様子で眉を上げる。

「どうした？　早くしたまえよ」

さながら部下に無理難題を突き付ける意地悪上司のようなその態度に、政近は仕方なく乗っかることにした。気分は公の場で謝罪を要求された銀行員。両手を机につき、唇を引き結ぶと、困惑と屈辱に震える声で問い掛ける。

「ここで、ですか……？」

「そうだ。ここで、今すぐ私を甘やかせと言っているのだよ政近君」

「しかし、ここは！」

「ここは？　なんだ、出来ないのかね？」

「っ……！」

有希の言葉に、政近は両手を震わせながら深く俯《うつむ》くと、喉の奥から苦悩に満ちた声を絞り出した。

「分かり、ました……っ！」

そして、椅子にゆっくりと腰を下ろすと、急に顔を上げて隣の椅子の背に手を置いた。

そして、全力のキメ顔&イケボで一言。

「ほら、こっち来いよ」

「ブッフォッ」

「よし、やめよう」

「ああん、ウソウソ。お兄ちゃんかっこいぃ～」

政近が席を立った途端、都合よく甘えた声を上げて政近に駆け寄る有希。そうして政近の隣の席に座ると、有希は久しぶりに思う存分兄に甘えるのだった。政近もまた、そんな妹に苦笑しつつも有希を甘やかす。綾乃は空気。

そうして、政近が有希のご機嫌取りをすること十五分ほど。政近の携帯が振動し、祖父の到着を告げた。

「っと、じいちゃん来たわ」

「お～う、いってらっさい」

「ああ、行ってくるわ……って、ところで綾乃はどこ行った？」

いつの間にか姿を消した幼馴染《おさななじ》みの姿を捜して、政近は生徒会室内を見回す。しかし、綾乃の姿はどこにもない。

「え？　空気読んで空気になって外で見張りしてるんじゃない？」

「お前……いや、気付かなかった俺に何も言う資格はないか……」

首を左右に振ってそっと生徒会室の扉を開ければ、そこには有希の言葉通り、綾乃がまるで護衛か何かのように控えていた。いや、事実主《有希》の猫の皮を守るために見張りをしているのだから、認識としては護衛で合っているかもしれない。

「……なんかごめん」

「？　何がでしょうか？」

有希に「綾乃の存在を無視するな！」とか言っておいて、フッツーに存在を忘れてしまったことに政近は申し訳なさが極まる。だが、綾乃はそんな政近の気持ちが本気で分からない様子で、無表情のままコテンと首を傾げた。

そんな綾乃に労《ねぎら》いと謝罪の意味を込めてポンポンと頭を撫《な》でると、綾乃はくすぐったそうに片目を閉じる。

「んじゃまあ……行ってくるわ」

「いってら〜」

「いってらっしゃいませ」

なんとも言えない気分で二人に別れを告げ、政近は荷物を持つと、祖父が待つ正門を目指して歩き始めた。校舎の中を進み、靴箱で靴を履き替え、正門に向かって足を進、め…………政近は、猛烈にUターンしたくなった。が、その前に向こうから声を掛けられたのでそうもいかなくなった。

「おお、政近来たか！」

「じいちゃん……」

そこにいたのは、見事に禿《は》げ上がった禿頭《とくとう》を持つ快活な老人。政近の父方の祖父であり、幼少期の政近にロシア文学やロシア映画を見せまくった張本人。久世知久《ともひさ》であった。母方の祖父である周防巌清《すおうげんせい》と違い、知久は政近との仲は非常に良好である。こうして仕事で忙しい政近の父に代わり、三者面談の保護者役としてやって来てくれるくらいには。

シャンと背筋を伸ばし、白いソフトハットを軽く持ち上げながら孫の登場に嬉《うれ》しそうに笑うその姿は、まさに好々爺《こうこうや》……といった雰囲気なのだが、問題はその服装であった。

「なんで白スーツなんだよ⁉」

「え？　カッコイイだろう？」

「そんなん着るのは重度のナルシストか外国のマフィアだけだっつーの‼」

「むぅ……ああそうか、これがないからか」

偏見に満ちた叫びを上げる政近に、しかし知久は今ひとつピンと来ていない様子でハットをかぶり直し、内ポケットを探ると、サングラスを取り出してすちゃっと装着した。

「ほれ、カッコイイだろう？」

「マフィア度上がったわ！　完っ全に引退したマフィアのドンだわ！　あとはコート羽織るかあの謎のマフラーっぽいやつを首から下げるかすれば完璧《かんぺき》だわ！」

「スカーフか？　あるぞ」

「なんであんだよ！」

今度は、反対側の内ポケットから折り畳まれた白い布を取り出す知久。それを押し止《とど》めて、政近はこれ以上目立つ前にと、さっさと知久を学園内に連れ込んだ。

「まったく、なんでそんな恥ずかしいかっこして来たんだよ……！」

「オシャレかと思ったんだが……」

「どうせまたなんかの映画の影響でも受けたんだろ？　と言うか、よく持ってたなそんなの」

「今日のためになけなしの年金で買ったんだが？」

「ばあちゃんに怒られろ」

怒りと羞恥《しゅうち》を押し殺したような声でツッコミを入れながら、政近は足早に校舎に向かう。

正直、この祖父を連れているところを他の人に見られたくなかった。

靴箱で上履きに履き替え、祖父に来客用のスリッパを履かせると、政近は真っ直ぐに教室を目指す。

「なあ政近、まだ時間はあるようだし、学園を見て回りたいんだが……」

「断固拒否する」

「なんだ？　じいちゃんと一緒なのがそんなに恥ずかしいか？」

「恥ずかしい」

「む……それならわし一人で……」

「不審者として捕まる気しかしないからやめてくれ」

そうして、七十一歳にしてはビックリするほど落ち着きがない祖父を宥《なだ》めすかし、なんとか教室の外に設置された椅子に座らせる。すると話題になったのは、政近の父のことだった。

「ふむ……しかし、恭太郎《きょうたろう》はやはり忙しいのか？」

「まあ、今年からイギリスの大使館勤務らしいから……いろいろと大変なんじゃない？」

外交官である政近の父、恭太郎は、去年まで外務省本省勤務だったのだが、今年度から在外公館勤務になっていた。元から家を空けがちだった父だが、勤務先が海外になったことで今ではほとんど家に帰って来ない。三者面談ですら、こうして知久にお願いするくらいだった。そのことに、知久は少しだけ眉根《まゆね》を寄せる。

「そうか……だが、三者面談くらいはなあ？」

「仕方ないって。移動だけで余裕で半日以上掛かるんだから」

「そうか？　政近は優しいなぁ」

「やめぃ」

　頭を撫でようとする知久の手を、政近は恥ずかしそうに押しのける。そんな感じで、ようやく世間でよくある微笑ましい祖父と孫の関係を見せた二人だったが……教室の扉がガラガラと開いた瞬間、そんなものはあっという間に吹き飛んだ。

「失礼します」

「ありがとうございました、先生」

　教室から出て来た、アリサとその母親らしき女性。その二人……と言うかアリサの方を見て、知久の目が大きく見開かれる。

（しまった！　なんかいろいろあり過ぎて忠告すんの忘れてた！）

　あらかじめ知久には言っておくべきだったと後悔する政近だったが、もはや後の祭りだった。

「あ、久世く――」

「東欧の奇跡ぃ!!」

「マジでやめてくれじいちゃん！」

　ガバッと立ち上がり、まるで神に感謝するかのように両腕を広げる知久を、政近は必死に椅子に座らせようとする。

　そして、面食らった様子で後ずさるアリサに慌てて弁解した。

「いや、すまんアーリャ。これうちのじいちゃんなんだけど、ちょっとロシアに対する憧《あこが》れが強過ぎて……」

「え、あ、そうなの……」

「お嬢さん、お名前は？」

「だからマジでやめろ!?」

完全にナンパとしか思えない表情&セリフでアリサに近付こうとする知久を引き留め、政近はひたすら平身低頭する。

「すまん、本当にすまん。マジでもう相手にしなくていいから」

「あ、元気な……おじいちゃんね？」

アリサの気遣いに満ちた言葉が、かえって政近の胸に突き刺さる。これ以上身内が醜態を晒《さら》す前にさっさと帰ってもらおうと、政近は左手で知久の襟首を摑みつつ、右手を相手に向けて「どうぞお引き取りください」と促した。しかし、そこでアリサの母親らしき人物が前に進み出てきて政近に声を掛けた。

「えっと、ごめんなさい。あなたが……久世君？」

「え、ああはい。はじめまして、久世政近と申します。アリサさんのお母様でしょうか？」

年上の女性に話し掛けられ、政近はとっさに知久から手を離すと、幼少期からその身に叩《たた》き込まれた礼儀作法に則《のっと》ってあいさつをした。

直前までのドタバタを微塵《みじん》も感じさせない落ち着き払ったあいさつに、目の前の女性が感心したように口元に手をやり、アリサも驚きに目を見張る。

「あらあら、これはご丁寧に……はじめまして。アリサの母の、九条暁海《くじょうあけみ》です。久世君のお話は娘からもよく聞いてます」

「それは……はは、悪い話でなければいいのですが」

「ふふふ、とっても楽しそうに話してますよ？」

「……そうですか」

内容はさておき、楽しそうに話しているのは確かだと。それだけで、政近は大体の状況を察した。

そして、改めて目の前の女性を観察する。ゆるやかにウェーブする肩まである黒髪に、昔はさぞモテただろうことを容易に想像させる優しげで整った容姿。アリサとマリヤがこの母親から生まれたことがよく分かる、母性と色気に満ちた肢体。顔自体は……マリヤに似ているだろうか。

(マーシャさんの顔から、外国人っぽさを除いたらこんな感じに……なるか？　いや、顔っていうより雰囲気が似てるんだな)

おっとりとした雰囲気を漂わせる、これぞまさに聖母《マドンナ》といった感じの、母性と包容力に満ちた姿。これが芸能人だったら、中高年に絶大な人気を誇りそうな美熟女だ。

しかし、それでいてその瞳《ひとみ》にはたしかな知性が宿っており、彼女がただ優しいだけの女性でないことが察せられた。

（なんだ？　見極められてるのか？　なんにせよ、受け答えには注意した方がよさそうだな……）

笑みを浮かべたまま観察し、わずか二秒ほどでそこまで思考すると、政近は暁海を油断なく注視した。そんな政近の警戒を見抜いたかのように、暁海は微《かす》かに笑みを深める。政近もまた、見抜かれたことを察して更に警戒レベルを引き上げた。そうして、緊張の中暁海がゆっくりと口を開き、政近が笑みの裏で身構え――

「ところで久世君は、社交ダンスはお得意かしら？」

完全に予想外の質問をされ、数瞬フリーズした。ぱちぱちと瞬《まばた》きをし、思わず素で訊き返す。

「社交ダンス……ですか？」

「ええ」

至極当然のような態度で肯定され、政近は混乱した。

（社交ダンス……え、なんだ？　何かの暗示？　どういう意図の質問だ？　ダメだ、分からん！）

正直に「まあまあですかね……」と答えようか。いや、そんな月並みな回答をしていいものなのか。悩む政近が答えを返す前に、アリサがうんざりした様子で暁海に声を掛けた。

「お母さん、何よその質問。久世君が困ってるじゃない」

「ええ？」

「なんで社交ダンス？」

「えぇ〜？　少しなで肩だから？」

頬に手を当て、斜め上辺りを見ながらよく分からないことを言う暁海。なんてことはない。ただのド天然発言だった。やはり彼女はマリヤの母だった。

警戒していた分どうしようもなく脱力してしまう政近だったが、そこで知久がスッとアリサに近付くと、ビックリするほど自然な動きでアリサの手を両手で包み込んだ。

「お嬢さん、わしの孫にならんか？」

「え、え？」

「オイコラァ！」

さながらプロポーズでもするかのような体勢でとんでもないことを言い出した祖父に、政近は礼儀とかすっ飛ばして叫んだ。

「どうかね？　うちの政近の嫁になる気は──」

「マジで黙れぇ‼」

後ろから口を手で塞《ふさ》ぎ、強制的に知久を黙らせると、力尽くでアリサから引き剝《は》がす。

「あの、それじゃあ面談があるのでそろそろ！」

「あ、うん」

「そうですね。それではまた」

強引に話を打ち切ると、政近はアリサと暁海に別れを告げた。二人が会釈をして去っていくのを見送り、政近はようやく知久から手を離す。

「で？　どうだ政近、彼女を嫁にする気は」

「だから黙れ」

「それで？　アーリャちゃんは久世君のお嫁さんになるの？」

「お母さん黙って」

懲りない祖父に政近がジト目を向けるのと同時くらいに、少し離れた場所から母娘の会話が聞こえてきて、政近は内心で「お互いに大変だな……」とアリサに同情を向けた。

そして、気を取り直して教室に目を向けると……引き攣った笑みを浮かべる担任の姿がそこにあり、政近は「普通に筒抜けだった……」と天を仰ぐのだった。

◇

「それじゃあ、失礼します……」

「失礼する」

その後、なんとか三者面談を終え、政近と知久は教室を出た。スケジュールが多少巻いているせいか、教室の外にはまだ次の親子が来ておらず、政近と知久はそのまま階段へと向かう。

「それで、例のアリサさん？　のことなんだが……」

「いや、その話引っ張らないでいいから」

知久の追及をあしらいつつ、政近はとりあえずなんとか三者面談を終えられたことに安堵《あんど》する。……そして、結果的にはそれが間違いだった。本来、政近はもっと注意しておくべきだったのだ。しかし、政近は知久に散々振り回されたせいで、すっかり頭からそのことが抜け落ちており……結果、玄関前の廊下に出たところで、鉢合わせしてしまった。

「っ！」

その姿を見た瞬間、政近は全身の血の気がザッと引くのを感じた。向こうもまた、政近を視界に捉《とら》えて一瞬目を見開いた後、スッと視線を逸らす。

「おお、優美《ゆみ》さん。久しぶりだなぁ」

「お久しぶりです……お義父《とう》さん」

一瞬間があったのは、離婚をした身で義父と呼ぶことに迷いがあったのか、対外的には他人ということになっているお互いの関係性を気にしたのか、あるいはその両方か。

いずれにせよ、知久は気にした様子もなく破顔すると、親しげに優美に話し掛ける。

「元気そうで何よりだ。有希も元気か？」

「はい、おじいさま。おじいさまは……なんだかすごい格好をしていらっしゃいますね？」

「ん？　カッコイイだろう？」

「ふふっ、そうですね」

「そうだろう！　なんだか政近には評判が悪くてなぁ」

孫娘の高評価に機嫌よさそうに笑い、知久は有希と優美を交互に見ながら言った。

「どうだ、お母さんと仲良くしてるか？」

「ええ、もちろんです。ね？　お母様」

「そう、ね……」

上品ながらも無邪気な笑みを向けてくる娘に、優美は遠慮がちに笑みをこぼす。その姿を、政近は冷め切った眼《め》で眺めていた。

（嘘吐け、取り繕ったような作り笑い浮かべやがって。本当に仲良くしてるんなら、有希は素を見せてるはずだろうが）

娘の素の表情も引き出せず、何が母親だ。なんでこんな奴のために、有希は……

「っ……！」

ギリッと歯を食いしばり、政近はじりじりと肺を火で炙《あぶ》られるような嫌悪感を必死に抑え込む。しかし、この母親を見ているだけで、記憶の奥底に封じていた過去の思い出が嫌でも蘇《よみがえ》り、吐き気を催すようなドロドロとした感情の濁流が腹の底から噴き上がってきた。落ち着こうと息を吸い込む度に四肢の末端まで冷たいものが走り、反対に皮膚の表面にはじんわりと汗がにじむような熱が宿るのを感じる。

それでも、目を逸《そ》らしたら負けだとばかりに、政近は優美から目を逸らすことはなかった。しかし、優美は頑《かたく》なに政近の方を見ない。久しぶりに会う息子に、言葉も、視線も、何ひとつとして向けることはなかった。

（……なんだ、やっぱりか）

その瞬間、政近の中に宿っていた火も、皮膚の表面を撫《な》でていた熱も、一瞬にして消え失《う》せた。その身を包んだのは失望か、諦《あきら》めか……どちらにせよ、政近には関係がなかった。もはや、どうでもいいことでしかなかった。

「じいちゃん、そろそろ行くぞ。ここは人目に付くし」

感情を宿さない声で淡々とそう声を掛けると、知久が少し周囲を気にする素振りを見せて軽く頷《うなず》く。

「おお、そうか……それではまたな、二人共」

「ええ、夏休みにはまた遊びに行きますね？」

「……っ、……失礼します」

一瞬、優美が口を開いて何かを言おうとしたが、結局言葉にはならず。優美は小さく頭を下げると、有希を伴って階段へと向かって歩いて行った。その背を見送ることもなく、政近はさっさと靴を履き替える。知久もまた、余計なことは口にせずにスリッパから靴に履き替えた。

「んあぁ～改めて外に出ると暑いなぁ」

玄関口を出て、眩《まぶ》しい日差しに顔をゆがめる知久に、政近は呆《あき》れた顔を向ける。

「そんな格好してくるからだよ」

「しっかしなぁ、流石にポロシャツで来るわけにもいかんだろ」

「ワンチャンそっちの方がマシだったけどな……」

「なんだ、有希はカッコイイと言ってくれたぞ？」

「いや、明らかにお世辞だろ」

半笑いでそう言う政近に不満げな表情を浮かべ、知久は空を仰いで言った。

「しっかし、有希はどんどん優美さんに似ていくなぁ……まだ身長は足りんが」

「……ああ」

途端に気のない返事をする政近に、知久は苦笑交じりに問う。

「なんだ、まだ優美さんのことが嫌いか？」

「……」

知久の直球の質問に、政近は沈黙で答える。分かりやすい反応をする孫に、知久は考え深げに顎《あご》を撫でた。

「不思議なもんだなぁ。優美さんは政近とよ～く似とると思うんだが」

「似てる？　ハッ」

笑えない冗談だとばかりに軽く笑い飛ばす政近だったが、知久は動じた様子もなく頷く。

「似とるよ。お前は見た目は恭太郎の若い頃にそっくりだが、中身は優美さんによく似とる。逆に、有希は見た目は優美さんそっくりだが、中身は割と恭太郎に似とるな」

「……」

「まあ、お前も有希も、目だけは両親のどっちにも似とらんが……その目はどっから遺伝したんかの？」

「さぁな」

政近と有希が兄妹であることを示す、そこだけ唯一そっくりな形をしている目に手を触れながら、政近は肩を竦《すく》めた。

頑なな反応を崩さない政近に、知久もまた軽く肩を竦めると、気分を切り替えるように声を上げる。

「あぁ〜それにしても暑《あ》っついのぉ〜……どうだ？　どこかにかき氷でも食べに行くか？」

「かき氷って……そんなのパッと見付からんだろ」

「そうか？　軽く調べれば……」

スマホを取り出して本当に調べようとし始める知久に、政近は「いろんな意味で若《わ》けぇなぁ」と感心と呆れを半々に感じながら、疲れたように言う。

「いや、食いに行かんって……普通に帰るから」

「なんだ？　疲れたのか？　そう言えば少し顔色が悪い気が……」

心配そうに覗《のぞ》き込んでくる知久から距離を取り、政近は顔を前に向ける。

「日差しが強いからそう見えるだけだろ？　そうじゃなくて、単純にさっさと帰ってシャワー浴びたいんだよ」

「なんだ、ツレない孫だなぁ」

「じいちゃんがもう少し普通の格好してたら付き合う気になったかもな」

どこから取り出したのか、扇子でパタパタと顔を扇《あお》ぐ知久にジト目を向ける政近。その姿は、一見いつも通りの政近のようでいて……どこか、泣き疲れた子供のように頼りなくも見えるのだった。

Иногда Аля внезапно кокетничает по-русски

第6話

いろんな意味で熱が上がりました

別に……取り立てて、すごく劇的な何かがあったわけではなかった。

母親から虐待を受けていたとか、母親が別の男と不倫をしていたとか、そんな事実は特になかった。それどころか、今思い返すと……母は、とても穏やかで優しい母親だったと思う。父とはいろいろあったが、それでも母は俺達兄妹には優しかった。習い事でいい結果を出せば褒めてくれたし、時にはお菓子を焼いたりもしてくれた。きっと世間一般から見ても、母は優しい母親だっただろう。

俺も、妹も、そんな母のことが大好きだった。

……きっかけは、本当に些細《ささい》なことで。きっと、世の中の多くの人が「え？　そんなこと？」って拍子抜けしてしまうような……今思うと、ホントに全然大したことがないことだった。ただ……ある日突然、母が俺の目を見てくれなくなった。

いつも真っ直ぐ俺の目を見て、「よく頑張りましたね」「すごいですよ」と、頭を撫でてくれていた母が……目を、逸らすようになった。いつも穏やかだった笑みも、いつしかぎこちなくなって……俺は、母が無理をしているのだと気付いてしまった。

きっと、この程度じゃ満足してくれないんだ。まだ努力が足りていないんだ。もっと、もっと結果を出さないと。母様は、心から喜んでくれないんだ。

ねぇ母様、僕を見てよ。僕この前、華道の先生に褒められたよ？　空手だってもう黒帯を取ったんだ。勉強だってもう中学生の範囲の勉強をしてるし、母様が大好きなピアノだって――

「もう、やめなさい!!」

……そんな、目を。見たかったわけじゃない。僕は、ただ――

◇

「う、あ……」

目を覚まし、全身を覆う異様な熱さと気だるさにうめき声を上げる。

「あぁ……」

ベッドの上で身動《みじろ》ぎし、その僅《わず》かな挙動が頭と体の芯までズンズンと響くような感覚に、政近《まさちか》はげっそりとした。実は、昨夜の時点ですこ～し嫌な予感はしていたのだが……どうやら、完全に風邪を引いてしまったらしい。

気付けばなんだか喉も痛いし、何よりとにかく体がだる重い。きっと、熱も結構出ているだろう。

と、そのタイミングで枕元に置かれている目覚まし時計がアラームを鳴らし始め、政近は重たい腕を持ち上げてアラームを止めた。

ついでにその隣に置かれているスマホを手に取ると、ゴロンと右側に寝返りを打つ。体の下敷きになった右上腕と右肩に痛みが走るが、腕を持ち上げるつらさに比べれば幾分マシだ。

「ダメだ、これ……」

スマホを起動させ、政近はとりあえず学校に欠席の連絡を入れようとする。しかし、連絡先が分からない。どこかにメモしてあった気もするが、パッと思い出せない。ネットで学園の電話番号を調べようか……と考え、すぐにめんどくさくなった。

「毅《たけし》……いや、光瑠《ひかる》か」

二人の親友どちらかに担任の先生への言伝《ことづて》を頼もうと考え、なんとなくの信用度で光瑠を選ぶ。脳内で毅の幻像が「なんでだよ！」と抗議してるが知ったこっちゃない。気にする余裕もない。

『……もしもし、政近？』

「おお……すまん、ちょっと風邪引いた」

『え？　大丈夫なの？』

「まあ……とりあえず今日は休むわ。先生に言っといてくれるか？」

『うん、分かった。……放課後、お見舞いに行こうか？　今家に一人だよね？』

「いや、知り合いに頼むからいい……ありがとな」

『そっか……じゃあお大事に』

「お〜う」

光瑠との通話を終えると、政近は気力を振り絞って有希《ゆき》にメッセージを飛ばした。

『すまん、風邪引いた』

『綾乃《あやの》に薬頼んでくれない？』

苦労してなんとかそれだけ打って送信すると、政近はパタッとその場にスマホを落として再び仰向けになった。

「はぁ……」

せめて水の一杯くらいは飲んでおきたいが、ベッドから下りるのですら億劫《おっくう》で仕方ない。幸いまだ眠気はあることだし、このまま二度寝してしまうことにする。

（にしても、なんか嫌な夢を見た気がするな……）

昨日、久しぶりに母親と会ったせいだろうか。普段はなるべく思い出さないようにしている、昔の夢を見た気がする。

（というか、なんか最近はやたらと昔のことを思い出すような……）

周防《すおう》政近だった頃の記憶は、今の政近にとって封じておきたい記憶になっていた。嫌なこと、悲しいこと、つらいこと。それらを思い出して、胸にザワザワとした嫌な感覚が広がるから。

(いや、逆に……思い出そうとしなかった、せいか)

昔のことについて、細部を思い出したことはなかった。思い出そうとする度に、自分でストップを掛けていたから。本当はきっと、つらいことばかりではなかったはずなのに。

でも、どうしても思い出してしまうから。母親との決別を、あの子との別れを。それらを連想してしまわないよう、昔のことは一緒くたにして記憶の奥底に封じていた。

そうしていつしか、〝昔のこと〟＝〝嫌なこと〟というイメージだけが残って、思い出さないよう必死に目を逸らす度に、そのイメージは強くなっていった。

(よく、怒りや憎しみは時と共に徐々に薄れていく……なんて言うけど、そうとも限らないよなぁ)

今の政近はむしろ、当時の記憶は薄れているのに、悲しくてつらいという印象だけが強固に残っていた。具体的に何がどう悲しくてつらかったのかは、もう判然としないのに。

こうしている今も、昔のことを思い出そうとすると強烈な拒否反応が起きる。

どうしようもなく目を逸《そ》らしたくなって、記憶の蓋《ふた》に手を掛けることが出来ない。

(……はぁ、もう、いいや)

頭を働かせているのも億劫になり、政近は無理矢理《むりやり》思考を中断した。

ただでさえ体調が悪いのに、更に気が滅入《めい》ることをしてどうするのか。

昨日はたまたま遭遇しただけで、別にこの先母親と向き合う予定もなければそのつもりもない。

あの過去は、もう思い出す価値もないものなのだ。周防政近だった頃の記憶など、久世《くぜ》政近には必要ない。そう、自分に言い聞かせ……政近は、再び眠りに落ちた。

◇

ピンポーン。

「う……？」

インターホンの鳴る音に、政近は目を覚ました。ぼんやりとした頭で有希か綾乃が来たのかと思い、しかしすぐにおかしいことに気付く。

有希はこの家の鍵を持っている。来たのが有希であれ綾乃であれ、チャイムを鳴らさなくても入って来られるのだ。それに……聞き間違いでなければ、今鳴った音は玄関のチャイムではなく、マンションのエントランスの呼び出し音だ。

仮に来訪を告げる目的でチャイムを鳴らしたのだとしても、エントランスでわざわざ呼び出しをする理由はない。

「ぁんか、送られてきたんか……？」

まだどうにもだるい体でベッドを下りようとするが、寝返りを打っただけで気力がゼロになった。もう居留守を使おうかという考えが頭をよぎるも、そのタイミングで再びチャイムが鳴る。

「はいはい……今行きますよぉ～」

いい加減一回起きた方がいいと思ったのもあって、政近は気合を入れてベッドから下りた。一歩踏み出す度に頭に衝撃が響くのに顔をしかめつつ、部屋のドアを開けてインターホンへと向かう。

そして、インターホンのディスプレイに表示されている人影を見て……目を疑った。

「……ハアッ⁉」

見間違いようのない銀色の髪。青い瞳《ひとみ》。嘘のように整った容姿。そこには確かに、私服姿のアリサがマンションのエントランスに立っている映像が映し出されていた。

「……え、は？　なんで？」

政近は、アリサに自分の家の住所を教えた覚えはない。当然、アリサを家に招いたことなど一度もない。

疑問は尽きないが、しかしあんまりのんびりしていると時間切れで呼び出しが切れてしまうので、政近はとりあえず応答ボタンを押した。

「……アーリャ？」

『あ、久世君？　大丈夫？』

「えぇっと……もしかして、有希から何か聞いた？」

『ええ……有希さんから、あなたが風邪で倒れたから薬を持って行って欲しいって……』

「あ、そう……とりあえず開けるわ」

『あ、はい』

開錠ボタンを押し、アリサがマンション内に入ったのを見届ける。それから政近は自分の部屋に戻り、ベッドの上に放置されていたスマホを手に取った。

そして、スマホを起動させ……画面上に表示された有希からのメッセージを見た瞬間、スマホをベッドに放り投げた。

『おいおい、どうしたんだい？　銀髪美少女による看病イベントだぞ？　喜べよ』

そこには、ニヤリと笑った顔のアイコンと共に、そんなメッセージが書かれていた。

「せめて……事前に告知しろよぉぉ～～～うぇ」

有希への不満を力なく叫び、政近はパタッとベッドに突っ伏した。そのままぐでーんと脱力していたいのはやまやまだが、流石にアリサが来る前に手洗いくらいは済ましておかなければと、なんとか気力を振り絞ってトイレに向かう。

そして、用を足して手洗いうがいをしたところでちょうど玄関のチャイムが鳴り、壁に手をつきながら玄関に向かう。

上下は薄いパジャマ姿で頭は寝ぐせが付き放題。およそ人前に出られる姿ではなかったが、もう、事ここに至っては諦《あきら》めの境地だった。もうどうにでもな～れ～状態だった。

「ぁ～い」

スリッパをつっかけて玄関のドアを開けようとして、その直前でマスクを着けるべきではないかということに思い至る。

（いや、でも……マスクどこにあったっけ？）

迷ったのは一瞬。アリサを待たせる方がよくないと判断した政近は、鍵を開け、遠慮がちにドアを開いた。途端、むわっとした熱気とやかましいセミの鳴き声が一気に押し寄せてくる。

「アーリャ……？　その、ありがとな？　わざわざ来てくれて……」

ドアを盾にするように、少しだけ顔を覗《のぞ》かせる。正直この中途半端な状態でドアを維持し続けるのも今の政近にとっては重労働なのだが、そこは我慢だ。しかし、やはり多少なりとも顔に出てしまったのか、アリサは少し驚いた様子で視線を動かす。

「ええ、まあそれは……いいのだけど。思ったより、具合が悪そうね？」

「……あ、今『馬鹿でも風邪引くのね』って思った？」

「思ってないわよ」

この期に及んで茶化《ちゃか》そうとする政近に、アリサは小さく溜息《ためいき》を吐くと、手に持った買い物袋を視線で示した。

「少し、お邪魔してもいいかしら？」

「え？　ああいや、普通に薬だけもらえればそれで……」

「……有希さんに、頼まれてるのよ。あなたを看病してあげて欲しいって」

仕方なさそうに、ちょっと唇を尖《とが》らせながら言うアリサに、政近は思わず内心で有希に文句を言った。

(妹よ……オタク脳なのは構わないが、他人を巻き込んで迷惑掛けるなよ……)

【嘘だけど】

(あ、ごめん。濡《ぬ》れ衣《ぎぬ》だったわ)

毛先をいじいじしながらチラッチラこちらを見るアリサに、政近は心の中で有希に謝る。

普通にアリサの照れ隠しに利用されただけだった。

「ああいや、薬飲んで寝てたらたぶん治るから……」

「何かお腹《なか》に入れた方がいいでしょ？　自分で料理する元気あるの？」

「まあ、うん……でも、風邪を移したら申し訳ないし……」

「安心して？　マスク持って来たから」

そう言うと、アリサは宣言通り、買い物袋からマスクを取り出して装着した。こんな時でも、完璧《かんぺき》美少女様に隙はなかった。その周到さに……政近は、すごく微妙な気分になった。

(いや、正しいよ？　正しいんだけどさ……)

なんだろうか、このがっかり感。自分がすごく汚い病原体になった気がするというか、ドキドキ看病イベントが純粋な医療行為に変わってしまった感じがするというか……

(所詮《しょせん》、クラスの美少女がマスクなしで甲斐甲斐《かいがい》しく看病してくれるイベントなど幻想だったのだよ！　って、ことか……)

やっぱり二次元と現実は違うんだなぁとしみじみ感じ、遠い目になる政近。

Я соврала.

「それに……いろいろと持って来てしまったから、ここで追い返されると困るのだけど？」

そう言って、何やらずいぶん物が詰まっている買い物袋を持ち上げるアリサ。どうやら、薬以外にも食材とかいろいろ持って来てくれたらしい。たしかに、この炎天下に重い荷物を持って来させておいて「いらないから帰れ」はあんまりだろう。たとえそれが、自分が頼んだことではないとしても。

「ああ、うん……それじゃあまあ、少しだけお世話になろうかな……」

既に気力と体力が限界に近かったこともあり、政近は諦めと共にアリサを迎え入れた。

「お邪魔します」

アリサが玄関に入り、ドアがバタンと閉まると、政近は急に落ち着かなくなった。外のセミの鳴き声が遠ざかり、家の中に唐突な静寂が訪れる。それと共に、家に女子と二人きりという今の状況が強烈に意識され、玄関の鍵を閉めるというなんでもない行為ですら、なんだかイケないことをしている気がしてしまう。

「久世君」

「お、おう」

「とりあえず、マスク」

「あ、ハイ」

少し浮ついた気分になっていた政近だが、アリサにマスクを差し出されてスンッと真顔になった。なんというか……「マスクしろよばっちぃな」とでも言われているような気がしてしまったのだ。いや、アリサは絶対そんなこと思っていないが。とりあえず、マスクはラブコメイベントにとっては大敵だなと思った次第であった。

（まあ、マスク着けてたらキスも出来ないしね……そもそも顔が半分見えないっていうのはラブコメにおいてなかなかに致命的……いや、最近は仮面とかで顔完全に隠してるヒロインキャラもいるけど。

だがしかし、あれは漫画やアニメ特有のエフェクトやらなんやらで仮面の上からでも表情が分かるからこそ可愛いのであって、実際にいたら普通に怖いよな。

むしろ顔を隠すというならマスクより目元に布を巻く目隠しの方を個人的には推したいところだが、実際にアーリャがそれをやったとしたらそれはもう犯罪臭しかしないしそれこそ薄い本展開待ったなしで大変にけしからんって何を考えてるんだ俺は）

マスクを着けながら、何やらオタク脳を熱暴走させる政近。どこか茫漠《ぼうばく》とした目で微妙に体を揺らすその姿に、アリサが心配そうな顔になる。

「久世君？　大丈夫？」

「そうか、つまりどこか犯罪臭漂う背徳感。それが目隠しヒロインの魅力をまた一段引き上げているのか」

「……大丈夫じゃないみたいね」

「……俺もそう思う」

アリサの可哀そうな人を見る目に気まずくなりつつ、政近はこれ以上変なことを口走る前にと、リビングに向かいながら案内をした。

「そこが洗面所、こっちがトイレで、そことそこは……まあ入らないようにして。向こうのあれが俺の部屋。んで、ここがリビングね。荷物はその辺りに置いとけばいいから。えぇっと、喉が渇いたら冷蔵庫に水と麦茶があるし、コップとかはまあテキトーに……何か質問ある？」

「そう、ね……何か思い付いたら訊《き》くから、とりあえず早く横になった方がいいわ」

「そうさせてもらうわ……」

こうして立っているだけでもつらいので、政近はアリサの言葉に甘えて自室に戻った。ベッドの上に倒れ込み、邪魔なスマホを枕元に置こうと手に取ったところで……スマホがブブッと振動し、画面上に有希からのメッセージが表示された。

『目隠しアーリャさん妄想してんじゃねーよ』

「エスパーかお前は」

思考を読んでいるとしか思えないタイミングと内容に、政近は思わず肉声でツッコむ。すると、またしてもスマホが振動して新たなメッセージが表示された。

『エスパーじゃねーよ。ただの愛だよ』

「自分で言ってて恥ずかしくねーのか」

『スマホに向かってて一人でツッコんでて恥ずかしくねーのか』

「誰のせいだ！　ってか、お前やっぱり思考読んでるだろ！」

思わず力いっぱいツッコんでしまい、喉に走った引き攣るような痛みにゴホゴホと咳《せ》き込む。

『喉痛いんだろ？　無理すんな？』

「……」

『というか、「エスパーか」ってツッコミ古くない？　今時使わんでしょ、エスパーなんて単語』

もはやツッコむ気にもなれず、政近は少々乱暴にスマホを枕元に放った。

その瞬間、画面上に『痛っ！ｂｙスマホ』というメッセージが表示されたのには見ないふりをする。別に双子というわけでもないのに、兄の思考を読め過ぎな妹であった。

（とりあえず、あとで監視カメラと盗聴器がないことを確認しよ……）

そう密《ひそ》かに決意し、政近はベッドの上で仰向けに寝転がる。

「久世君？　入っていいかしら？」

「ん？　……ああ」

一瞬ザッと部屋の中に視線を巡らせ、特に見られて困るものがないことを確認してから声を掛ける。

（大丈夫だ。少年漫画にありがちなベッド下のエロ本や、少女漫画にありがちな思わせぶりに伏せられた写真立てなんてうちにはない）

この家の押入れとかを探せば、政近が周防家にいたことを示す何かが見付かったりするようなことがあるかもしれない。しかし、普通に目に入る場所にはそんなものは一切存在しない。政近自身、そういったものが視界に入らないようにしているのだから当然のことだった。

「お邪魔します」

遠慮がちに部屋に入って来たアリサの手には、見覚えのない水筒が握られていた。アリサは若干視線の置き所に困っている様子で、おずおずとその水筒を差し出してくる。

「これ、はちみつ入りの紅茶。よかったら飲んで？」

「ああ、ありがとう……悪い、その机の引き出し、っていうか棚？　それを引っ張りだしたら、サイドテーブルになるから……」

政近に言われた通り、アリサは勉強机のキャスター付きの棚を引っ張り出すと、それをベッド脇に移動させて水筒を置いた。

「それじゃあ、その……何か食べる？　食べる元気があるなら、だけど」

「ああ、うん。ってか、そんなに緊張せんでいいって」

「別に、緊張してるわけじゃないけど……ただ、ちょっと落ち着かないだけで」

その言葉通り、落ち着かない様子で視線を彷徨《さまよ》わせながら、アリサはボソッと【男の子の匂いするし……】と呟《つぶや》いた。

（小声でそういうこと言うんじゃありません！　言っておいて恥ずかしそうにするんじゃありません！）

ますます落ち着かない様子で、毛先をいじいじしながらチラッチラ様子を窺《うかが》ってくるアリサに、政近もなんだか落ち着かない気分になる。なんだか急にラブコメ臭が漂う中、アリサは恥ずかしげに口を開いた。

「えっと、その……じゃあ、おかゆとボルシチ、どっちがいい？」

「なにその二択」

物凄《ものすご》く極端な二択に、政近は思わず真顔でツッコむ。すると、アリサは少しむっとした様子でまくし立てた。

「すごく体にいいのよ？　ボルシチ。野菜が柔らかくなるまで煮込むから体力が落ちてても食べやすいし、ニンニクや玉ねぎで免疫力が上がるし、ビーツは消化を助けるから胃腸にもいいし――」

「ああ、分かった分かった。なんか田舎のおばあちゃんみたいなこと言うな……」

「……」

うら若い乙女に対して少々失礼な言い方だが、アリサは言葉に詰まった様子で黙り込む。もしかすると、本当にロシア人の祖母の受け売りだったのかもしれない。

「で、どっち？」

「そうだな……じゃあせっかくだから、ボルシチで……」

「そう。じゃあ、そうね……四時間ほど待ってもら――」

「待てるかい。いや、待てるかーい」

ボケとしか思えない時間に反射的にツッコむ政近。しかし、アリサは特にボケたつもりはなかった様子で眉《まゆ》を下げる。

「でも、ボルシチは材料が多いし……圧力鍋を使えば時間短縮できるけど、邪道だし……」

「いや、そのこだわりは知らんけど。だったら普通におかゆでいいよ。あ、いいよって言い方は失礼だけど、あまり手間を掛けさせるのも申し訳ないし……」

だんだんとしゃべってるのもつらくなってきて、政近は尻すぼみに声を落とすと、ぐったりとベッドに身を預けた。

「分かったわ。それじゃあ、おかゆを作ってくるから……キッチン借りるわね」

「おお～……」

若干投げやり気味に答え、アリサの背中を見送る。すると、アリサは扉を開けながらスマホを取り出し、眉根を寄せて何かを打ち込み始めた。その指の動きを追い……政近は遠い目になった。

「……いや、おかゆの作り方調べるんか～い」

アリサが出て行った部屋に、政近の力ないツッコミが響く。

(水か出汁《だし》で米を炊いて、塩を入れるだけだろ……？　どこに間違う要素があるんだよ……)

内心そう思う、政近だったのだが、

「そっか……味付けは砂糖じゃなく塩なのね。そうよね、カーシャじゃないものね」

間違う要素大ありだった。ちなみにカーシャとは、米の代わりにオートミールや蕎麦《そば》の実、出汁の代わりに牛乳、塩の代わりに砂糖が使われるロシアにおけるおかゆだった。

調べて大正解だった。下手したら、「うぇ！　塩と砂糖間違ってんじゃん！」「え？　間違ってないわよ？」「え？」「え？」という、世にも珍しい会話が繰《く》り広げられるところだった。

「えぇっと、パックのご飯を使う場合は……これをこのままお鍋に入れていいのかしら？……あ、一回レンジで温めないといけないのね」

スマホ片手に、買って来たパックのご飯をレンジに入れるアリサ。

「たっぷりめの水って、具体的に何リットルよ……」

曖昧《あいまい》な表記に不満を口にしながらいくつかのレシピを参考にし、お鍋に水を張る。

「あ、ご飯温まった……あ、熱っ！　熱《あ》っつい！」

パックの熱さにまず驚き、蓋《ふた》を剝《は》がした瞬間に吹き出て来た蒸気の熱さにまた驚く。なんとかパックの縁を持ってお鍋の上まで持って行くが、早く熱さから逃れようと慌ててパックを傾けたせいで、塊になったご飯がバチャンと水の中に落下し、周囲に水が飛び散る。しかも、パックを手前に傾けたせいで、お腹《なか》にまで水が掛かってしまった。

「……」

水滴が飛び散った調理台と、ちょっと誤魔化《ごまか》しが利かないレベルで濡《ぬ》れてしまった服。それらを凍り付いたようにじっと見下ろしていたアリサだったが……不意にゆっくりと顔を上げると、ハンカチで服と調理台を拭《ふ》いた。

「大丈夫……エプロン着ければセーフ」

そして、バッグの中からエプロンを取り出すと、そそくさと身に着け、何事もなかったかのように調理を再開する。どこがセーフなのかとツッコみたくなるが、恐らくアリサの尊厳的にはセーフなのだろう。たぶん。バレなければ問題ないというやつだ。

「……どのくらい水が飛び散ったかしら」

お鍋の水の量でまた少し頭を悩ませ、それでもなんとかいい感じに水量を調整して、お鍋を火にかける。

「……」

お鍋に蓋をし、ご飯が煮えるのを待つ。待つ。待つ……

「……これでいいのかしら？ 何か忘れてるんじゃ……」

手持ち無沙汰になった途端、特に理由《ワケ》もなく不安になるアリサ。なんとなく蓋を開けて中身を掻《か》き混ぜてみたり、どこか不備がないかレシピを繰り返し調べてみたり……

「とろみが付くって、具体的にどのくらいよ……水気が完全に飛ぶとか、もっと分かりやすい書き方があるでしょ」

そうしてまたぶつぶつ言いながら、どうにかこうにかおかゆを完成させた。

「こんなもの、かしら……？」

塩加減は自分で調整してもらうことにして、お皿に盛りつけ、仕上げにネギ（刻むのに五分掛けた）を載せたおかゆ。それにスプーンと塩の瓶を持って、アリサは政近の部屋に向かった。

（なんでここ、ちょっとへこんでるのかしら……？）

ドアノブの下のちょっとへこんでいる部分に内心首を傾げながら、アリサは声を掛けてから部屋に入る。

「久世君？　おかゆ持って来たわよ」

「おお……ありがと」

ぐったりとベッドに身を横たえる政近。その声は少しがさついており、アリサに向けられた目はどこかぼんやりとしていた。その、いつもの政近らしからぬ弱った姿を見て、アリサは……

（よしよししてしてあげたい……）

シンプルに母性が湧いた。そして脳内に浮かんだその考えを即座に叩《たた》き割った。細かく踏み砕き、小さくまとめると脳内空間の彼方《かなた》に放り投げる。そうしてる間に、政近がゆっくりと右手を持ち上げ、親指を立てた。

「エプロン姿、ありがとうございます」

「……思ったより余裕あるみたいね」

頰と口を隠してくれているマスクに感謝しつつ、アリサはジト目でそう言うと、止まっていた足を動かした。……マスクに隠れていない耳の先が赤くなっているという自覚は、アリサにはなかった。政近はしっかり気付いていたが。

「……食べられそう？」

「ん……まあ」

もぞもぞと体を起こすと、ベッドのふちに腰掛ける政近。その前におかゆを置くと、政近は億劫《おっくう》そうにマスクを外し、スプーンを手に取った。

「……ふーふーはしてくれないのか？」

「して欲しいの？」

「……いや、冗談」

へらっとした笑みを浮かべて軽口を叩きながら、政近は小さく「いただきます」と呟いてから、おかゆを口に運んだ。椅子に座ってその様子を見守るアリサの前で、政近は一口食べてからボソッと言う。

「……おいしいよ」

「そう」

おかゆにおいしいも何もあるのだろうかという疑問はあったが、まあ不味《まず》いとは言われなかったのだからよしとする。

しばらくはそうして政近がおかゆを食べているのを見守っていたが、流石に人が食事をしているのをじっと見ているのもはばかられ、アリサは室内に目を向けた。

「……」

政近の部屋を見て真っ先にアリサが感じたのは、思ったよりきれいにしてる……というか、物がないということだった。オタクを公言してる政近のこと、でっかい本棚に漫画やライトノベルがズラッと並んでいて、勉強机にはフィギュアが並んでいたりするのだろうと思っていたのだが……特にそういったものは見当たらない。

漫画は確かにあったが、それも勉強机の上に数冊積まれているだけだった。

「……オタグッズなら、別の部屋だぞ」

「あ、ああ、そうなの」

見透かしたようにボソッと言われ、アリサは気まずさから顔を前に向ける。そして、話題を変えるためにとっさに気になったことを口にした。

「その……ご両親は？」

「父親は仕事。母親はいない」

「え……？」

「ああ、まあ別に隠してるわけでもないんだが……うち、父子家庭だから」

「あ、そう……なの……」

何の気なしに告げられた言葉に、アリサは思わず動揺する。しかし、政近はどうでもいいことのように、かったるそうに続けた。

「別に、死別したわけじゃないぞ？　普通に離婚。今時珍しくもない」

「そう、かしら……」

風邪で体がだるいのもあるのだろう。しかし、自分の母親のことを面倒くさそうに語る政近に、アリサはなんだか寂しい気持ちになった。

そして、昨日の三者面談に祖父が来ていた理由を今更ながらに理解して、自分の鈍さに少し幻滅する。同時に、自分が政近のことをあまりに知らないことに気付いて愕然《がくぜん》とした。

(そう言えば……私、ついこの前まで久世君の誕生日すら知らなかったのよね……)

もう一年以上隣の席にいるのに、そんなことも知らなかった自分。そして、知らされるまで知らないことに気付いてもいなかったことに、アリサはますます幻滅する。

隠していなかったということは、それらの情報は……当然、幼馴染《おさなな じ》みの有希や綾乃は知っているのだろう。

この寂しい家で、アリサの知らぬ間に、有希や綾乃が政近の誕生日を祝ったのではないかと思うと、胸にモヤモヤとしたものが広がる。しかし、その有希に今日教えてもらわなければ、アリサは政近の家庭事情など一切知らないままだっただろう。そう考えると、有希には感謝をするべき……なのかもしれない。ちょっと釈然としないが。

(今度、久世君ともっといろんなことをお話ししよう)

アリサが密《ひそ》かにそう決意したところで、政近がおかゆを食べ終わった。

「ごちそうさま……おいしかったよ。ああ、この紅茶も」

「お粗末様……紅茶はマーシャからの差し入れだから、マーシャにお礼を伝えておくわ」

「頼む」

「それじゃあ……次は薬ね。ああ、その前に着替えた方がいいかしら？」

政近の汗でよれたパジャマを見てアリサがそう言うと、政近はおどけた様子でへらりと笑った。

「おいおい、汗を拭いて着替えるイベントは、女子がやるからこそサービスショットになるんだぜ？」

「バカなこと言ってないで、さっさと着替えなさい。薬と水を持ってくるから」

「……ハイ」

「お湯とタオルはいる？」

「いや、別にいい。このパジャマで汗拭くから」

「そう……あ、体温計ってどこにあるかしら？」

「ああ、それなら──」

政近から体温計がしまってある場所を聞き出し、アリサは空いた食器類を持って部屋を出る。そして、それらをシンクで洗って、何気なく水切りかごに置こうとして……

「あ……」

そこに、一昨日自分がプレゼントしたマグカップを見付けた。

(使って……くれてるんだ)

その事実に、なんだか胸が温かくなるのを感じる。思わずそのマグカップを手に取って、ニヨニヨとした笑みを浮かべてしまい……十秒ほど経《た》ってからハッと我に返り、慌てて元に戻した。サッと周囲に視線を巡らせ、当然のごとく誰にも見られていないことを確認してから、意味もなく咳払《せきばら》い。

そうして気分を落ち着かせてから、水と薬その他諸々《もろもろ》を持って政近の部屋に戻った。

「入っていい？」

「……おお」

部屋に入ると、新しいパジャマに着替えた政近がベッドに腰掛けて待っていた。脱いだパジャマが見当たらないが、もしかしたら脱いだばかりのパジャマを見られるのが恥ずかしくて、どこかに隠したのかもしれない。

「はい、これが薬とおでこに貼るやつ……それと、体温計」

「ありがと」

政近は体温計を脇に挟むと、薬を水で流し込んだ。そうして少し待つと、体温計が音を立てる。すると、政近が体温計を抜こうとし……何かを思い付いた様子でニヤッと笑った。

「何度だと思う？」

「そういうのいいから」

「むぅ……まあいいや。よし！　三十八度四分！」

「……」

「むっ！　惜しい！　三十八度六分だったか！　っ、げほっ」

「バカなことやってないで寝なさい」

「ゴホッ、う……はい」

グッと前髪を掻《か》き上げられたかと思えば額に冷感シートをピシャリと貼り付けられ、政近はそのままパタリとベッドの上に倒れた。

もぞもぞとベッドの上で体勢を整え、マスクを鼻まで上げると、フッと全身の力を抜く。

「……ホントにありがとな。お金は後で返すから、レシート置いといてくれ」

「別にいいわよ、これくらい」

「いや、お金関係はしっかりしとかないといけないから」

「はいはい。分かったわよ」

「じゃあ俺、また寝るから……もう帰ってくれていいぞ。えっと、鍵は……」

「気を遣わないでいいわ。リビングで勉強してるから」

「いや、別にそこまで……」

「病人が変に気を遣わないでいいの。ほら、寝なさい」

「うぃ……」

部屋の電気を消され、政近は観念したように目をつぶる。すると、そのまま部屋を出て行くと思っていたアリサの足音が、再び戻って来るのを感じた。

（ああ、体温計とコップを持っていくのか……）

そう考える政近の予想に反し、すぐ横でギシッと椅子が軋《きし》む音がしたかと思うと、胸の上に手が置かれ、トン、トン、と優しく叩かれる感触がする。

「……アーリャさん？」

「なによ」

まるで幼子《おさなご》を寝かしつけるかのようなアリサの行動に、政近は思わず目を開き、「いや、これは流石に恥ずかしい……」と、言おうとしたが……アリサのキッとした鋭い目を見て、言葉を呑《の》み込む。

「いや……ありがとな。いろいろと」

「いいわよ……その、いつも助けてもらってるし……」

「助けてもらってるのはむしろ俺だろ？」

忘れ物した時とかな、と付け加えて、政近は再び目を閉じた。すると、胸を優しく叩かれる感触もあってか、急速に眠気が増してくるのを感じる。

「そんなこと……選挙戦で助けてもらってることに比べれば、全然……それに、それ以外にもいろいろと……」

「気にするなよ……俺がやりたいから、してるだけだ」

襲い来る眠気にぼんやりとした頭で、政近はアリサの言葉を遮るように言う。

これで話は終わりだ。もう寝よう……と、思った政近だったが、予想に反してまだアリサが何かを言っている。

「やりたいから？　それは、どういう……」

「ぁん？　なにが……」

「どうして、私を助けてくれるの？」

「そんぁの、おれが、おまぇのこと………」

「……久世君？」

「……」

アリサが何か言っている。答えないといけない……という思いも、眠気の怒涛《どとう》に押し流されていく。そうして政近が完全に意識を手放す……その直前、耳元にそっとアリサの囁《ささや》きが落とされた。

「おやすみなさい………政近君」

◇

「う……」

政近が再び目を開けた時、外はもうすっかり暗くなっていた。

「あぁ……」

薬が効いたのか、昼に比べればだいぶマシになった気がする。まだ少し感覚が鈍く、頭がぼんやりとした感じがするが、これは単に寝過ぎたせいもあるのだろう。

時計を見れば、もう午後八時過ぎ。かれこれ五時間以上眠っていた計算になる。午前中に寝た分も考えると、明らかに寝過ぎだった。

（アーリャは……流石にもう帰った、よな？）

そう思いながらも、政近は部屋を出る前になんとなく習慣でスマホを手に取り、起動したロック画面に眉《まゆ》をひそめた。

そこには、有希からのメッセージで『ご注文はメイドですか？』『火種は投下しておいたZE☆』という二つのメッセージが表示されていたのだ。

ひしひしと嫌な予感を感じながら、政近は部屋のドアを開け……明後日の方向を向いて現実逃避をした。

なぜなら、リビングでは二人の美少女が静かに……それはもう、静かに睨《にら》み合っていたから。

（なるほど、これが冷戦か。日露でも冷戦が起きるとは知らなかったな）

現実逃避気味にアホなことを考えていた政近だったが、ドアが開いた音に反応した二人が同時に声を掛けて来たことで、強制的に現実に引き戻された。

「久世君、起きても大丈夫なの？」

「政近様、お加減はいかがですか？」

一人はアリサ、そしてもう一人は……学園ではだらんと流している髪をきちっとまとめて額を出し、メイド服を着込んだ完全装備（？）の綾乃だった。ちなみに、綾乃のメイド服はフリッフリのひらっひらで秋葉原～な感じだが、これはあくまで有希の趣味であり、周防家の使用人服ではない。

周防家の使用人服はもっと簡素だし、ヘッドドレスなんかもない。これは、有希が「若い子にはもっと可愛い服を着させるべきだと思います！」と祖父に直談判《じかだんぱん》して、〝客人が来ていない間だけ〟という条件付きで着用を認めさせた、有希渾身《こんしん》のメイド服なのである。

（たしかに可愛いけども……この場にそぐわねぇ）

久しぶりに見る綾乃のメイド姿に、いろんな意味で遠い目になる政近。そうしている間に、アリサの対面の席に座っていた綾乃は音もなく素早く立ち上がると、達人のような動きですするりと政近の懐に入り込んだ。

「どうぞ、肩をお貸しします」

気付けば綾乃は、政近の右脇にピタリと寄り添っていて。政近の腰には綾乃の左腕が、胸には綾乃の右手が添えられていた。

「いや、そこまでせんでいいから」

「ご無理なさらず」

とっさに身を引こうとする政近だったが、すかさず腰に回された綾乃の腕にぐっと力が入り、右脇にむぎゅっと綾乃の体が押し付けられる。

「落ち着け綾乃。メイドの肩に腕を回していいのは、奴隷を侍《はべ》らしちゃってる系の裏組織のボスだけだぞ？」

「あなたが落ち着きなさい。そして君嶋《きみしま》さんは離れなさい」

「いいえ、これもメイドの務めですから」

「あなたは久世君のメイドではなく、有希さんのメイドでしょう」

アリサの指摘に、綾乃はピシッと固まり……その隙に、政近はそーっと体を離そうとする。が、

「……有希様が、政近様のお世話をするようにとお命じになりました。なので、これはメイドの務めです」

「逃がしません！」とばかりに、再び綾乃がむぎゅぎゅっと体を押し付けてくる。アリサの眉がぴくっと跳ね上がる。

「ということで、政近様のお世話はわたくしが引き継ぎますので。もう遅いことですし、アリサ様はどうぞお帰りください。周防家の車でお送りしますので」

（おぉい言い方！　他意はないんだろうが煽《あお》ってるようにしか聞こえんぞ⁉）

綾乃としては、純粋に「もう遅いですし、あとは引き継ぎますよ？」という意図で言ったのだろう。だが、わざわざ政近に寄り添って淡々とこんな言い方をしては、「彼には私がいるから、あなたはもう用済みよ。車は用意してあげたからさっさと帰りなさい？」といった感じの意図が込められていると邪推されても仕方ない。

事実、アリサは綾乃の言葉にキリキリと眉を吊《つ》り上げると、完全に据わった目で綾乃を睨んだ。しかし、綾乃は一切動じることなく無表情でその目を見返す。

（あれ？　他意ない……よな？）

普通他意がないなら、睨まれる意味が分からないといった風に、小首を傾げるはずで

は？　あれ？　これもしかして修羅場？　修羅場なのか？

政近の中に疑念が湧き上がり、同時に有希の『火種は投下しておいたZE☆』というメッセージが脳裏に蘇《よみがえ》る。火種という割に寒気がするのは、果たして風邪のせいなのかなんなのか。

「それに、アリサ様は明日の準備でお忙しいのではありませんか？」

「……」

綾乃の言葉に、アリサは眉をピクリと跳ね上げる。が……政近には何のことか分からない。

「明日？　何かあったか？」

「別に？　ただ学校があるだけよ」

かぶせるように即座に答えたアリサに、政近は少し気になるものを感じるが……

「……久世君は、どっちに看病してもらいたいの？」

続いて発されたアリサの言葉に、そんな小さな疑問は吹き飛んだ。

(なにその質問⁉)

どう答えても角が立つ究極の質問に、政近は内心悲鳴を上げた。

(どっちかって言えば綾乃の方がこういうのに慣れてるだろうしいつまでもアーリャを引き留めるのは申し訳ないしだから答えは綾乃だけどさぁ？　これ、絶対そういう答えを聞きたいんじゃないよな……)

理屈じゃない。こういう時女性は、理屈とか抜きにした本心を聞きたがっているのだ。

それを、政近はよく分かっていた。

(本心、本心か……)

熱がぶり返したのか少しぼーっとする頭で、政近は自分自身の心に問い掛ける。自分が、何を望んでいるのか。誰に、看病してもらいたいのか……答えは、自然と口からこぼれ落ちた。

「我はハーレムプレイを所望する」

クソだった。ただのクソ野郎だった。アリサの目が一瞬にして光を失った。

「あ、いや、今のは……」

「……」

「畏《かしこ》まりました。有希様もお呼びいたしましょうか?」

「畏まんなオイ」

「それではアリサ様、政近様の左肩を支えて差し上げてください」

「やらんでいいやらんでいい」

「恥ずかしがらずともよろしいのですよ? 男性はより多くの女性を侍《はべ》らせたがるものだと承知しておりますので」

「一片の悪気もなく俺を追い詰めるのやめてくれませんかねぇ!?」

アリサとは別方向に澄み切った瞳《ひとみ》で見上げてくる綾乃に、政近は悲鳴気味に叫ぶ。直後、アリサの深い溜息《ためいき》が耳に届き、政近はビクッと体を跳ねさせた。

「……それだけ叫べるなら、もう大丈夫そうね」

「あ、アーリャさん？」

「帰るわ。ああ、キッチンにボルシチがあるから、夕食にどうぞ？」

「ボ、ボルシチ？　ああ、この匂いそれか？」

リビングに漂う、どこか覚えのある香りに視線を巡らせる政近。肯定するように無言で頷《うなず》くと、アリサは荷物をまとめてリビングを出て行こうとする。

「あ、綾乃？　ちょっとマジで歩きにくいから離れてくれるか？」

「……畏まりました」

なんとか綾乃に離れてもらい、政近はアリサの後を追った。そして、玄関で追い付くと、眉を下げてアリサに謝る。

「なんかごめんな。せっかく来てくれたのにこんな感じで……でも、ホントに助かったよ。ありがとう」

政近のお礼に、アリサは表情を緩める。

「いいのよ。……私も、やりたいからしただけだから」

「……ん？　私、〝も〟？」

「……気にしないで」

小首を傾げる政近から視線を逸らすと、アリサは政近の斜め後ろに立つ綾乃に目を向けた。

「それじゃあ久世君のこと、お願いするわね？」

「はい、お任せください」

一礼する綾乃に小さく頷き、アリサは再び政近の方を見た。

「？」

その、アリサの瞳。まるで、何かの覚悟を決めたかのような強い意志を感じさせる瞳に、政近は首を傾げる。

「アーリャ？」

「それじゃあ久世君、また」

「あ、おお……またな」

しかし、政近の疑問を込めた呼び掛けにアリサが答えることはなく。アリサは、くるりと踵《きびす》を返すと玄関のドアを押し開け、外に出て行った。

なんとも判然としない思いでそれを見送った政近だが、背後からスッと進み出た綾乃が玄関の鍵を閉める音が、政近の懸念を断ち切った。

「大丈夫ですか？　やはり肩をお支えしましょうか？」

「いや、いいから」

ぼんやりと立ち尽くす政近に何を思ったのか、綾乃が再び距離を詰めてきて、政近は後ずさる。

「と言うか、なんかさっき脚に当たってたんだが……ポケットに何か入れてないか？」

そして、苦し紛れにふとももの外側を撫《な》でながらそう言った。すると、綾乃はピタリと動きを止め、ゆっくりと首を傾げた後に、パッと何か思い付いたように瞬《まばた》きをする。

「ああ、それは……」

そして、何を思ったか突然メイド服のスカートを摑むと、何の躊躇《ちゅうちょ》も見せずにスッとめくり上げた。

「ちょっ、何してん――⁉」

思わず瞠目《どうもく》する政近の目の前で、白いニーソックスに包まれた綾乃の膝《ひざ》が露《あら》わになり、更にその上の剝《む》き出しのふとも、も……？

「なにそれ」

綾乃のふとももに巻かれたものを見て、政近は真顔になる。

しかし、無理もない。綾乃のふとももにはそれぞれ二本の黒いバンドのようなものが巻かれ、そこに銀色のペンらしきものがズラッと差し込まれていたのだから。

「武器です」

「なにそれ⁉」

悲鳴交じりに叫ぶ政近の前で、綾乃はスパッとスカートを払うように右腕を振るった。

鮮やかに翻るスカート。見えそうで見えない魅惑の絶対領域。

男ならば誰しも目を奪われずにはいられない光景に、思わず目を見張る政近の前に……

綾乃の右手が突き出された。

「武器です」

「いや、だからなにそれ」

綾乃の指の間に挟まれているのは、三本のやたらと先端が尖《とが》ったメタリックなボディーのシャーペン。たしかに、首にでも思いっ切り突き刺せば、十分殺傷力を発揮しそうだったが……なんでそんなものをスカートの中に忍ばせているのか。

「有希様がおっしゃるには……これが〝イイ〟のだそうで」

「うん、知ってた」

「メイド服は戦闘服だから、いつでも臨戦態勢でいなければならないと……」

「そうか。何と戦うつもりなんだろうなぁあいつは」

もはや諦《あきら》めの境地で、政近はそれ以上ツッコむことなくリビングに戻った。

「食欲はおありですか？　アリサ様がボルシチを用意してくださってますが……」

「ああ、それじゃあもらおうかな？」

「畏まりました。では少々お待ちください」

椅子に座り、体温を計って待っていると、程なくいい匂いが漂ってくる。

「お待たせしました。まだ熱はおありですか？」

「ああ……三十七度四分。まあだいぶマシになったたな」

「それは何よりです……どうぞ、温め直しましたので」

「ありがとう」

スプーンを手に皿を覗《のぞ》き込むと、そこにはこれぞボルシチといった感じの深紅のスープ。病人を気遣ったのか、どうやら肉類はなく野菜だけを煮込んで作られたらしい。

「それじゃあ……いただきます」

とりあえずスープだけをすくって口に運ぶと、たちまち強い酸味が舌を刺激した。しかし、すぐに野菜の甘みが広がり、風邪で鈍った味覚が急速に蘇るような感覚がする。

「おいしい……」

一気に食欲が刺激され、政近は次に具材をスプーンですくった。どの野菜もしっかりと煮込まれていて、ほとんど歯を使わずとも口の中で溶け崩れていく。キャベツや玉ねぎは甘く、ビーツも土臭さをほとんど感じない。

(子供の頃、じいちゃん家《ち》で食べた時は、あの土臭さが苦手だったんだよな……じいちゃんはこの臭いがいいんだって笑ってたけど、俺は絶対こっちの方がいいわ)

夢中で食べ進め、気付けば出された分を綺麗《きれい》に平らげてしまっていた。

「まだお鍋に少し余っておりますが……いかがいたしますか？」

「……それじゃあ、もらおうかな？」

そして、そのまま残りも全て完食する。自分でもこれだけ食べられるとは思わず、政近は少し驚いた。

「ごちそうさま。……アーリャに感謝だな」

たしか、本人は作るのに四時間くらい掛かると言っていた。自分のためにそれだけ手間暇を掛けてくれたというのだから、政近としては感謝しかない。

「ふぅ……」

食事を終えると、政近はまたなんだかぼーっとしてきた。お腹《なか》が満たされたせいか、また熱が上がってきたのか……

「政近様、お薬です」

「おお、サンキュ」

綾乃にもらった薬を飲むと、政近は横になるべく立ち上がった。介添えをしようとする綾乃を制し、ゆっくりと自分の部屋に戻るとベッドに横たわる。

「っ、はぁ〜〜……」

「政近様、お風呂はどうなさいますか？」

「ん〜今日は別にいいかな……」

「では、せめてわたくしがお体だけでも拭かせていただきますね」

「やっぱりシャワーだけでも浴びようかな、うん」

やる気に満ちた瞳でグッと拳《こぶし》を握る綾乃に、政近はすぐさま前言撤回する。なんとなく、この状態の綾乃に身を任せたら非常にマズいことになる気がしたのだ。

「では、お背中を――」

「いらんいらん」

「大丈夫です。きちんと目隠しはします」

「ここでまさかの目隠しフラグ回収だと？　いや、目隠しして体洗うとか嫌な予感しかせん」

「では……目隠しはなしで」

「いやらしい予感しかせん」

「ご安心ください。わたくしは従者として、決して政近様を性的な目では見ないとお約束します」

「どういう宣言？　ねえ、それどういう宣言なの？」

「もしこの約束を破った場合、この身を如何様《いかよう》にでも……」

「重い重い重い」

　その後、あの手この手で政近の世話を焼こうとする綾乃を必死に制し、寝支度を整える頃には政近はいろんな意味でぐったりだった。

「それでは政近様……おやすみなさいませ」

「おお……おやすみぃ」

　どこか物足りなさそうな雰囲気を発する綾乃に気付かないふりをして、政近はひらひらと手を振る。

「やはり、添い寝を……」

「風邪移るからせんでいいって」

「せめて子守唄を……」

「いらんいらん」

本当にいいの？　本当に？　と言いたげになかなかドアを閉めない綾乃。少し開いたドアの隙間からジッと見つめてくるメイドに、政近は軽く溜息を吐くと、少し視線を鋭くする。

「綾乃」

「！　はい、なんでしょう？」

やっぱりいる？　子守唄いるよね？　といった感じのキラキラした目をしながらドアを開く綾乃に、政近は語気を強めて言った。

「命令だ。お前も有希の部屋でもう寝ろ」

「！　畏《かしこ》まりました。おやすみなさいませ」

政近が「命令」という単語を発した途端、綾乃はピクッと体を跳ねさせ、すぐさま頭を下げてドアを閉めた。

「……最初っから、こうすりゃよかった……」

苦笑しつつ、政近は寝る前にとスマホを手に取る。すると、そこには有希からのメッセージで『女同士の戦い第一回戦：綾乃vsアーリャさん　綾乃の勝利』と書かれていた。

「いや、第二回戦あんのかよ……」

ボソッとツッコミを入れると、政近はスマホを置いて寝返りを打つ。

あれだけ寝たのだからなかなか眠れないだろうと思いきや、案外すぐに眠気が訪れる。政近はそれに逆らうことなく、ゆっくりと眠りに落ちて行った。

……そう、眠ってしまったのだ。アリサの態度に感じた違和感を、放置したまま。有希のメッセージに込められた意味を、深く考えることもなく。

政近がそのことに気付いた時には、もう全てが終わっていて……全てが、手遅れになっていた。

Иногда Аля внезапно кокетничает по-русски

第7話　5Mだったみたいです

翌日、政近《まさちか》が目を覚ましたのは、もう十一時を少し過ぎた頃だった。

「マジかよ……流石に寝過ぎだろ。むしろよくこんだけ寝れたな俺」

いくら普段が慢性的に寝不足で睡眠負債で財政破綻《はたん》を起こしているにしたって、半日近く寝るのは明らかに寝過ぎだ。昨日昼間に寝てた分も含めると、なんだかんだ一日のほとんどを寝て過ごしたことになる。ここまで来ると逆に体がだる重い。この頭と体のだるさが、風邪のせいなのか寝過ぎのせいなのか分からないくらいだった。

「と言うかこれ、学校サボったことになってるんじゃ……」

休みの連絡もせずに寝こけていたことに、政近の中でぶわっと焦りと冷や汗が湧き上がる。が、直後響いたノックの音で、強制的に思考を中断させられた。

「政近様、お目覚めですか？」

「あ、ああ……」

聞き慣れた声に戸惑いと共に応じると、入って来たのはメイド服を着込んだ綾乃《あやの》。お腹の前で手を合わせると、惚《ほ》れ惚《ぼ》れするような綺麗《きれい》な姿勢で、ヘッドドレスを飾った頭をスッと下げた。

「おはようございます。政近様」

「おお、おはよう……お前まで学校を休んだのか？」

「はい。政近様の看病の方がテスト返しよりも遥《はる》かに大事ですので。政近様が欠席される旨も、知久《ともひさ》様よりご連絡していただきましたのでご安心ください」

「じいちゃんから……そうか」

ほっと安堵《あんど》する政近の全身にサッと視線を巡らせると、綾乃は体温計を差し出してくる。

「どうぞ。政近様」

「ああ、ありがとう」

「お体の具合はいかがですか？」

「だいぶ楽になった……と思うんだけど、今度は寝過ぎで体がだるいな……あと、まだ喉が痛い。まあこれも、ずっと寝てて水飲んでないからだと思うけど」

「……そうですか」

あれこれと体調に関して問答をしていると、体温計が鳴ったので取り出して体温を確認する。

「三十六度七分。まあほぼ平熱だな」

「それはよかったです。お食事をご用意しようと思うのですが、おかゆとおうどん、どちらがよろしいですか？」

「じゃあ、うどんで」

「畏まりました」

綾乃の気遣いに感謝し、政近は手洗いうがいをしてシャワーでザッと汗を流すと、部屋着に着替えてリビングに戻った。

綾乃の用意してくれたしっかりと出汁《だし》の効いたうどんに舌鼓を打ち、軽く一・五人前を平らげる。その頃には、ようやく体のだるさも落ち着いてきた。

「ふぅ……ごちそうさまでした」

「お粗末様です。食欲も完全に戻られたようですね」

「ああ、もうほとんど回復した。喉の痛みも多少マシになったな」

「安心しました。ですが、念のため今日はゆっくりお休みになってください」

「ああ、まあもうどうせ学校終わってるしな……」

時計を見れば、時刻は十二時三十五分。普段なら昼休みの時間だが、午前中授業の今日はもう放課後だ。明日は生徒会メンバーで終業式の準備をすることになっているが、今日は特に生徒会の用事は入っていない。

「政近様、お薬です」

「ああ、ありがと……？」

頭の中で予定を確認しているところに薬と水を差し出され、政近はそれを見て何かが引っ掛かる感覚がした。

（ん？　なんだ？　何が引っ掛かってるんだ？）

何か重要な事実がそこにあるのに、それに気付けていないような微《かす》かな違和感。しかし、政近の本能が、この違和感を無視してはならないと警告を発していた。

（……錠剤、か？）

綾乃の手のひらに載せられている薬の錠剤をじっと見つめ、政近は違和感の正体が分かった気がした。昨日は熱でぼんやりしていて特に気にも留めなかったが、この錠剤には見覚えがあったのだ。

「どうかなさいましたか？　政近様」

小首を傾げる綾乃は、いつもと変わらぬ無表情。しかし、心なしか少し緊張しているようにも見え……政近は、その目をじっと見つめながら静かに言った。

「綾乃。この薬のパッケージを見せてくれ」

「……」

目に見えた動揺は、なかった。しかし、即座に返事がなされることもなかった。綾乃が見せた無言の逡巡《しゅんじゅん》に、政近の中で疑念が強まる。

「綾乃」

「……畏まりました」

政近の呼び掛けに、綾乃は観念したように目を閉じると、薬のパッケージを持って来た。その商品名と裏の成分表示を見て、政近は確信と共に顔を上げる。

「綾乃……この薬、体質的に俺が眠くなるやつだよな？」

「……そう、ですね」

綾乃の肯定に、政近は納得する。道理で眠り過ぎてしまったわけだ。ただの寝不足ではなく、風邪薬の副作用で眠くなっていたのだから。

疑問は解けた。アリサが買って来た薬が、政近の体質に合わなかっただけのこと。ただ、気になるのは……綾乃がなぜ、分かった上でこの薬を飲ませたのか。それ以前に、この薬を誰が選んだのかということだった。

「綾乃、お前はこの薬で俺が眠くなるって分かってたよな？　なんで一言も忠告しなかった？」

「……」

政近の追及に、綾乃は答えを返さず……流れるような動きで、その場に土下座をした。

「申し訳ございません」

「……」

「主人である政近様に、体質に合わぬ薬をお渡しするなど、許されざる行為。罰は如何様にでもお受けいたします」

カーペットの上で見事な土下座を披露する綾乃に、政近は静かに問い掛ける。

「綾乃……アーリャにこの薬を買うよう指示したのは、有希《ゆき》か？」

「……」

返って来たのは、沈黙の肯定。主人《有希》を売るわけにもいかず、主人《政近》に嘘を吐くわけにもいかなかったがゆえの沈黙。

「有希は何を企《たくら》んでる？　今日俺に学校を休ませるのが狙いだったとして、その目的はなんだ？」

「……」

政近の質問に、綾乃はただ沈黙を貫く。主人のために罪を一身に背負う覚悟を決めたその姿に、政近は小さく溜息《ためいき》を吐くと、少し語調を緩めて優しく語り掛けた。

「綾乃」

「はい」

「全部正直に話したら、今日のお世話は全面的にお前に任せよう。俺は一切口出しせず、お前の看病に身を任せようじゃないか」

「⁉　い、いえ……そのような誘惑には負けません」

「いや、誘惑したつもりはねーんだがな？」

背中をビクッとさせながらも、土下座の体勢のまま提案を跳ねのける綾乃。そのどこかずれた反応に頭を掻きつつ、政近は投げやり気味に言った。

「じゃ～あれだ。全部正直に話したら、『主人を売るとは何事だこのクズ』って思いっ切り蔑《さげす》んでやろう」

「え⁉」

「おい今ちょっと揺らいだかお前」

「！　いえ、そのようなことは」

「嘘吐けや。今年イチの反応出てたぞ今。久しぶりに聞いたわお前のそんな声」

驚きと期待に満ちた目でパッと顔を上げ、すぐに視線を泳がせ土下座の体勢に戻った綾乃に、政近はジト目を向ける。

すると、綾乃が少し顔を上げておずおずと口を開いた。

「その、政近様……」

「……なんだよ」

「ちなみにですが……その蔑むというのは、もしや頭を踏みながら、でしょうか？」

「……踏まれたいのか？」

「いえ、位置関係的にそうなのかなぁと。目の前に政近様の素足がございましたので、もしかしたらそういうことなのではないかと念のため確認をしておこうと思っただけでして」

「はぐらかすな。質問に答えろ。踏まれたいのか？」

「……」

「黙っちゃったかぁ」

いつにない饒舌《じょうぜつ》さで口早に言い訳をした挙句、沈黙で肯定する綾乃に、政近は遠い目で窓の外を見る。ん～いい天気。外、眩《まぶ》し～。

冗談半分、綾乃のM疑惑検証半分でやったことだが……予想を遥かに超えた反応だった。

どうやら、この幼馴染《おさななじ》みはMではなくドMだったらしい。無口無音無表情Mメイド。全部合わせて5Mだよやったね！

「ハァ……」

政近は頭が痛そうに額を押さえて溜息を吐くと、立ち上がって自室に向かった。

「学校に行く。別にこのくらいでお前を咎《とが》める気はないから、さっさと立て」

「いいえ、そうは参りません。罪には罰があってしかるべきです」

「じゃあ、俺が学校行ってる間にこの家を徹底的に掃除しとけ。それをお前への罰にする」

「……はい。畏《かしこ》まりました」

そこでようやく立ち上がり、綾乃は政近に心配そうな目を向ける。

「本当に、学園に行かれるのですか？　お休みになった方が……」

「もう熱も引いたし問題ない」

「せめて、お車をご用意いたしましょうか？」

「車回してもらうより、歩いた方が早いだろ」

「ですが、病み上がりにこの炎天下は……それに、その……」

「なんだ？」

政近の問い掛けに、綾乃は迷うように視線を彷徨《さまよ》わせると、言いにくそうに口を開いた。

「いずれにせよ今からでは……もう、遅いかと」

「……なに？」

綾乃の不吉な言葉に焦燥感を駆り立てられた政近は、最速で準備を整えると、綾乃の制止を振り切って学園に向かった。

暑い日差しが照り付ける中を、病み上がりの体に鞭打《むちう》って走る。そうして学園に着いた時には、午後一時を少し回っていた。

パラパラと正門から出てくるのは、学食で昼食を済ませた生徒達だろうか。午前中授業にしては少し遅めに下校する生徒達に怪訝《けげん》そうな目を向けられながら、彼らと逆行するように校舎に向かって駆ける。

◇

「アーリャ、有希……どこだ？」

荒い息を吐きながら靴を履き替え、政近はどこへ行くか思案し、とりあえず教室↓生徒会室の順で回ることにした。

喉に張り付くねばっこいものを飲み込みながら、政近は早歩きで教室へと向かう。

すると、正面から歩いてきた三人組の男子生徒が、何やら盛り上がった様子で話している声が聞こえてきた。

「いや〜やっぱりおひい様すげぇなぁ。知ってたけど、やっぱトーク力が段違いだわ」

「アーリャ姫も頑張ってたみたいだけどね〜。やっぱり格が違うよ格が」

「この前の討論会見た時は九条《くじょう》さんもなかなかだと思ったけど……アドリブ力とかは全然だったみたいだね。討論会では台本通りにしゃべってただけだったんじゃない？」

「あ〜そうかもな〜」

「分かる」

　政近に気付いた様子もなく話し込む三人組の横をすり抜けながら、政近は再び焦燥感が募って来るのを感じる。

（なんだ？　トーク力？　まさか討論会？　いや、流石に昨日の今日で討論会をやるなんて無理なはず……）

　答えを導き出すには、情報が足りなかった。だが、詳細は不明ながら、有希が何かを仕掛け、その結果アリサとの間に格付けがなされてしまったことは理解できた。

（くっそ、油断した！　終業式までには何もないだろうと思い込んで……まさか、このタイミングで何か仕掛けてくるとは！）

　自分の迂闊《うかつ》さに歯噛《はが》みをしながら、政近は自分の教室を覗いた。そして……そこに、一人ぽつんと自分の席に腰掛けるアリサの姿を見付けた。

「アーリャ……」

　教室の扉を開けると、じっと机の天板を眺めていたアリサがわずかに顔を上げ、政近の姿を認めて目を見開く。

「久世《くぜ》君……!?　どうして……！」

「……綾乃から、有希が何か仕掛けたって聞いてな」

「そう……体は大丈夫なの？」

「熱は引いたから問題ない。それより……何があった？」

政近が、自分の席にアリサと向かい合うように座ると、アリサは唇を噛《か》んで俯《うつむ》いた。

「……ごめんなさい」

「アーリャ？」

「私、失敗したわ。せっかくあなたが協力してくれたのに、私は……っ！」

「落ち着け。落ち着いて、何があったのか説明してくれ」

膝《ひざ》の上で握った両手を震わせ、後悔に満ちた声を絞り出すアリサ。それを優しくなだめると、アリサはゆっくりと何があったのか話し始めた。

◇

それは、昨日の朝のホームルーム前のこと。一年B組の教室を訪ねてきた有希に呼び出され、アリサは生徒会室で有希と向かい合っていた。

「アーリャさん、突然ですが、今日政近君の家にお薬を届けに行っていただけませんか？」

有希の突然の申し出に、アリサは戸惑う。しかし、有希は特に構うこともなく、困ったように頬に手を当てて続けた。

「実は政近君、風邪で熱が出て動けないみたいなんです」

「え、そうなの？」

「はい。本来であればわたくしがお見舞いに行きたいところなのですが、生憎《あいにく》用事がありまして……なので、ここは選挙戦のパートナーであるアーリャさんにお願い出来ないかと」

「そう……まあ、いいわよ？」

有希に政近のことをお願いされるということに多少モヤッとしたものを感じながらも、ここで断って「ではやはりわたくしが……」とか言われても癪《しゃく》だったので、アリサは申し出を引き受けることにする。すると、有希はそうなることが分かっていたようにポケットから一枚のメモを取り出した。

「よかった。それでは、ここに政近君がいつも使われてる風邪薬と、政近君の家の住所が書かれていますので、お願いしますね？」

「ええ」

アリサの知らない政近の情報に、またしてもモヤモヤとしたものを感じつつ、アリサはメモを受け取る。

「それじゃあ、放課後に少し行ってみるわ」

そう言って教室に戻ろうとしたアリサだったが、そこを有希に呼び止められる。

「ああ、ちょっと待ってください。実はもう一件用事があるんです」

「？　何？」

「よろしければ、アーリャさん。明日のお昼の校内放送に、ゲストとして出てくださいませんか？」

「え？」

戸惑うアリサに、有希は両手の指を絡ませて微笑んだ。

「わたくしが生徒会広報として、隔週でお昼の校内放送を使って、生徒会の活動報告をしているのはご存知《ぞんじ》ですよね？　せっかくなので、明日は先々週の討論会について取り上げようと思うのです。そこで、当事者であるアーリャさんにゲスト出演していただきたいと思うのですが……」

「え、明日……？」

「ええ。アーリャさんにとっても、討論会での勝利をより多くの生徒に印象付けるいいチャンスなのではありませんか？　ほら、スポーツとかでも、勝利者インタビューとかあるでしょう？」

「まあ……」

アリサは迷った。あの一件に関して、自分から触れていいものかという躊躇《ためら》いがあったからだ。

討論会による沙也加《さやか》への悪評は、政近と乃々亜《ののあ》の尽力により沈静化した。一部にはサクラを仕込んだ乃々亜に対する批判的な意見もあるようだが、それも乃々亜本人が一切気にしていない以上、これに関してはもうアリサに出来ることはなかった。

（せっかく、久世君と宮前《みやまえ》さんが事態を収拾してくれたのに……私が後から引っ掻《か》き回していいのかしら？）

元より勝利宣言などするつもりはないが、あれは無効試合だったと言うのはそれはそれでどうなのか。それこそ、政近が言っていた「勝者が敗者を憐《あわ》れみ、手を差し伸べる行為」になってしまうのではないか。

（そうね……やっぱり、下手なことは言わない方がいいわね）

こと人間関係に関しては、政近や乃々亜の方が自分よりも数段上手だ。あの二人が作り上げた今の状況を、自分の浅はかな考えでかき乱すものではない。

そう判断し、アリサは有希に自分の考えを伝えた。

「……申し訳ないけれど、私は討論会で勝ったとは思っていないわ。勝利者インタビューとかは特にやるつもりはないし、今更あのことを掘り返すつもりはないわね」

「あら、そうなのですか？」

「ええ」

アリサが頷《うなず》くと、有希は意外そうに首を傾げた後でニコッと笑う。

「それでは、討論会の話は抜きにしてゲスト出演していただくというのはどうでしょう？」

「え？」

「一学期最後の活動報告になりますし、少しは特別なイベントがあってもいいと思うんです。ね？　いいでしょう？」

「え、ええ……そうね。そういうことなら……」

「うわぁ、ありがとうございます！」

顔の前で両手を合わせた有希のおねだりに、アリサは思わず頷いてしまう。それに無邪気な笑みを浮かべて喜びの声を上げてから、有希は不意に声のトーンを落として言った。

「それにしても……その様子だと、アーリャさんと政近君は本気で討論会での勝利をふいにする気なのですね」

「！　よく、分かったわね……」

「分かりますよ。最近流れている、乃々亜さんが討論会で反則をしたという噂。あれを放置している時点で察しは付きます。討論会で勝ったという事実に本気でこだわるなら、政近君がもっと上手《うま》く情報操作するはずですから」

「……」

完全に見抜かれていることに、アリサは少なからず動揺する。そこにつけ込むように、有希が急に笑いの種類を変えた。

「ふふっ、まったく……アリサさんはずいぶんと余裕なのですね？　自ら討論会における勝利を放棄するなんて……本気でわたくしに勝つつもりがあるのでしょうか？」

「な、に……？」

有希がまとう雰囲気が変わり、完璧《かんぺき》な淑女の顔の奥から全く別の顔が覗《のぞ》く。今まで見たことがない凄《すご》みのある笑みを浮かべる有希に、アリサは目を見張った。

「それに、何の警戒もせずにノコノコとわたくしのフィールドに上がるなんて……脇が甘過ぎるのではないですか？　あまりにも警戒心がなさ過ぎて、ふふっ、思わず忠告してしまったではないですか」

心底おかしそうに笑いながら、弧を描いた目の奥で冷徹にアリサを見つめる有希。

その怖気《おぞけ》を誘う笑いにゾクッとしたものを感じながらも、アリサは頭を回転させた。

そして、気付く。ゲスト出演なんて言葉に騙《だま》されてはいけない。これは……校内放送を利用した、トークバトルへの招待だったのだと。

「ようやく気が付きました？　ふふっ、お友達からのお誘いだと思って油断してはいけませんよ？　これは、選挙戦における対立候補からの誘いなのですから……政近君が病欠になったこのタイミングで話を持ち掛けられた時点で、もっと警戒すべきです」

「まさか……狙ったの？」

「ええ、頼りになる軍師がいないこの好機に、アリサさんを叩けるだけ叩いておこうかと」

変わらず笑みを浮かべながら、サラリとえげつないことを口にする有希。友人のその姿に、アリサは少なからずショックを受けながらも、なんとか反抗心を駆り立てる。

「つまり……私一人なら、自分のフィールドでどうとでも料理できる、と？」

「ええまあ。別に、わざわざこうして忠告する必要もなかったのですけど……アリサさんお一人であれば、不意打ちなんてする必要はないですし。それに……」

そこで一拍置き、有希は嘲笑《あざわら》うような目でアリサを見上げた。

「正面から勝負を挑まれて、正面から敗北した方が、言い訳できないでしょう？」

「っ！　……甘く見られたものね」

「あらあら、現在進行形でわたくしにまんまと翻弄されておいて、そんなことを言われましても……ねぇ？」

「っ!!」

有希の煽《あお》るような言葉に、アリサは完全に意識を切り替えた。今目の前にいるのは、共に生徒会で活動する友人ではない。選挙戦において倒すべき、敵なのだと。

アリサの意識の変化を感じ取ったのか、有希はとうとう隠すこともなく、口元にニヤリとした笑みを浮かべて言った。

「ああ、もちろん政近君を頼ってもらっても構いませんよ？　ちょうど今日お薬を届けに行くついでに、知恵を借りても」

……挑発されているのは分かっている。しかし、こんな言い方をされた上で政近を頼るなど、アリサのプライドが許さなかった。

「必要ないわ。病気で寝込んでいる久世君に負担を掛けるようなことは、一切しないから」

「あらそうですか？　別に無理をなさらなくともよろしいのですよ？」

その言葉、そしてその目には、はっきりと「お前一人じゃ何も出来ないんだから、さっさと政近に泣きつけ」という意思が込められていて。これには流石に、アリサもピキッと来た。

「ふ、ふふ、有希さんこそ……久世君の助けがないのに、大丈夫なの？」

言外に「久世君に頼っていたのはお互い様でしょ？」と指摘するアリサだが、有希は動揺しない。

「ええ、それはもちろん。アリサさんこそ、〝孤高のお姫様〟に相応《ふさわ》しい活躍を期待していますね？」

「っ！　絶対に、負けない……！」

闘志も露《あら》わに有希を睨《にら》むアリサに対して、有希は余裕たっぷりに笑う。

「ふふっ、明日が楽しみです」

こうして、急遽《きゆうきよ》〝学年の美姫《びき》〟二人による直接対決が行われることとなったのだった。

そしてその後、アリサは有希との対決に向けて準備を進めた。

事前に投書箱の中身を確認し、どの投書が取り上げられるかを予想。更に、政近の看病の傍《かたわ》らで過去の有希の活動報告を可能な限り思い返し、どういったやり取りがなされるかも念入りにシミュレーションした。

そして……今日の放課後。アリサは一日で出来る限りの対策をした上で、放送室へと向かった。

「失礼します」

ノックをして放送室に入ると、有希が先に入って待っていた。

「こんにちは、アーリャさん。早かったですね」

「……ええ、今日はよろしく」

「こちらこそ、よろしくお願いいたします」

呼び方が元に戻っていることに少し眉《まゆ》を上げつつも、アリサは闘志を緩めることなく、有希の隣の席に座る。

しかし……そこで、アリサにとって全くの予想外の事態が起こった。

「まだ放送時刻までは時間がありますし……アーリャさん」

「なに？」

「ごめんなさい」

突如、有希がアリサに向かって深々と頭を下げたのだ。有希の思わぬ行動に、アリサは目を見開く。

「そ、れは……何の謝罪？」

「昨日、わたくしがアーリャさんに取った態度に対する、謝罪です」

深々と頭を下げたまま、有希は後悔のにじむ声で語る。

「わたくしとしましても、大切なお友達であるアーリャさんに、こんな不意打ちみたいな形で勝負を挑むのは心苦しくて……そんな自分の迷いを断ち切るために、過剰に攻撃的な態度を取ってしまいました。昨日、家で改めて自分の取った態度を思い返してみて、反省いたしました」

「……」

「虫のいい話だということは分かっています……ですが、わたくしはアーリャさんとの友情を失いたくはないのです。どうか……許していただけませんか？」

「も、もういいから……頭を上げて？」

居心地の悪さからそう言うと、有希はわずかに頭を上げてアリサの方を窺《うかが》った。

「それは……許していただけるということでしょうか？」

「う、うん……もう、いいわよ。それだけ真剣だったということでしょう？」

「ありがとうございます！　ああ、よかったぁ」

正直、アリサの中にも「何を今更」と思う気持ちがないではなかった。しかし、頭を上げて心底安心したように笑う有希を見ては……もう、何も言えなくなってしまった。心のつかえが取れたという風に胸を撫《な》で下ろす有希に、アリサも自然とうっすら笑みを漏らしてしまう。

「本当にごめんなさい……でも、言い訳になってしまいますけれど……わたくしには、どうしても会長選で勝たなければならない理由があるのです」

胸の前でぎゅっと拳《こぶし》を握り、有希は深刻な表情でそう言う。その理由に心当たりがあったアリサは、軽い同情心と共にほとんど反射的に問い掛けていた。

「理由って……家族に生徒会長になるよう言われてるっていう？」

それは、生徒会に加入したばかりの頃に有希が語っていたことだった。その時は、「まあ家の事情は人それぞれだものね。家族にそんなプレッシャーを掛けられるなんて大変そうね」と、半ば聞き流していたのだが……

「まあ、それもあるのですが……」

有希は、どう言ったものか迷うように視線を彷徨《さまよ》わせた後、アリサの目を真っ直ぐに見て言った。

「わたくし、兄がいたんです」

「え？」

今まで一人っ子だと聞いていた有希の予想外の告白に、アリサは虚を衝《つ》かれる。目を見開くアリサから視線を逸《そ》らし、有希はどこか遠いところを見るような目で滔々《とうとう》と語った。

「兄は、わたくしなどよりもずっと優秀で……両親も祖父も、兄には大きな期待を掛けていました。兄ならば、周防《すおう》家の立派な跡継ぎになると確信して……そんな兄を、わたくしもとても尊敬していました」

その優しげな目は、大切な過去に思いを馳《は》せているのか。穏やかな表情で兄のことを語る有希だったが、そこで急に表情が消えた。

「でも、いなくなってしまいました」

「え――」

有希の豹変《ひょうへん》と、その言葉に、アリサは絶句する。いなくなった、とは……それはつまり……

「だから、負けられないんです」

言葉を失うアリサの目を真っ直ぐに見つめ、有希は語る。その言葉が、否応《いやおう》なくアリサの心に突き刺さる。

「今はもういない兄の代わりに……わたくしは、家族の期待に応《こた》えないといけません。それが……残されたわたくしの使命なのですから」

「……」

強い使命感と確固たる意志の感じられる声で、堂々とそう宣言して。有希は、ふっと表情を緩めた。

「……なんて、人にはそれぞれに事情があるんですから、そんなこと言っても仕方ないですよね。すみません、こんな話をしてしまって」

余計なことを言ってしまったという風に眉を下げて笑いながら、有希は再び頭を下げる。

「え、ええ……別に、構わないけれど」

動揺に瞳《ひとみ》を揺らしながらアリサがそう返すと、有希が儚《はかな》げな笑みを浮かべて頭を上げ、気分を切り替えるように明るい声を出した。

「ああ！　そろそろ時間ですね。アーリャさん、準備はいいですか？」

「……ええ」

準備も何も、アリサの頭の中は今それどころじゃなかった。自分がこれから何をしようとしているのかすら頭から抜け落ちたまま、アリサは半ば無意識にマイクの方に向き直る。

そこへ、有希が言葉を放り込んだ。

「そう言えば……アーリャさんはどうなんですか？」

「え？」

動揺し切ったアリサの心にとどめを刺す、言葉を。

「アーリャさんは、どうして生徒会長になりたいのですか？」

その、問い掛けに。アリサは、頭が真っ白になった。

かつて、政近に同じように問われた時。アリサは迷いなく答えた。なりたいからなりたいのだと。しかし、有希の事情を聞いてしまった今では、そんな自分の動機がひどくちっぽけなものに思えてしまって……

「ああ、もう時間ですね。それではアーリャさん、始めましょう」

「あ、え、ええ」

反射的に答えてから、アリサは頭の片隅でぼんやりと、何をするのかと考え……思い出した。しかし、思い出した時にはもうマイクの電源がオンされ、放送が始まってしまう。

「皆さんこんにちは。隔週放送の、生徒会活動報告の時間です。今日もわたくし、生徒会広報の周防有希が、この二週間の生徒会活動についてご報告させていただきます。さて、本日は一学期最後の放送ということで、素敵なゲストをお呼びしています。ごあいさつしていただけますか？」

有希のよどみない話しぶりに聞き入っている内に、自分の番が回ってくる。隣の有希に視線を向けられ、アリサは慌ててマイクに向かうが……用意していたあいさつなど、すっかりと頭の中から吹き飛んでいて。

「あ、九条アリサです。あっ、生徒会会計の……えぇっと、今日はよろしくお願いします？」

結果、口から出て来たのはこれ以上なくぎこちないあいさつだった。言ってしまった後で、羞恥《しゅうち》でカッと背中が熱くなる。

「あらあら、アーリャさんは少し緊張されてるようですね。大丈夫ですよ！　今日は聞いてる人少ないですから！　自分で言うなって話ですけどね？」

そこをすかさず有希にフォローされ、アリサは背中だけでなく頬まで熱を持つのが分かった。

（しっかりしなさい！　有希さんに勝つんでしょ！　フォローされてどうするの！）

そう、必死に自分を叱咤《しった》するも……既に、数分前まであった有希への闘志は、すっかり消え失《う》せていて。

（勝つって……なんで？　そもそも、私はなんで……）

なんで、生徒会長になりたいのか。あるはずだ。有希にも負けない、自分だけの理由が。

（違う！　そうじゃなくて、今は目の前の放送に集中して……えっと、えっと……）

目の前の放送が重要なのは分かっている。しかし、今はそれ以上に有希の質問がどうしようもなく頭の中を占めていた。

どうして生徒会長になりたいのか。あの質問に、堂々と胸を張って答えられなければ、自分は決して有希には勝てない。そんな強迫観念のようなものが、アリサをじりじりと追い詰めていた。

「──と、いうことなんですね～アーリャさんはどう思われますか？」

「え？　そ、そうね……えっと」

だが、そうしている間にも放送は続き、焦れば焦るほど思考は絡まって、言葉は上手《うま》く出なくなって──

◇

「その後は……もう、グダグダだったわ。考えをまとめることも出来ず、精神を立て直す間もなくただひたすらに翻弄されて……全然思うように話せないまま、挙句は有希さんにフォローされる始末だったわ……」

苦渋と自嘲《じちょう》の混じる声でそう言い、アリサは真珠のように白い歯をキリキリと噛《か》み締める。その姿を黙って見守りながら、政近は心の中で呟《つぶや》いた。

（えっげつねぇ……）

それが、政近がアリサの話を聞いて真っ先に思った感想だった。有希がアリサに仕掛けた精神攻撃のえげつなさに、流石に政近も頰を引き攣《つ》らせるしかなかった。

勝負を挑む時は思いっ切り悪役っぽく振る舞い、アリサの反抗心と闘志をこれでもかと駆り立てておく。そして、いざ当日。勝負の直前になって、今度は一転して同情を誘うように振る舞い、上がり切ったアリサの闘志を根元から挫《くじ》く。

おまけに、自分に対する闘志を校内放送に挑むモチベーションとするように仕向けておいて、「わたくしは家族の期待を背負って戦います。あなたはどうですか？」なんてエグイ質問までぶっこむ念の入れっぷり。なまじアリサが真面目で素直だったせいで、まんまと有希の術中にはまってしまっていた。

不幸中の幸いだったのは、素直過ぎてアリサが有希にはめられたことに気付いていないということか。

ただでさえ友達が少ないアリサのこと、今日の有希の言動が……まあ有希にとっても本心ではあったのだろうが……それでも確かな計算の上でやられたことだったと知れば、アリサは軽い人間不信になっていたかもしれない。

（いや……アーリャがそれに気付かないのも、有希の計算の内か……？）

フォローを入れることでアリサとの友情を保ちつつ、揺さぶりも同時に行う。我が妹ながら、恐ろしい周到さだった。

「悔しい……」

聞こえてきた絞り出すような声に意識を前に向けると、アリサが言葉通りに顔をゆがめ、拳を震わせながら歯噛《はが》みをしている光景が目に映った。

「あんな簡単に動揺して……自分から勝負に乗っておいて、結局何も出来なく――」

「は〜いストップ。思考がマズい方向行ってるぞ〜」

政近がパンと手を合わせてそう言うと、アリサが俯《うつむ》けていた顔を少し上げて政近を見た。

「……マズい方向？」

「有希の術中にはまってるって言ってるんだよ。ただ、有希がパーソナリティーを務める校内放送で、思ったように話せなかっただけだろ？　いつから勝負ごとになったんだ？」

「いつからって……」

「有希がそう言ったから。あるいはそう思うように仕向けたから、だろ？」

政近の言葉に、アリサがぱちぱちと瞬《まばた》きをし、前傾姿勢になっていた上体をゆっくりと戻した。アリサが冷静さを取り戻したのを確認し、政近は淡々と語る。

「相手に勝ちたいって気持ちは大事だ。でも、それにばっかり囚《とら》われると、視野が狭くなって肝心なことに気付けなくなるから、気を付けた方がいい」

「肝心なこと……？」

「そ。今回の場合は……本命はなんなのかってことだな」

どういうことかといぶかしげに見てくるアリサに、政近は肩を竦《すく》めて続ける。

「そもそも、お前は性格的にガチンコ勝負には向いてない……どちらかと言うと、相手が誰だろうと常に全力を尽くし、自分が納得できるまでとことん突き詰める。結果は後から付いてくる、ってタイプだろ？」

「まあ、そうね……どちらかと言えば」

「そういう人間にとっては、競う相手を意識すること自体が雑念だ。もちろん競争相手の存在でモチベが上がる場合もあるが、お前の場合モチベを自分で維持できるタイプだからな……変に相手のことを意識し過ぎても、自分がブレて本来の力が発揮できなくなるだけだ」

「……」

「ま、無理もないけどな……お前、頭に血が上って冷静さを欠くことなんて今回が初めてだったんだろ？」

「頭に血が上る……そうね、言われてみればそうだったのかしら……」

少し思い当たる節があるのか、アリサが考え深げな顔をする。そこに、政近はあえて断定的な口調で切り込んだ。

「いいか、意識を切り替えろ。有希の狙いは、今日の校内放送でお前に対して優位に立つことじゃない。この件を引きずらせて、終業式のあいさつでお前の全力を出させないようにすることだ」

「！」

「だってそうだろ？　今日は午前中授業で、昼休みの校内放送を聞いてる生徒は少ない。校内放送でマウントを取りたいなら、他にもっと効果的なタイミングがあったはずだ」

「それは……久世君がいないタイミングを狙ったんじゃ……」

「それもあるかもな。でも、もし俺が風邪で休みじゃなかったとしても、お前は有希に

『一対一で勝負しましょう』と申し込まれたら受けたんじゃないか？」

「……」

「いいか？　さっきも言ったが切り替えろ。あいつのペースに乗せられる必要はない。こんなの、終業式のあいさつに比べれば前哨戦《ぜんしょうせん》にもならない些事《さじ》だ。お前は今日、校内放送にゲスト出演して上手くしゃべれなかった。ただそれだけだ。お前と有希がバトルをしていたことなんて生徒は誰も知らないし、そもそもほとんどの生徒は放送自体を聴いてない。明後日の終業式の結果次第じゃ、今日のことなんて誰も気にしなくなる」

アリサの目を真っ直ぐに見つめ、政近は懇々と説く。もっとも、今言ったことが完全に事実とは言い切れないことは、政近自身よく分かっていた。今日の校内放送で、有希とアリサのパワーバランスに変化がなかったとは言い切れない。

今まで公の場でぶつかり合うことがなかった二人が、初めてぶつかる場。自《おの》ずと注目度が上がるその場は、終業式であると政近は考えていた。

だが、今回の有希の奇襲で、その予想は覆された。討論会での活躍で「アーリャ姫結構やるじゃん」という雰囲気が出来ていたところに、今回の一件。アリサの評価を保ったまま終業式に挑みたかった政近としても、正直「やられた」という気持ちが強い。

しかし、それでも今はアリサの意識を切り替えてもらうことの方が重要だった。図らずも、アリサが実力を発揮できるか否かがメンタルに大きく左右されると分かった以上、そちらのケアが急務だと考えたからだ。

「それが……本命ってこと？　終業式が本命で、校内放送はその前座……？」

「そういうことだな。お前のペースを乱したかったんだろうが……でもたぶん、有希の思惑は少し外れてるぞ？」

「え？」

目を瞬かせるアリサに、政近はニヤッと笑って告げる。

「あいつ、たぶんお前が落ち込むことを期待してたんじゃないか？　全然上手くしゃべれなくて、落ち込んだまま終業式に挑むことを狙ってたんだろうが……でも、お前は悔しがってる。だったら、大丈夫だ。その悔しさをバネにすればいいだけだからな」

だから、もう気にするなと。政近は、じっとアリサの目を見つめた。その意思が、アリサにも伝わったのか。アリサは一度目を閉じて大きく深呼吸すると、表情を改めて政近に向き直った。

「……分かったわ。ありがとう」

「ん……ああそれと、悔しがるのはいいが、変に対抗意識燃やし過ぎるのはダメだぞ？　それもまた、あいつのペースに乗せられるってことなんだからな」

「そうね……つまり、今回のことは一旦《いったん》忘れて、自分なりに全力を出せばいいってことでしょ？」

「ま、そういうこと」

「分かったわ……なんとか、切り替えられるようにする。……そして、ごめんなさい。一人で突っ走ってしまって」

そう言って、アリサは頭を下げた。アリサに頭を下げられるという非常に珍しい経験に、政近は猛烈に落ち着かない気持ちになる。

「いや、うん。ま、その……こんな大事な時に体調崩した俺も悪いし……そこは俺もごめん」

「それは仕方ないわよ……風邪だったんだもの」

「でも、俺が隙を見せなきゃこんなことには……それに、有希がここまでやってくると予想できなかったのは俺の失態だ。『討論会じゃあるまいし、終業式あいさつ程度でそこまで本気は出してこんだろ』とか、お気楽なこと言ってた自分が恨めしいよ……」

「予想できなかったのは私もよ。そもそも、私が変な意地張らずに久世君に相談していれば済んだ話だもの」

「だからそれは俺が体調を崩してたせいで……って、あ～じゃあここはお互い様ってことで」

政近がガリガリと頭を掻きながらそう言うと、アリサも少し納得がいっていなさそうな顔をしながらも頷いた。微妙に気まずい空気に、政近は咳払《せきばら》いをして続ける。

「まあでも、考えようによっちゃあ、前にファミレスで話した『お前が努力してる姿を見せる』っていうのにはいい機会……とも言えるか。逆境でこそ主人公は輝くものだし……

それに、こういった駆け引きにおいて、有希の方が上手だと身をもって知れただけでも収穫だよな。相手の実力が知れるっていうのは大事なことだ」

「……そうね。正直、有希さんがこういった搦手《からめて》を使ってくるとは思っていなかったから、これからはそういった面も警戒できると思えば……いい経験だったのかしら」

半ば自分に言い聞かせるように、アリサはそう言う。そんなアリサに、政近は少し心配そうに尋ねた。

「……幻滅したか？」

「え？」

「こういう風に不意打ちみたいなことを仕掛けてくるって分かって……有希に幻滅したんじゃないかなって」

政近の問い掛けに、アリサはゆっくりと瞬きをした後に首を振った。

「別に、幻滅なんてしてないわ……不意打ちって言っても、有希さんはなんだかんだで正面から私に挑んできたんだもの。それで負けたからって、有希さんを責めるのは逆恨みでしょ？」

「……うん、そっか……それならよかった」

アリサと有希の友情が壊れていないと悟り、政近はほっと胸を撫《な》で下ろす。と、同時に気になるのは……

（うん……やっぱり、有希が精神的な揺さぶりを仕掛けてきたことに関しては、気付いて

ないんだな)

どうやらアリサは、有希の「迷いを断ち切るために過剰に攻撃的な態度云々《うんぬん》」とかいう言い訳を鵜呑《うの》みにしており、それら全てがアリサのペースを乱すために周到に計算された、有希の演技だということには気付いていないらしい。ただ単純に、有希がトークバトルを挑んできて、その際の有希の言動にたまたまペースを乱されてしまっただけだと思っているようだ。

(いや、違うからな? ぜ〜んぶ計算だからな? つっても、それをどこまで伝えていいものやら……)

正直に全部伝えてしまえば、それこそアリサと有希の友情が壊れるかもしれない。かと言って、有希のやり口を説明しておかなければ警戒することも出来ない。どうしたものかと考え込む政近に、アリサが小首を傾げる。

「久世君? どうしたの?」

「ああ……いや、なんでもない」

その、アリサの純粋な顔を見て、政近は黙っていることに決めた。元より、そういった駆け引きの部分は自分の得意分野だ。アリサが苦手とする部分は、自分が支えてやればいい。

「なんでもないって……じゃあ、なんで笑ってるの?」

「え?」

アリサの指摘に、政近はぱちぱちと瞬きをした。そして自分の顔を触り、たしかに自分が笑っていることに気付く。

「ホントだ……なんでだろ」

「なんでって……」

困惑するアリサを前に、どうしてなのか考え……そして、気付いた。

（ああ、俺は……ワクワクしているのか。あの有希と綾乃に……まんまと出し抜かれて）

以前、有希は「兄妹対決とか王道で燃える」と言っていたが、どうやらそれは政近も同じだったらしい。

「なるほど……くくっ、いやぁやってくれたなぁって思ってさ」

自覚した途端、政近の笑みがいっそ凶悪と言ってもいいほどに黒い笑みに変わる。

「なんだろうね、これ。ちょっと、自分でもビックリするくらいワクワクしてる」

有希も……綾乃も、昨日は特に変わりない様子だった。しかし、実際にはいつも通りの態度の裏に刃を潜ませ、虎視眈々《こしたんたん》と隙を窺《うかが》っていたのだ。そして、こうして見事、政近に刃の存在を気付かせることなく出し抜いてみせた。

その事実が、政近からしても意外なほどに愉快だった。不遜《ふそん》な言い方をすれば、子の成長を喜ぶ親の気持ちに近いのかもしれない。

普段のやる気なさそうな雰囲気はどこへやら。まるで舌なめずりでもしそうなゾッとする笑みを浮かべる政近に、アリサは瞠目《どうもく》し……そっと口元を手で押さえ、目を逸《そ》らした。

【そういう顔も……いい】

手の中でボソボソと言われたロシア語に、本気で聞き取れなかった政近は目を瞬かせる。

「なんか言ったか？」

「別に……『悪い顔するのね』って言っただけよ」

「……そんな悪い顔してた？」

「……してた」

そう頷《うなず》くアリサだったが、その手で隠し切れてない頬はうっすらと赤くなっていて。政近は、その言葉と表情のアンバランスさに軽く混乱する。

（え？　なんで？　まさか……悪い男が好きなのか？　品行方正な女ほどちょっと悪い男に惹《ひ》かれるってやつか？）

瞬間、ちょいワルっぽい腹黒男に騙《だま》されているアリサが脳内に浮かび、政近はモヤッとする。一般的にはあまりいい意味で使われない〝腹黒〟という単語が、女性向け作品においてはさも美点であるかのように扱われることを、政近は知っていた。

「アーリャ……」

「なに？」

「極道の若頭さんがカッコイイのは二次元だけだぞ？　リアル若頭さんはただの関わっちゃいけない人だからな？」

「……あなたって、時々本っ当に突拍子もないこと言い出すわよね……何の話？」

「いや、なんか照れてるから……悪い男が好きなのかなって」

「なんでよ好きじゃないわよ。あと、別に照れてないから。これは……ちょっと悪い顔してる久世君が、不釣り合いで面白かっただけよ」

「ヒドくね？」

なるほどたしかに、そう言われてみれば口元を押さえて笑いを堪《こら》えていたように見えなくもないが……

（いや、でもロシア語でなんかボソボソ言ってた時点で、絶対恥ずかしいこと言ったのは確定なんだよなぁ）

それが、本心で言っているのかどうかはともかくとして。あるいは、恥ずかしいことを言ったこと自体に照れていたのかもしれない。

（まあ、いいか。アーリャが悪い男に騙されるとも思えん、し……）

そこで、不意に天啓のように、政近の脳裏に先程の家でのワンシーンが浮かんだ。政近の蔑《さげす》んでやる宣言に、瞳《ひとみ》を輝かせていた綾乃の姿が。

（まさか……アーリャ、お前もか!?）

悪い顔に反応していたのは……まさか、そっちの意味か!?

思わずそんな考えが頭をよぎり、しかしすぐにその可能性を自分で打ち消した。

（いやいや……アーリャはどう考えてもSだろ。よくゴミを見るような目をするし）

物凄《ものすご》く失礼な納得の仕方をする政近だったが、そこでまたひとつオタク的なテンプレが頭に浮かぶ。

(いや、そういう明らかにSな女子に限って、好きな人の前でだけはMっていうのはよくあるパター――んぅん!!)

そこまで考えたところで、政近は頭の中で自分自身を殴り飛ばした。

(やっべ、今なんかすっげぇ自意識過剰なキモいこと考えた。うん、よし。このことはもう考えないようにしよう)

そう考えを切り替え、政近は表情を改めてアリサに向き直っ――

【あなただからいいのよ】

「んぅん!!」

「久世君!?」

突如自分自身の額を殴った(と言うか、拳《こぶし》に頭を振り下ろした)政近に、アリサがぎょっと目を剝《む》く。

「ど、どうしたの? 大丈夫?」

「……ん? 何が?」

「何がって……ああもう、額が赤くなってるじゃない」

昨日の看病で抵抗がなくなったのか、心配そうに顔を寄せると、スッと政近の額に指を這《は》わせるアリサ。その近い距離と額に触れるこそばゆい感触に、政近は上体をのけ反らせながらとっさに口を開く。

「お、お前こそ大丈夫なのか？　なんかまだ表情が暗いぞ？」

半分以上話題を逸らすために言った言葉だったが……アリサは、その指摘にピタリと動きを止めた。

「……」

「なんだ？　まだ何か気掛かりなことがあるのか？」

ゆっくりと椅子に座り直したアリサに、政近は問い掛ける。すると、アリサはしばらく沈黙した後にポツリと言った。

「……答えられなかった」

「何を？」

「有希さんに……どうして生徒会長になりたいのかって訊《き》かれて……私は、答えられなかったの」

深く俯《うつむ》き、スカートの上で手を握り締めながらアリサは苦しげに語る。

「有希さんは……家族のために、本当に強い気持ちで選挙戦に挑んでいて……でも、でも……私が生徒会長になりたいのは、全部私のためで……こんな理由じゃ、ダメなんじゃないかって。そう思ったら、何も言えなくって……！」

胸の内の苦しいものに耐えるように、アリサはぎゅっと胸元で拳を握り締める。

「有希さんの前で……揺らいでしまった自分が恥ずかしい。有希さんに対して、胸を張って答えられなかった自分が……悔しい……！」

そう言って、アリサは唇を噛《か》んで俯いてしまう。その姿に……政近は、とっさに言葉が出なかった。理由に苦しんでいたのは……かつての自分もだったから。

有希への後ろめたさから、選挙戦に挑んだ自分。

そして、他を押しのけて副会長になってしまった自分。そのことに、ずっと苦しんでいたから……アリサの気持ちは、痛いほどによく分かった。

(でも……)

でも、その苦しみを笑い飛ばしてくれた先輩がいた。優しく、肯定してくれた先輩がいたのだ。

「アーリャ……」

今度は……自分の番だ。あの優しい先輩達が自分の背中を押してくれたように、今度は自分がアリサの背を押す番なのだ。支えると誓ったあの日の約束を、守らなければならないのだ。

「前を向け。俺を見ろ！」

政近の呼び掛けに、アリサはピクッと体を動かし、顔を上げた。苦しげに唇を引き結ぶアリサの目を、政近は真っ直ぐに見つめる。

「有希に比べたら、理由が大したことない？　だったらどうした。忘れたのか？　俺は、有希の事情もお前の事情も全部知った上で、お前を選んだんだぞ？」

政近の言葉に、アリサは大きく目を見開いた。心底意表を突かれた様子のアリサに、政近は真っ直ぐに語り掛ける。

「前にも言ったよな？『お前はそのままでも十分応援したくなる人間だ』って。俺は知ってる。お前の綺麗《きれい》さを。誰よりもひたむきで、いつだって一生懸命で……真っ直ぐに生きているお前のことを。お前はもっと報われていい。もっとたくさんの人に応援されて、好かれていい人だ」

しゃべっている内にじわじわと背中が熱くなってくるのを感じるが、今はあえて無視する。本心からの言葉じゃないと、アリサの心には届かないと思うから。何より今だけは、本心で向かい合わないと駄目だと思うから。

「だから……前を向け。胸を張って、ありのままで堂々としてればいい。大丈夫だ。お前という人間の魅力は……有希にだって全然負けてない。俺が保証する」

そこまで言い切り、政近はドッと背中に汗を掻《か》くのを感じた。今すぐ身悶《みもだ》えし、机に頭を打ち付けたい気分だったが、ぐっと堪えてアリサの目を見続ける。

すると、アリサは大きく見開いた目でゆっくりと瞬《まばた》きをした後……口元に手を当てて笑い始めた。

「ふ、ふふっ、なんだかまるで愛の告白みたいね？」

「うるせぇ言うな！　二度と言わねぇからなマジで！」

自分でも薄々感じていたことを正面から言われ、政近は耐え切れずに叫んだ。

「あぁ〜もう熱《あ》っつい！　また熱ぶり返して来たわ。やっぱ風邪引いてる時に慣れないことするもんじゃないわ〜！」

「ふふっ、そうね？　熱があるなら……仕方ないわね？」

明後日の方向を向きながら制服の胸元を摑《つか》んでバタバタと扇《あお》ぐ政近に、アリサは笑いながらスッと近付く。そして、そっぽを向いている政近の頰に手を当てて自分の方に向かせると……目を見開く政近の額に、自分の額を押し当てた。

「……ホントね。少し、熱いかしら？」

「っ——!?」

鼻先が触れ合いそうな距離に、目を閉じたアリサの顔。まるでキスする寸前のような現実離れした光景に、政近は目を見開いたまま絶句した。

呼吸すら躊躇《ためら》われるような、恐ろしく長い数秒間。やがて、アリサがスッと顔を離し、政近に向かって穏やかな笑みを浮かべた。

「ありがとう、あなたのおかげで……迷いが吹っ切れたわ」

「……おう。ならよかった」

なんだかアリサの顔を直視できず、政近は視線を逸らして言葉少なに答える。そんな政近にまた笑みを漏らしつつ、アリサはどこかすっきりとした声で言った。

「そうよね。他人と比べても……仕方ないものね。私は、どうしたって私なんだから」

「ん……有希は有希、お前はお前だ」

「そうね」

　どうやらいつもの調子を取り戻したらしいパートナーに、政近は安堵《あんど》の溜息《ためいき》を吐き──

「たとえ有希さんが、亡くなったお兄さんの遺志を背負っていたとしても……それで私が、怯《ひる》む必要なんてないのよね」

　……ん？　耳に飛び込んできた聞き捨てならないワードに、政近は固まる。なくなったお兄さんの石…………亡くなったお兄さんの遺志⁉

（おぉいぃぃぃい‼　妹ぉぉぉ‼　兄《俺》、死んだことになっちゃってるじゃねぇかぁぁ──‼）

　脳内でテヘペロしている妹の幻像に向かい、政近は全力で叫んだ。全身に、先程とは全く違う種類の汗がドッと噴き出る。

（どどどうする⁉　なんか、有希が過剰に重い過去設定背負ってることになっちゃってるけど……流石に幼馴染《おさななじ》みの立場として、これは訂正した方がいいのか？　でもその場合、アーリャと有希の友情にひびが入る可能性が……いやでもこれは流石に……）

　思いがけず降って湧いた難題に、政近は内心頭を抱え……数秒間思いっ切り悩んだ後、アリサに遠慮がちに声を掛けた。

「な、なあ。アーリャ──」

「ちゃーっす」

　しかし、そのタイミングで教室の扉が開き、政近とアリサは同時にそちらを見た。

「失礼します」

気の抜ける声で扉を開け、ずかずかと教室に入って来たのは乃々亜。その後ろで、わざわざ一礼して入って来たのは沙也加。突然の思わぬ来訪者に、政近とアリサは揃って目を見開く。

「お～やっぱりまだ教室にいたね～……って、くぜっち？　今日休んでるんじゃなかったっけ？」

「ああ、今来たんだ……」

「あ、そうなん？　ま、ちょ～どいっか」

しかし、乃々亜はそんな二人の反応には頓着することなくそう言うと、政近の前の光瑠《ひかる》の席にドッカと腰を下ろした。……椅子をまたぐようにして。

「乃々亜……行儀が悪いですよ」

「え～別にいいじゃん。他に人もいないし」

沙也加の注意にも耳を貸さず、乃々亜はいつも通りやる気のなさそうな半眼で、椅子の背に頬杖《ほおづえ》をつく。政近の前で。脚を思いっ切り開いたまま。

(……こういうところがあるから、良くも悪くもアイドル視されないんだろうなぁ)

政近から見て、乃々亜はルックスと知名度で言えば、〝学年の美姫《びき》〟に数えられていても全くおかしくない。

しかしそうなっていないのは、乃々亜がアリサや有希と比べて割と身近な存在だと思われているからだろう。アリサや有希が高嶺《たかね》の花なら、乃々亜は地上に咲く大輪の花といったところか。

（……食虫植物だけど）

そう内心で付け加え、政近は少し警戒心を上げつつ用件を尋ねた。

「それで？　何の用だ？」

「ん～？　用があるのはアタシじゃなくて、さやっちだけど？」

「谷山《たにやま》が？」

政近が乃々亜の斜め後ろに立つ沙也加に目を向けると、沙也加は一瞬眉《まゆ》をピクリとさせた後、ふーっと長く息を吐く。そして、真摯《しんし》な表情で居住まいを正した。

「遅くなってしまいましたが……久世さん、九条さん。お二人には大変ご迷惑をお掛けしました。お二人に対する数々の無礼な態度も含めて、謝罪いたします。大変申し訳ございませんでした」

そして、二人に向かって深々と頭を下げる。それを見て、乃々亜も椅子に座ったままちょいっと頭を下げた。

「アタシからもごめん。さやっちが暴走してるの分かった上で、止めなかったアタシにも責任あるし。今更だけど、許してくんないかな？　タダでとは言わないからさ」

顔の前で手を合わせ、片目を閉じてお願いする乃々亜。立ったまま頭を下げ続ける沙也加。二人を見て、政近はアリサの方を振り返った。

「俺は二人に対して思うところはない。許すかどうかは、アーリャ次第だな」

「私も……あの暴言に関して謝ってもらえたなら、もういいわ。宮前さんに関しては特に謝ってもらうようなことはされていないし」

「いや〜討論会でのサクラはフッツーに謝ることだと思うけど〜？」

顔の前で手を合わせたままくいーっと首を傾げる乃々亜に、政近はひらひらと手を振る。

「あんなのは戦略の内だ。そもそも、なんで負けた奴が勝った奴に謝るんだよ」

「あっはぁ……ま、そりゃそうなんだけどね〜？」

「……その勝ちを、放棄したのはあなた達でしょう」

頭を上げ、沙也加はじっと政近の方を見る。その視線に、どうやら乃々亜に沙也加に対する悪評の鎮静を頼んだことはバレていると察し、政近は肩を竦《すく》めた。

「アーリャが気になって仕方ないって言うからそうしただけだ。それに、実際に動いたのは宮前だから、俺達には何を言われる筋合いもない」

それは、沙也加を気遣ったことに対するお礼を受けない代わりに、乃々亜に悪評が向いたことに対する糾弾も受け付けないということ。言いたいことがあるなら全部相方《乃々亜》に言えという意思表示だった。

その意思を余さず汲《く》み取り、しかし沙也加はアリサに目を向ける。

「それでも、あなた達がわたしを気遣ったのは事実でしょう。今日の活動報告で……討論会の話が一切出なかったのも、つまりはそういうことなのでしょう？」

沙也加の視線を受け、アリサは真っ直ぐにその目を見つめ返す。

「……事実として、あのまま投票が行われていたらどちらが勝っていたか分からなかったわ。明確に勝ちを得たわけでもないのに、勝利宣言をする気はなかったというだけのことよ」

アリサの言葉に、沙也加はその真意を探るようにじっとアリサの目を見返していた。しかし、やがてスッと目を伏せると、口元に微《かす》かな笑みを浮かべてひとつ頷《うなず》く。

「……そう、ですか。誇り高いのですね」

そう呟《つぶや》くと、沙也加はくるりと踵《きびす》を返し、教室前方の扉へと向かった。扉に手を掛け、そこで少し動きを止める。

「……けれど、わたしにも誇りがあります」

その言葉と後ろ姿に、政近は沙也加が何かをしようとしていると察した。

「ちょっと待て谷山。何をする気だ？」

とっさにそう問い掛けると、沙也加は政近の方に少し視線を向けて答える。

「……わたしは、自分の名誉を守るために事実を曲げるつもりはございません」

「だから、勝利宣言ならぬ敗北宣言でもするってか？　校内放送……いや、終業式で、か？」

政近の言葉に、沙也加は言葉に詰まった様子で視線を逸《そ》らした。図星のようだと察し、政近は立ち上がる。

「悪いが、生徒会役員として、終業式で勝手なことされるのは看過できないな……もしアーリャの誠意に応《こた》えたいって思うんなら、別の方法で応えてくれないか？」

「……別の方法？」

振り返った沙也加に、政近は要求を告げた。その内容に、沙也加のみならずアリサも目を見開き、乃々亜もまた眉を上げる。

「……本気ですか？」

「ああ。アーリャもいいよな？」

「え、ええ……」

「宮前も、さっき『タダでとは言わない』って言ってたもんな？」

「あ～まあ言ったけど……」

戸惑ったように頷くアリサと、半笑いを浮かべる乃々亜。その二人を見て、沙也加は政近に体ごと向き直った。政近とアリサを複雑そうな目で眺め、様々な感情を押し殺したような声で言う。

「……わたしは、貴方《あなた》達を応援しているわけではありません」

「うん、知ってる」

「……今でも、貴方は周防さんと組むべきだと思っています」

「そうか。でも、俺がアーリャを選んだ理由……お前も少しは分かったんじゃないか？」

政近の問い掛けに、沙也加はじっとアリサの顔を見つめ。アリサもまた、沙也加を静かに見返した。数秒間視線を交わし、沙也加は静かに瞑目《めいもく》する。

「……分かりました」

そして、小さく頷いた。それを見て、乃々亜は椅子の背を摑んでぐ～っとのけ反る。

「マジか～……じゃあ、アタシもいいよ。まあ」

体を前に戻し、軽～い感じで頷いた乃々亜に、政近は力強く頷き返した。

「ありがとう、よろしく頼む」

そして、驚きに目を見張るアリサの方を向いて告げる。

「アーリャ、これがお前の力だ。これで……あいつらに勝てるぞ」

「え……勝つ？　え、引き分け狙いって……」

あまりの急展開に混乱した様子のアリサに、政近は獰猛《どうもう》な笑みを浮かべた。

「引き分け狙いはもうやめだ。向こうから仕掛けてきた以上……容赦なく潰《つぶ》す」

その宣言に、アリサは息を吞み、沙也加は無言で眼鏡を押し上げ、乃々亜は愉快そうに笑うのだった。

第8話 あいさつ

翌日の放課後、生徒会メンバーは各々、終業式に向けた各種準備や関係各所との打ち合わせを行っていた。終業式の進行表を手に、二人から三人組で校舎のあちこちを飛び回る。そんな中、自分達が担当の仕事を終えた政近《まさちか》とアリサは、体育館のステージの上で明日の本番に向けたリハーサルをしていた。

「ご清聴、ありがとうございました」

マイクなしで一通りしゃべり終えたアリサに、ステージ下でそれを聞いていた政近は拍手を送る。

「オッケー、本番でもこれが出来れば問題なさそうだな」

言いながら階段を上ってステージに上がると、アリサは少し不安そうに表情を曇らせた。

「そうね……本番でも……」

「不安か？　討論会の時はちゃんとしゃべれてたじゃないか」

「あれは……自分の内面に集中してたからしゃべれただけよ。それに、明日はあの時よりも人数が多いんでしょう？」

「そうだな、なんせ明日は全校生徒が集まるし。この体育館が埋まるぞ？」

誤魔化《ごまか》しても仕方がないので、政近は肩を竦めて正直にそう言ってから、一転して気楽そうに告げる。

「でも、やることは変わらないだろ？　人数増えようが、自分がどう語るかに集中すれば――」

「それじゃあ、ダメだと思うの」

「？」

「この前の討論会で……あなたの話している姿を見て、よく分かったわ。独りよがりに話すのと、きちんと聴いている人に向き合って話すのとは、全然違うんだって。特に〝あいさつ〟って言うんなら、やっぱり聴いている人の目を見て、顔を見て、話さないといけないと思うの」

アリサはステージ下を眺めながら真剣な表情でそう言うと、政近に力強い視線を向けた。

「ねえ、どうしたらあなたみたいに、観客と語り合うように話すことが出来るのかしら」

アリサの質問に、政近は内心「本当に向上心が強いなぁ」と感心しながら頭を掻《か》く。

「どうしたらって言われてもなぁ……これぱっかりは、慣れの部分が大きいからな。とりあえず台本見ずに完璧《かんぺき》に話せるようにしておいて、あとは観客の反応見ながら声のトーンや間の取り方を変えて、ちょいちょいジョークも挟みつつ集中が途切れないようにする……って感じかなぁ」

「……」

政近のアドバイスに、アリサは難しい顔で黙りこくる。政近自身、かなり難易度高いことを要求している自覚はあったので、苦笑を浮かべて付け加えた。

「まあ、最初から完璧にやろうなんて無理な話だ。さっきも言ったが、慣れが重要だからな……今回に関しては、前を向いて堂々と話せればそれで十分だよ」

「……そんなので、いいの？」

「ああ、今回はこれからの選挙戦に向けた練習だと思えばいい。昨日も言ったろ？　下手に有希《ゆき》に対抗意識燃やしたら、かえってペースを狂わされるだけだって」

「！」

政近の言葉に、自分が無意識に有希に負けないよう焦っていたことを自覚し、アリサは目を見開く。そんなアリサを落ち着かせるように軽く肩を叩《たた》くと、政近は少し声を潜めた。

「それじゃあ、ひとつだけ……緊張をほぐしつつ、観客の注意も引ける秘策を伝授しようか？」

「？　秘策？」

「ああ」

眉《まゆ》を上げるアリサに、政近はそっとその内容を告げる。その予想外の内容に、アリサは一瞬驚いた表情になった後、眉根を寄せて考え込む素振りを見せた。

「それは……」

「どうだ？　簡単だろ？　それでいて効果的だ」

「……そうね。やってみるわ」

真剣そのものな顔で頷くアリサに、政近もニヤリとした笑みを返す。と、そこへ舞台袖《そで》から声が掛かった。

「明日のリハーサルですか？」

その声に同時に振り向くと、そこにはいつも通りのアルカイックスマイルを浮かべた有希の姿が。その後ろには綾乃《あやの》もいて、政近とアリサに向かって無表情で会釈をしてきた。

「おう、そっちの仕事は終わったのか？」

「ええ、つつがなく」

親しげに言葉を交わす二人だったが、そこには普段にはない緊張感があって。ゆっくりと政近に向かって歩を進めながら、有希が口元に手を当てて小首を傾げる。

「ふふっ、どうされたんですか？　政近君。なんだか顔が怖いですよ？」

「よくもまあぬけぬけと言ってくれるな……お前こそ、淑女の仮面が剝《は》がれてるんじゃないか？」

「あらまあ、ふふふ」

完璧な淑女の笑みを浮かべながら、うっすらと目を見開く有希。弧を描いた目の奥から覗《のぞ》くその瞳《ひとみ》は、笑みの欠片《かけら》もない冷徹な光を宿していて。

普通の人ならゾッと怯《ひる》んでしまいそうなその眼光を前に、しかし政近は肩を竦めると、背後のアリサを振り返る。

「な？　これがこいつの本性だから。前にも言ったが、淑女っぽい顔に騙《だま》されるなよ？」

「え、ええ……」

「あら、アーリャさん。ふふ、幻滅させてしまいましたか？」

コテンと首を傾げる有希に、アリサはしかしゆっくりと首を左右に振る。

「いいえ、少し驚きはしたけれど、幻滅なんてしてないわ」

「あら……」

「まだ知り合ってそんなに経《た》っていないのだもの。状況が変われば、知らない一面が出てくるのは当然のことだわ」

「……」

「それに……私と友達でいたいっていうのは、本当なのでしょう？」

「……ええ、それはもちろん」

「じゃあ、いいわ」

あっさりと頷くアリサに、有希は本気で意外そうに目を見開く。

「それに……有希さんのおかげで、自分を見つめ直すことも出来たから」

「……それは？」

作り物の笑みを引っ込めて首を傾げる有希を真っ直ぐに見つめ返し、アリサは宣言した。

「有希さん、あの時あなたに言われた、なぜ生徒会長を目指すのかという質問……その答えを、明日は見せるつもりよ。その上で、私はあなたよりも多くの支持を得てみせる」

アリサの堂々たる宣言に、有希は真顔で瞬《まばた》きをしてから、くすくすと笑い始めた。

「ふふっ、アーリャさんは本当に真っ直ぐで……素敵な人ですね」

「な、何よ……それ」

突然の称賛に、アリサは戸惑ったように視線を揺らす。それに対し、有希は照れた様子もなく続けた。

「本心からの感想ですよ？　アーリャさんとお友達になれて、本当によかったと思います」

「っ……」

もう耐えられないという風にパッと顔を背けるアリサに、有希はますます笑みを深めながら言う。

「そんな素敵なアーリャさんに……ひとつ、お伝えしておきます」

「……なに？」

「わたくしの兄がいなくなったという話ですけど……あれ、別に亡くなったわけではありませんよ？」

「え？」

ポカンとした顔で振り向いたアリサに、有希は悪戯《いたずら》っぽく笑った。

「ただ、家を出ただけです。周防《すおう》家との関わりは絶っていますが、今でも元気ですよ？」

「な、なっ……！」

勘違いさせられていたことにかあっと顔を赤くし、有希を睨《にら》むアリサ。それを涼しい笑みで受け流す有希の前に、ニコニコとした笑みを浮かべた政近が立った。

「いやぁよかったな、アーリャとの友情が破綻《はたん》しなくて」

その不自然なほどに上機嫌な笑顔に、有希は警戒心を跳ね上げ、再びアルカイックスマイルを浮かべる。

「あらあら、その言い方だと……まるで政近君との友情には、亀裂《きれつ》が入ってしまったみたいですけれど？」

「いや、別にぃ？　よくもまあやってくれたもんだとは思うけどね？」

朗らかな笑顔のまま、明るい口調でそう言いながら、有希と綾乃に歩み寄る政近。その背中をアリサが少し心配そうに見つめるが、当の有希は目の前まで近付いた兄を前にしても笑みを崩さない。

「あらまあもしかして……体調不良のところを狙われたこと、怒ってます？」

「そんなことはないさ。弱っているところを狙うのは戦術として当然のことだ。むしろ俺に全く悟らせないまま、薬まで盛ったのは本当に見事だと思うよ」

「それは光栄ですね」

そうは言いながらも、有希は目の前の兄の笑顔に肌が粟立《あわだ》つのを感じていた。それは、政近にチラリと視線を向けられた綾乃も同様。政近のまとう異様な迫力に、二人揃って背中に汗が伝うのを感じた。

しかし、そんな怖気《おじけ》を誘う空気をまといながらも、政近は明るい調子で続ける。

「いやぁ、どういう感情なんだろうね？　これ。自分でもよく分からないんだけど……あえて言うなら、嚙みついてきた可愛い飼い犬に対して、よしよしと頭を撫《な》でてやりたい気持ち半分、二度と嚙みつけないよう躾《しつ》けてやりたい気持ち半分、ってとこかな？」

なかなかに恐ろしいことを言われているが、有希がそれに軽口を叩くことはなかった。久しく目にしていなかった兄の本気の気迫に、有希はもはや淑女としての顔を取り繕うことを放棄する。

今有希の中にあるのは、少しの怖気とそれ以上の歓喜。それが、爛々《らんらん》と輝く瞳と獰猛《どうもう》な笑みという形で表に現れた。妹が見せたその表情に、政近もまた笑みを凶悪なものに変える。

「ただ、まあ一言だけ言うとしたら……」

そして……欠片も笑っていない目で、有希を見下ろしながら言った。

「嚙みついたんなら、歯ぁ食いしばれよ？」

その目には、追い詰められていることなど微塵《みじん》も感じさせない覇気が宿っていて。有希と綾乃は、眠れる獅子《しし》の尾を踏んでしまったことを自覚した。

(あはは……少しは焦らせることが出来たかなぁと思ってたけど……甘かったか)

兄から突き付けられた、これ以上なく分かりやすい宣戦布告。しかし、それは有希にとっても好都合だった。正面からの殴り合いなら有希も望むところ。向けられた戦意と湧き上がる高揚感に、有希は武者震いを覚え、綾乃もまた震えた。……ドコがとは言わないが。

ステージ上に、本番前日とは思えない凄《すさ》まじい緊張感が渦巻く。しかし、その空気は舞台袖から遠慮がちに掛けられた声で霧散した。

「ええっと、ちょっといいか～？　明日の最終確認をしたいんだが……」

その声に一斉に振り向くと、そこには生徒会の二年生三人の姿。若干引き攣《つ》った顔で招集を掛ける統也《とうや》に、政近と有希は戦意を引っ込めてそちらに向かう。アリサと綾乃もまた、緊張を緩めてその後を追った。

常にはないピリピリとした緊張感をまとう一年生四人組に、少し落ち着かない様子を見せながらも、統也は明日の終業式本番に向けて最終確認を進める。

そして、話題はいよいよ生徒会役員あいさつに及んだ。

「それじゃあ、肝心の生徒会役員あいさつについてだが……順番はまず会長の俺、副会長の茅咲《ちさき》、その次に九条《くじょう》姉でその後に一年生組が続く流れだな。今年は人数が少ないんで特に時間制限はないが、まあ大体三分以内には収めるように心掛けてくれ。何か質問はあるか？」

前にも軽く説明は受けていたので、特に手を挙げる者はいない。全員が軽く頷《うなず》くのを確認して、統也は少し遠慮がちに一年生の四人に目を向けた。

「さて、じゃあ一年生組のあいさつの順番だが……どうする？　去年は会長候補同士のじゃんけんで決めたが」

統也の言葉に有希とアリサが目を合わせ、有希が微笑みを浮かべたまま小首を傾げる。

「わたくしはじゃんけんで構いませんけれど？」

有希の言葉に、アリサも同意しようとして……それより先に、政近が声を上げた。

「いや、ダメだろ。じゃんけんなんて所詮《しょせん》見切りゲーだし」

「まあ、そうですよね」

肩を竦《すく》める有希に、アリサと統也が「ん？」と眉を上げ、茅咲が「分かる」と頷き、マリヤが「えぇ〜？」と困ったように笑う。綾乃は空気。

しかしこの兄妹、別に冗談を言っているつもりはない。

オタクとして、いつでも人生を賭けた頭脳ゲームに巻き込まれていいように備えている二人にとっては、じゃんけんなど真っ先に極めて当然だったからだ。重ねて言うが、冗談を言っているわけではない。

「では、コイントスでどうですか？」

「そうだな、それなら公平だな」

「分かりました。綾乃がコイントスをして、アーリャさんが裏表を当てるという形式でよろしいですか？」

「いや、コイントスは他の人にやってもらう」

「ふふっ、疑《うたぐ》り深いですね」

政近と有希がコイントスをしないのは当然イカサマの可能性があるからだが、特に綾乃はそういった技術は身に付けていないはずだ。

しかしだからと言って、綾乃には何食わぬ顔で薬を盛ってきた前科があるので、政近としては警戒しない理由がなかった。

もちろん政近や有希がコインの裏表を当てる役にならないのも、所詮ただの見切りゲーでしかないので以下略。

「えぇっと、わたしがやろうか～？」

政近が二年生組に目を向けると、マリヤがそう言って百円玉を取り出した。政近が確認の意味を込めて有希に目をやると、有希は肩を竦める。同意を得られたと判断し、政近はマリヤに向かって頷いた。

「お願いします。マーシャさんがコイントスをして、アーリャが裏表を当てる。当てられたらアーリャが先攻後攻好きな方を選んで、外したら有希が選ぶという形で」

「分かったわ。じゃあこの絵柄が書いてある方が表で、百って書いてある方が裏ね～」

そう言ってマリヤが百円玉を爪の上に載せるが、その様子を見ていたアリサが疑わしそうな目で口を開いた。

「マーシャ……ちゃんと出来るの？」

「あぁ～お姉ちゃんを馬鹿にしたぁ～。出来るわよぉ、見ててね～？　えいっ！」

アリサの視線に頬を膨らませると、マリヤはなぜか体ごと跳ねながら百円玉を弾《はじ》く。

全員がなんだか生ぬるい目で見守る中、マリヤはこれまたなぜか体をぴょこぴょこと揺らしながらコインの行方を目で追い、まるで蚊を叩《たた》く時のように両手でパシッと百円玉をキャッチした。

「取れた！　ほら、出来たわよアーリャちゃん！」

両手を合わせたまま嬉《うれ》しそうにドヤるマリヤだが、アリサの目は冷たい。

「それで？　どっちが上？」

「え……？」

アリサに言われ、自分の手を見下ろし、マリヤはようやくこのままでは裏表が判別できないと気付いたらしい。

「えぇ～っと、それじゃあ……こっちが上？」

そう言ってマリヤが左手を下に、右手を上にすると、アリサは淡々と答えた。

「表」

「えぇ～もう少し悩んでから……」

「そういうのいいから」

「むぅ……じゃあはい」

マリヤが開いた手の上には……百の数字。アリサが一瞬眉根《まゆね》を寄せ、そのアリサの表情を有希がじっと窺《うかが》っていた。

「あら、外れね。それじゃあ……有希ちゃん、先攻と後攻どっちにする？」

「そうですね……」

マリヤに視線を向けられ、有希はふむと顎《あご》に手を当てた。その有希を、政近はじっと見つめる。

(コイントスで勝てればそれでよかったが……さて、お前はどこまで見抜けるかな?)

兄が見つめる中、有希は自分の思考に集中する。

(普通に考えれば、最後に印象に残る後攻の方が有利……でも、先攻で『周防さんが超良かったから、九条さんには拍手しないでおこう』って空気を作れれば、圧勝することも可能。逆に、基準になる先攻は最低限の拍手はもらえるから、アーリャさんを先攻にしたら圧勝は難しい……『先攻だったから仕方ない』って言い訳も出来ちゃうし……やっぱり先攻を選ぶべき? 元々そのつもりだったし……)

しかし……と、有希は考える。

(それは圧勝を狙うならであって、お兄ちゃんが本気を出している以上、ここは無難に勝利を目指すべきかも……となれば、やっぱり後攻の方が有利? お兄ちゃんの出方を窺ってから戦った方が……)

そこで、有希はふと違和感を覚えた。先程の兄の態度。あの、あからさまな威嚇に。

(そう言えば……なんであんな露骨に威圧してきたんだろ? 基本陰で手を回すお兄ちゃんらしくないような……もしかして、演技?)

その考えが浮かんだ途端、有希は直感でそれが正しいと感じた。政近の方にバッと視線を向けつつ、有希は頭を回転させる。

（あれが演技だとしたら……狙いは？　出し抜かれたことに腹を立てて、正面から殴り合うって思わせるため……？　本当は正面からガチンコ勝負なんてする気がない？　それに……っ！　アーリャさんから注意を逸らすためか！）

天啓のような閃《ひらめ》きと共に、有希は政近とじっと目を合わせる。ポーカーフェイスを貫く兄の表情からは何も読み取れないが、有希は自分が正解に近付いていると確信した。

（そうだ……いつの間にかお兄ちゃんに気を取られてたけど、あたしの狙いは元々アーリャさんだった……そして、あたしが見たところ、アーリャさんは思ったよりメンタルが強くない。

それに、今は昨日の校内放送で上手《うま》くしゃべれなかったっていうトラウマがある。あたしは元々それを見越して、プレッシャーの掛かる後攻をアーリャさんに押し付けるつもりだったんだ）

自分の当初の作戦を思い出し、有希は自分がまんまと思考を誘導され掛かっていたことを自覚する。しかし、もう見抜いた。

（お兄ちゃんの本当の狙いは、プレッシャーが掛からず、最低限の拍手はもらえる先攻を引いた上での引き分け！　なら、あたしは当初の予定通り圧勝を狙えばいい！）

この間、約五秒。常人離れした思考速度で結論に至った有希は、口元に笑みを浮かべて統也に告げた。

「それでは、先攻でお願いします」

「ん、分かった。それじゃあ先攻が周防、君嶋《きみしま》ペア。後攻が九条妹、久世《くぜ》ペアだ」

その言葉に、アリサは無言で頷き。政近は、意味深に笑うのだった。

◇

そして、翌日。前日の入念な準備の甲斐《かい》あって、終業式は特にトラブルもなく順調に進んでいた。先生方のお話や風紀委員のお知らせなど、順調に予定を消化していく。その様子を、生徒会役員は下手側の舞台袖《そで》に統也、マリヤ、アリサ、政近。上手側の舞台袖に茅咲、有希、綾乃と、二手に分かれて見守っていた。

「それでは続きまして、本年度の生徒会役員よりあいさつを頂きたいと思います」

そして、いよいよその時が訪れた。司会を務める放送部員が名前を呼ぶのに合わせ、二年生組から順番にあいさつをしていく。堂々たる態度でカリスマ感あふれるあいさつをし、夏服の変更決定というサプライズで喝采を浴びる統也。

明るい雰囲気で時々笑いを誘いつつ、割と大雑把《おおざっぱ》なあいさつをする茅咲。いつも通りのふわふわとした笑みを浮かべながら、和やかな雰囲気と口調に反してしっかりとしたあいさつをするマリヤ。

三者三様ながらも、それぞれに人を惹《ひ》きつけるあいさつをする二年生組。生徒達がさながらアイドルでも見るような雰囲気で盛り上がる中、遂《つい》に一年生組に順番が回って来る。

「続きまして、生徒会広報、周防有希さんのあいさつです」

次期会長候補の登場に、会場の空気が変わった。候補者同士の静かな戦いを心待ちにする者。楽しそうに注目する者。

冷静に見定めようとする者。様々な視線を一身に浴びながら、有希が演台に立った。ステージ上のスクリーンに有希の姿が大写しにされ、観客が軽く盛り上がる。

「ご紹介に与《あずか》りました。生徒会広報、そして元中等部生徒会会長の、周防有希でございます。来年度には、生徒会長候補として選挙戦に立候補させていただく予定です。どうぞ、よろしくお願いいたします」

アルカイックスマイルを浮かべながら有希が軽く頭を下げると、早くも体育館のあちこちから声援が上がった。軽く頷くことでそれらに応《こた》えながら、有希は少し語調を明るくする。

「さて、それに当たって、わたくしのビジョンを少しお話ししたいと思います。わたくしが生徒会長になった暁に目指すのは……より、生徒の意見を反映した学園です。あら？　今、思ったよりも普通だと思いました？」

有希が急にちょっと悪戯《いたずら》っぽく問い掛けたことで、観客に軽く笑いが起き、場が和む。そうしてから、有希は演台の下から大きな箱を取り出して観客に示した。

「具体的には……この投書箱です。もう何年も前から学園に設置されていますが……皆さん、一度でも利用したことがあるという人の方が少ないのではないでしょうか？　実際、わたくしもお昼休みの活動報告で幾度となく取り上げていますが、本当の困りごとや要望が入っていることは少ないように思います。それはやはり、皆さんが『投書しても実現しないから無駄だ』と、考えているからではないでしょうか」

有希の具体的な問い掛けに、生徒達が我が身を振り返り、なるほど確かにと頷く。生徒達の納得を得られたところで、有希はその理由に言及した。

「しかし、これは無理からぬことです。何しろ、ほとんどの役員にとって生徒会の仕事は初めてのことばかり。社会人でも一年目は仕事を覚えることに費やすのに、生徒会役員は一年仕事をこなしている間に任期が終わってしまうのですから。そこに更に生徒の要望を聞き、その実現をするのは困難でしょう。特に、今年はなぜか……そう、なぜか！　一年生の生徒会役員が少なくて人手不足ですしね？」

有希のわざとらしい言い方に、生徒達は「いや、誰のせいだよ」と笑ってしまう。同じ生徒会のメンバーである先輩方のフォローもしつつ、しっかりと笑いを取った有希は、そこで核心に切り込んだ。

「ですが、わたくしが生徒会長になった暁には、この投書箱に入れられた要望を実現します」

そうはっきりと断言し、有希は更に続ける。

「より具体的には、最低月に一件は生徒からの要望を実現します。そしてその成果をもってより大きな要望の実現にも取り掛かるつもりでいます。例えば、体育祭の種目変更。学園祭のイベント内容や開催時間の拡大。修学旅行の自由時間の増加。それに、ハロウィンやクリスマスにちなんで新しいイベントを作ったりするのも面白いかもしれませんね？」

多くの生徒にとって否応《いやおう》なくテンションが上がる内容に、どよめきと共に「本当に出来るのか？」という疑念が湧く。

しかし、そこできちんとそれに答えるのが有希だ。力強い笑みを浮かべて観客を見回し、有希は宣言する。

「これは、中等部で二年間生徒会の仕事をこなし、現在も高等部生徒会の一員として働いている実績と経験を持つ、このわたくしにしか出来ないことだと確信しています。そして、そのことをこれからの働きで証明していこうと考えております。ご清聴、ありがとうございました」

そう言って有希が頭を下げると、体育館中に多くの拍手と声援が響き渡った。それらに手を上げて応えながら、有希は悠然と上手側の舞台袖に戻っていく。その光景を、政近は苦笑気味に眺めていた。

「ずっりぃなぁ。大風呂敷を広げるだけ広げて、具体的に今年度何をやるのかは何も言ってないじゃん。それどころか、『今年は生徒会メンバー少ないから投書箱の内容実現できないよ？』って、先輩へのフォローに見せかけて言い訳までしてるし……何より、それでもなんだか説得力あるのがずるいわ」

政近の言葉に、統也もまた感心交じりの苦笑いを浮かべながら頷《うなず》く。

「周防は本当に上手いことハッタリを掛けてしゃべるなぁ。俺よりよっぽど上手いんじゃないか？」

「あはは、そこはまあ経験と……有希の方がちょっと嘘吐きってことですかね？」

「お前、容赦ないなぁ」

そうやって笑い合っている向こうで、マリヤがアリサに話し掛けていた。

「アーリャちゃん、大丈夫？　緊張してる？」

「大丈夫だから……今は放っておいて」

「もう、アーリャちゃんったら」

相変わらず姉には塩対応な妹に頬を膨らませるマリヤ。それを見てまた苦笑していると、司会に呼ばれて今度は綾乃が演台に立った。

スクリーンに映し出されたその姿に、軽いざわめきが起こる。しかし、無理もない。なぜなら演台に立った綾乃は……服装こそ制服だったが、髪型はなんと、髪をきっちりとまとめたメイドモードだったからだ。

いつもだらしなく流されている前髪をきちっとまとめ、綺麗《きれい》な額を出したその顔は、いつも通りの無表情ながらもどこかやる気に満ちているように見えなくもない。……いや、やっぱり気のせいかもしれない。

何はともあれ、普段目立たないようにしている綾乃が前髪を分けて演台に立ったことで、多くの男子が「誰だあの美少女！」とざわめき、一部の女子が「キャー！　綾乃ちゃん可愛い〜！」と華やいだ声を上げた。実は綾乃、こう見えて彼女を知る一部の女子にはマスコット的な人気を誇っているのだ。

「ご紹介に与りました、生徒会庶務、君嶋綾乃です。プライベートでは、周防家の使用人として有希様の従者を務めさせていただいております」

その瞬間の体育館の空気を端的に表すならば、「!?」であろうか。突然謎の美少女が現れたと思ったら、あの周防有希の従者を名乗ったのだ。ほとんどの人にとっては「え、ちょっと待って情報量多い」という感じだろう。

しかし、そんな観客のざわめきなど気にせず綾乃は続ける。

「来年度には、有希様と共に選挙戦に立候補させていただく予定となっております。幼少期より有希様にお仕えしている従者としての経験を活《い》かし、有希様をお支えしていく所存です。有希様は品行方正、才色兼備と称するに相応《ふさわ》しい素晴らしい方です。必ずや、生徒会長として見事に学園を率いてくださると確信しております」

まるで台本を読み上げているかのように、淡々と語り続ける綾乃。

しかし、その演技臭さや大仰な感じが一切ない語り口と、そのあまりにも真っ直ぐな瞳《ひとみ》が、彼女の発言に妙な真実味を持たせていた。

なんとなく、彼女はただ事実を語っているのだということが観客には伝わるのだ。そして実際に、綾乃は自分にとっての事実のみを語っていた。

「有希様は学園の成績は常に上位常連で、英語はネイティブレベル。最近は中国語の勉強もされており、既に日常会話であれば可能なレベルに達しておられます。更にはピアノや華道、空手などにも優れた才能を示され、まさに文武両道。それでいて驕《おご》り高ぶったところはひとつもなく、常に周囲への気遣いを忘れません。わたくしのような使用人にも、毎年誕生日には必ず、心の籠もったプレゼントをくださいます」

そう言うと、綾乃は目を閉じ、少し顎《あご》を上げてむぃっと唇を引き結んだ。……どうやら、ドヤ顔のつもりらしい……全然表情動いてないが。

綾乃渾身《こんしん》のドヤ顔（？）に、一部の女子から黄色い悲鳴が上がる。それに釣られるように、「あの子なんだか面白いな」といった感じの笑い声が広がり始めた。

その予想外の反応に少し瞬《まばた》きをしながらも、綾乃はそれからも誇らしげに……たぶん誇らしげに、有希のことを熱っぽく語る。観客も、その独特の雰囲気が癖になった様子で、綾乃の語りに耳を傾けていた。

「まあ、やっぱりこうなるよな」

綾乃の演説を舞台袖で聞きながら、政近は呟《つぶや》く。

「中等部時代の実績に裏打ちされた、有希の説得力のあるプレゼン。そしてそれを、幼少期から仕えていた従者の立場から、綾乃が更に補強……と」

淡々と、ライバルである二人に対して客観的な分析をした上で、高評価を下す政近。そして、くるりとアリサの方を振り返って言った。

「隙がない演説だな。わざわざ先攻取って、完封勝利狙ってくるわけだ」

冷静に厳しい状況だと認める政近に、しかしアリサは動揺の欠片《かけら》もない瞳で問い掛ける。

「……でも、勝てるのでしょう？」

「ああ、お前のおかげでな」

向けられた揺るぎのない信頼に、政近は気負った様子もなく頷いた。そして、アリサがライバルの演説に引っ張られていないことに満足そうに笑うと、そっと肩に手を置く。

「だから、お前は変に対抗意識を燃やして、張り合うように演説する必要はない」

元よりアリサが同じ土俵で戦ったら、有希を相手には勝ち目が薄いことは分かっていた。向こうもそれを承知の上で、アリサの対抗心を煽《あお》ることで同じ土俵に上がるよう仕向けたのだろう。

「分かってるわ……あなたに言われたおかげで、もう頭は冷えてるから」

しかし、政近の言葉で冷静になった今のアリサに、有希への対抗心などない。

「ん、ならよし。このイベントの名前、ちゃんと覚えてるよな？」

政近の問い掛けに、アリサは口元にうっすらとした笑みを浮かべて答える。

「覚えてるわ。生徒会役員〝あいさつ〟でしょ？」

「そ、あいさつだ。所信表明演説をやるのが慣例っぽくなってるが、元々はそうじゃない。まずは……」

そして、政近は体育館に集まった生徒達の方に目を向けた。

「お前のことを、知ってもらうことから始めよう」

そこで、綾乃が几帳面《きちょうめん》にも三分ピッタリであいさつを終え、一礼して演台から下りる。そして、再び舞台袖《そで》から出て来た有希とステージの上手側で合流すると、揃って観客に一礼。途端、体育館が揺れるかと思うような大きな拍手と声援が上がった。

司会が進行を躊躇《ちゅうちょ》するような拍手と声援の嵐は十数秒に亘《わた》って続き、有希と綾乃が舞台袖に下がってようやく静まり始めた。

「えぇ～では、続いて生徒会会計の九条アリサさんのあいさつです」

未《いま》だ興奮冷めやらぬ生徒達の前で、アリサが演台に上がる。スクリーンに映った銀髪の少女に、生徒達もようやくそちらに注意を向け始める。

会場の雰囲気は、興味五割、無関心三割、憐《あわ》れみ二割といったところか。大半の生徒が有希綾乃ペアの演説に心奪われており、アリサに対して応援や期待といった感情を向ける生徒はほとんどいない様子だった。そんなアウェーな空気でパラパラと視線が集まり始めている中、アリサは静かに口を開き――

「Спасибо за представление. Я казначей ученического совета Кудзё Алиса. На будущий год я планирую выдвинуться кандидатом на выборах председателя совета. Прошу вас поддержать меня.」

物っ凄《すご》い勢いで、ロシア語でしゃべり出した。これにはほとんどの生徒がポカーンと呆《あっ》気《け》に取られてしまう。有希と綾乃のあいさつに沸き上がっていた生徒達が残らずアリサに注目したところで、アリサは突然口を噤《つぐ》んでゆっくりと瞬きをする。

「……すみません、緊張のあまりロシア語が出てしまいました」

真面目な表情でボソッと言われた言葉に、生徒達の間で笑いが起こった。あのアーリャ姫が、冗談を言ってるとは思えない表情で冗談としか思えないことを言ったという事実に、観客は「いや、そうはならんだろ」「え？　今の冗談？」等々、冗談なのかそうじゃないのかでまた盛り上がる。

予想通りの反応に、アリサは内心ほっと息を吐いた。この最初の摑《つか》みの流れこそ、昨日政近がアリサに授けた秘策だったのだ。

『いいか、最初はロシア語でしゃべれ。有希と綾乃が先攻になった以上、お前の順番が回ってきた時点ではかなり会場の空気を持ってかれてるはずだ。そこへ、ネイティブのロシア語で冷や水を浴びせてやれ。これは、お前の緊張緩和にも役立つはずだ。本番ではお前も相当緊張してるし、自覚がなくても校内放送で上手《うま》くしゃべれなかったトラウマが残っているかもしれない。だから、気持ちが落ち着くまでロシア語でしゃべれ。な〜に、ロシア語なら多少嚙《か》んだりトチったりしても誰にもバレんさ』

政近の言葉通りになったことに、アリサは密《ひそ》かに笑みを浮かべる。そして、一度深呼吸をしてから改めてマイクに向き直った。

「改めまして、生徒会会計の九条アリサです。来年度には、生徒会長候補として選挙戦に立候補する予定です」

しかし、深呼吸をしても、その次の言葉に繫《つな》げるのには大きな勇気が必要だった。躊躇《ためら》いはある。本当にこんなことを言っていいのかと、今でも迷っている。でも……これは、〝あいさつ〟なのだ。このアリサ・ミハイロヴナ・九条という人間を、みんなに知ってもらうためのあいさつなのだ。

なら……正直に語るしかない。虚飾やハッタリなんて上手く使いこなせない。そんな自分を、真っ直ぐに語るのだ！

自分を鼓舞し、アリサは前を向いて話し始めた。

「私は、去年この学園に転入してきたばかりで、まだ皆さんに誇れるような実績はありません。生徒会役員としての仕事もまだ始めたばかりで、会長職の大変さと重責も、完全に理解したとは言い切れません。きっと今の私には、この学園の生徒会長になるために足りないものがたくさんあるのだと思います」

反応が怖い。まだまだ不完全な自分を見せることが、どうしようもなく恐ろしい。

でも、認めてくれた。誰より頼りになる相棒が、こんな自分を見て、応援したくなると言ってくれた。その言葉を信じて、必死に言葉を紡ぐ。

「ですが、そんな私がひとつ誇れることがあるとするなら……」

そこで、アリサは自分の胸に手を当てると、観客をぐるりと見まわしてはっきりと宣言した。

「それは、私が誰よりも努力することが出来る人間だということです」

そう、これだけは言える。これだけは、絶対に嘘じゃないと断言できる。

「私は、いつだって自分が理想とする結果に向けて努力してきました。それは、私がこの学園に入学して以来、試験で学年一位をキープしていることからもご理解いただけると思います」

そこで、不意にアリサは息苦しさを覚えた。そうして初めて、自分の呼吸が酷《ひど》く浅くなっていることに気付く。しかし、今はそんなことに構っている暇はない。言葉を、途切れさせずに、真っ直ぐ伝えなければ……っ！

「更には、去年の体育祭では女子のＭＶＰ選手に選出され、学園祭ではクラスの出店が最優秀賞を受賞しました。っ、もちろん、これは、私だけの力ではありませんが」

息が、苦しい……！

脚が、震える。

耳もよく聞こえない。

いや、自分で聞くことを拒否しているのか。

「たしかに、今の私には生徒会長として、足りないもの、が……」

討論会の時に聴衆に向けられた言葉が、校内放送の時の自分が、脳裏にフラッシュバックする。ああならないように、ちゃんとしゃべらなければと思うほどに、喉が引き攣《つ》れる。

ああ、やっぱり無理だったのだ。観客の目を見て、真っ直ぐに語り掛けるなど。ずっと一人で駆けてきて、誰とも向き合ってこなかった自分には。

視界がにじむ。肺が震えて、上手く、息が吸えな──

「Не вешай нос《前を向け》!」

突如、耳に滑り込んで来たロシア語に。アリサは、急激に五感が冴《さ》え渡るのを感じた。

そして、いつの間にか自分の視線が下がっていたことを自覚する。

（なんで、ロシア語……まさか、この時のために練習したの？）

そんな思考が浮かぶと同時に、アリサは舞台袖から自分を見守る強い視線をはっきりと感じた。途端、アリサはなんだかおかしくなってしまう。相棒の過保護っぷりに、思わず笑みがこぼれてしまうくらいに。

顔を上げると、戸惑いに少しざわつく生徒達の顔が見える。声が……聞こえる。同時に、アリサは今回の目標を思い出し、前を向いて堂々と胸を張った。

「失礼しました。きっと、今の私には生徒会長として足りないものがたくさんあります。こうして、人前で話す経験もそう。一昨日の校内放送で少し失敗して、私はそのことを痛感しました」

本当は、今も。今も、パートナーの助けがなければまた失敗していたかもしれない。でも……

「ですが、私は今こうして話すことが出来ています。自分の口で、自分の言葉で。そしてこれからも、こうして自分に足りないものをひとつずつ埋めていくつもりです」

そうやって話している内に、アリサは自分の言葉がストンと自分の胸に収まるのを感じた。

Не вешай нос!

（ああ、そっか……私って、全然完璧《かんぺき》なんかじゃなかったのね……）

今までの自分は、なんて傲慢だったのだろうか。自分一人の価値観で、自分が誰よりも優れていると思い込んで、周囲の人間を見下していた。

けれど、実際には自分に出来なくて、他の人に出来ることなんてたくさんあって。それは、同年代で初めて好敵手と認識した有希や、初めて尊敬した政近だけではなく。沙也加《さやか》や、乃々亜《ののあ》や、綾乃や……他にもきっとたくさんの人が、自分よりも優れた部分を持っているのだ。

今までは、それを分かっていなかった。言葉では認めても、心では認めていなかった。でも、今……ようやく分かった。

（ここまで追い詰められて、ようやく気付くなんて……）

内心で自分自身に苦笑するが、しかしそれも自分なのだと思う。他人と関わるのが苦手で、そんな自分の短所を、プライドが高いせいでなかなか認められなくて。でも、プライドが高いからこそ必死に克服しようとする。それもまた、九条アリサという人間なのだ。

いつしか、不完全な自分を見せることに対する恐れはなくなっていた。もはや台本を意識することもなく、アリサはどこかすっきりとした表情で、真っ直ぐに観客に話し掛ける。

「私が皆さんに約束できること。それは私が、理想とする生徒会長になるために、努力し続けることです。もし来年の選挙戦までに、自分が生徒会長に相応《ふさわ》しいと確信できなければ……その時は、自ら選挙戦を辞退するつもりです」

そして、アリサはスッと頭を下げた。

「ですから、どうかこれからの私を見ていてください。そして、私に生徒会長として足りないものがあれば、遠慮なく指摘してください。その全てを糧にして、私は皆さんに望まれる生徒会長になってみせます。ご清聴、ありがとうございました」

アリサが演台を下りると、パラパラと拍手が上がる。それは決して熱烈な拍手ではなかったが……健闘を称《たた》えるような、温かい拍手だった。それにまた深々と頭を下げ、アリサは演台を後にした。

舞台袖からその様子を確認し、政近はほっと胸を撫《な》で下ろす。

（概《おおむ》ね高評価、ってところか……あれだけ向こうに空気持ってかれてたことを考えれば、上出来だな。有希とは全く別方向のあいさつをしたことが功を奏した感じか）

そんな風に冷静に分析していると、アリサが舞台袖に戻ってきた。

「お～っす、お疲れ～。いやぁよかったよ」

「……そう？」

「ああ、よくやった。かっこよかったよ」

軽く肩を叩《たた》いてアリサを労《ねぎら》い、政近は不思議そうにアリサの目を覗《のぞ》き込む。

「……なんか、すっきりした目をしてるな？」

「ええ……少し、吹っ切れたわ」

「？　そうか……っと」

アリサの言葉の意味を、政近はとっさに理解し切れなかった。しかしそのタイミングで司会が政近の名前を呼び、政近は顔を上げる。

「俺の番か……じゃ、行ってくるわ」

「ええ……頑張って」

「任せろ。そんじゃあ……」

演台に向かいつつ、政近はアリサと……その後ろの二人に向かって、ニヤリと笑った。

「ちょっと、勝ってくるわ」

政近が舞台に出て行くと、生徒達の視線が最後の役員に集まる。その中を悠々と歩き、政近は演台に立つや否や、ニヤッとした笑みで観客を見回した。

「どうも、生徒会庶務の久世政近です。来年度には、九条アリサこと、アーリャと共に会長選に立候補する予定です。そして……」

そこで溜《た》めると、政近はシュババッと無駄に腕を振り回し、スチャッとポージングを取った。左腕は胸の下に、左手で右腕の肘《ひじ》を支え、真っ直ぐに上げた右手で、瞳《ひとみ》を閉じた顔を悩ましげに覆う。なんだか眼光がキラーンと輝きそうなナルシストっぽいポーズ。事実、政近はフッとニヒルな笑みを浮かべると、スッと流し目で聴衆を見た。

「かつて、周防有希生徒会長を支えた陰の副会長とは、俺のことだ……」

たっぷりとした間と過剰気味な演出を使って行われた告白に、聴衆は……

「ぷふっ」

「……」

「ふ〜ん」

一部失笑、一部「何やってんだあいつ」、大半が「へ〜そうなんだ」という反応だった。予想通りのシラーっとした反応に、政近はぱちぱちと瞬《まばた》きをすると、不思議そうに首を傾げて言う。

「……あれ？　思ったよりスベった？」

政近の正直過ぎる感想に、失笑する人間の割合が増す。そんな中で、政近は咳払《せきばら》いをすると、気分を切り替えるように言った。

「とまあ、俺は中等部の頃は周防有希の陰で生徒会副会長をやってました。そこで、皆さん疑問に思われたと思います。『え？　じゃあお前なんで周防さんと立候補してないの？　浮気か？　浮気なのか!?』ってね」

妙にコミカルな言い方に、さざめきのように笑いが広がる。

「そこで、私は言いたい！」

そう叫びながら政近が両手をバンッと演台に叩《たた》きつけると、笑い声がしんと静まる。声を上げずに目を見開く聴衆を鋭い視線でぐるりと見回し、政近は大真面目な顔で宣言した。

「有希のことはちゃんとフった！　だから、これは浮気ではないと！」

緊迫した空気の中放たれた言葉に、一拍してドッと笑いが上がり、一部の男子から「最低かお前！」「乗り換え早過ぎ〜」等々、冗談交じりに軽い野次《やじ》が飛ぶ。それらに軽く手を上げて応《こた》えてから、政近は一転して落ち着いた声で話し始める。

「では、なぜ俺は有希をフってアーリャを推すことにしたのか……それを話す前に、ちょっと真面目な話しますけど……皆さん、生徒会長に相応しい人ってどんな人だと思います？　優秀な人？　俺は違うと思います。……ああうん、言いたいことは分かる。『それって有希のことじゃね？』だろ？　分かってるから、最後まで聞いて欲しい」

砕けたしゃべりでまた笑いを誘いつつ、観客の疑問を先回りして潰《つぶ》してから、政近は続ける。

「それじゃあ、具体的に人を惹《ひ》きつける人ってどんな人かって話になるんだが……やっぱり、素直な人だよな。他人の意見をちゃんと聞ける人。あと、努力家じゃないとダメだよな。周りの人間が、その人を見て『あいつが頑張ってるんだから、俺も頑張らないと！』って思える人だ。そして、何より……心が綺麗《きれい》な人。私欲のために他人を傷付けることを良しとせず、他人のために私欲を滅して手を差し伸べられる人だ。そういう人の周りには人が集まるし、そうやって多くの味方を作れる人が、生徒会長として相応しいと思う」

理路整然とそこまで語り、政近は少し語調を改めて問い掛けた。

「それを踏まえて……皆さん、先程のアーリャのあいさつを聞いてどう思いました？　今回のあいさつの内容に関して、ほとんど俺はノータッチだったんですが……ああ、最初のロシア語は別ですよ？　ぶっちゃけ、あれはウケを狙った俺の入れ知恵なんで」

政近のまさかの告白に、あちこちから「それ言っちゃうのかよ！」「あれお前かよ！」等々、笑い交じりの驚きの声が上がる。それに対して、政近は「ナイナイ」という風に手を横に振った。

「そりゃ、アーリャは自分であんなことやりませんって……っと、話を戻しますけど、正直、俺はアーリャのあいさつを舞台袖《そで》で聞いてて思いました。すっげぇ不器用だなぁって」

　苦笑と共に述べられた、パートナーのスピーチに対するまさかの否定的な意見に、観客は軽くざわつく。

「でも同時に、すごく真っ直ぐで正直なスピーチだなぁとも感じました。皆さんもそうだったんじゃないですか？」

　政近の問い掛けに、相当数の生徒が頷《うなず》いた。それに満足げに頷き返しつつ、政近は言う。

「アーリャは正直な人間です。自分を過度に大きく見せたり、出来もしない大言壮語をぶち上げて人気取ろうとしたりしません。努力家なのは、さっき本人も言った通り。それに、ビックリするほど素直な人間です。俺発案のアホみたいなウケ狙いの摑《つか》みを、そのまま採用するくらいにはね」

　冗談っぽくそう言ってから、政近は少し真面目な顔になって続けた。

「俺は、アーリャのそういうところに惹かれ、彼女を応援したいと思いました。俺が有希ではなく、アーリャを推すことにしたのはそれが理由です。そして、皆さんにもアーリャのことを応援してもらいたいと思っています」

そう言い、政近は観客を見回す。そして、すぐに「まあ」と声を上げた。

「そうは言っても、俺一人の意見じゃ信用できませんよね……『単純にてめぇの好みの問題だろ』って言われたら終わりですし？」

肩を竦《すく》め、「それはもっともだ」という風に頷いてから、政近は人差し指を立てた。

「それでは、ここでひとつの事実をお伝えします」

そこでもったいぶり、観客の注目を限界まで集めてから──政近は、とっておきの切り札を切る。

「アーリャが生徒会長になった暁には……谷山《たにやま》沙也加と、宮前《みやまえ》乃々亜が生徒会役員として加わります」

その、あまりにも信じがたい内容に。一拍してから、大きなどよめきが上がった。

「これに関しては、本人達から既に確約を得ています。皆さん、信じられますか？　討論会でぶつかり合った相手が、新生徒会で共に働くと言っているのです。これは、かつての俺と有希にも不可能なことでした」

困惑と疑心に揺れる生徒達を前に、政近はチラリと舞台袖の有希の方を見た。

「先程有希は、生徒会役員として長い経験を積んだ自分にしか、学園は変えられないと言いました。本当にそうでしょうか？　アーリャに加え、有希と同じだけの経験を持つこの俺と、かつて中等部生徒会長最有力候補であった谷山と宮前。このメンバーを聞いて、本当にそう思いますか？」

政近の問い掛けに、生徒達の間に「たしかに、そのメンバーなら……」という空気が生まれる。そこへ、政近は更に畳み掛けた。

「それに、有希はこうも言いました。今年は一年生の役員が少ないので出来ることが少ないと。なら、そもそもなんで一年生が少ないと厳しいのか。答えは簡単、二年生で生徒会の即戦力になれる人は、選挙戦で負けたことがきっかけで全員生徒会から離れたからです。そして、これは歴代の生徒会全てに言えます。生徒会長を目指せる優秀な人材は一組しか残らず、次代を担う一年生も、討論会でやり合っては次々抜けていく。そのせいで常に生徒会は人手不足なんです」

それは、誰もが知っている事実。しかし当たり前のこと過ぎて、特に深く考えていなかった現実だった。

「しかし、逆を言えば……二年生の役員が充実していれば、そういった一年生役員の不確定要素に左右されることなく、安定した生徒会運営が出来ると思いませんか？　そしてそれが出来るのは、アーリャを中心とした生徒会だけです。アーリャを生徒会長として、その周りを元会長副会長候補のドリームチームで固める。これが、俺が思い描く最良の生徒会です」

政近が掲げた構想に、多くの生徒が盛り上がりを見せた。元対立候補同士が手を取り合い、共に生徒会を運営する。今までなかった、そんな夢のような構想に、多くの生徒が目を輝かせた。そこへ、政近は更に追撃を加える。

「もちろん、これは有希や綾乃も例外ではありません。アーリャが生徒会長になった暁には、是非二人にも生徒会に加わってもらいたいと思っています。な～に、あれだけ学園の改革に熱意を見せていた有希のこと。仮に選挙戦で負けたとしても、喜んで学園のために力を貸してくれるはずさ！」

冗談めかした言い方で笑いを誘いながらも、政近は将来的に有希も味方にすると宣言することで、有希の支持層まで取り込んだ。そして、笑い声を上げる観客に向かって、芝居がかった仕草で一礼する。

「長くなりましたが、俺からは以上になります。今までなかった最高の生徒会を実現するためにも、どうか応援をよろしくお願いします。ご清聴、ありがとうございました」

そうして政近が演台を下りたところで、最後のサプライズが起きた。

政近が下手側に移動し始めると同時に、舞台袖からアリサが出てくる。その、背後から……なんと、沙也加と乃々亜が姿を現したのだ。

「ん？　三人……って、ええ⁉」

「え、ウソ⁉」

「おい、あれ！」

「うおっ、マジかぁ⁉」

政近の言葉を証明するその光景に、この日一番のどよめきが起きる。

そして、合流した四人が揃って頭を下げると、爆発するかのような拍手と歓声が沸き上がった。四人の間でどんなやり取りがあったのかを、生徒達は知らない。しかし、そんなことは関係ない。決して交わることがないと思われていた二組の候補が手を組んでいる。その事実だけで、声を上げるには十分だった。

「アーリャ、お前の力で勝ち取った拍手だ」

「……っ！」

頭を下げたまま、政近が隣のアリサにそう声を掛けると、アリサが息を呑《の》むのが分かった。分かった上で、政近はあえてアリサの表情を見ることはしなかった。

そして、有希と綾乃に勝るとも劣らない大きさの拍手が送られる中、四人は舞台袖に戻る。

「お〜っす、お疲れ〜」

「……お疲れ様」

「うぃ〜」

「……」

互いに互いを労《ねぎら》うが、その中で沙也加だけは複雑な表情で目を逸《そ》らした。無言で眼鏡を押し上げ、平淡な声で言う。

「……これで借りは返しました。いいですね？」

「……ええ、ありがとう。助かったわ」

素直にお礼を言って頭を下げるアリサに、沙也加は居心地悪そうに視線を彷徨《さまよ》わせる。

「この前も言いましたが……わたしは、貴方達《あなた》を応援しているわけではありません。貴方達が当選した際に生徒会に加わるという約束は守りますが、選挙戦で手を貸すのはこれっ切りです」

「分かっているわ。あなたにも応援してもらえるよう……努力するわ」

「……そうですか」

素っ気なくそう言って背を向けると、沙也加は奥の通用口へと向かった。そして、一瞬立ち止まると、肩越しにポツリと言葉をこぼす。

「……期待しています」

そう言い残して、沙也加は通用口から出て行った。口元に苦笑を浮かべながら、乃々亜もその後を追う。

「んじゃ、頑張ってね〜。アタシも二人に投票するとは断言できないけど、もしアリッサが生徒会長になったらそんときゃ協力するからさ〜」

「おう、ありがとな」

「あ、アリッサ……？」

戸惑い気味にその背を見送ってから、アリサは表情を改めて反対側の舞台袖を振り返った。そこに立つ有希に、力強い視線で語り掛ける。これが、自分が生徒会長を目指す理由だと。

（元は、私一人の目標だったかもしれない……でも、今は久世君と……谷山さんや、宮前

さんの期待も背負ってる。だから、私は負けない。もう、あなたの覚悟に気圧《けお》されたりしない）

その強い視線を受け……有希は、悠然と笑った。負けられないのはこちらも同じだと。いい覚悟だ、掛かって来いと。

数秒間に亘《わた》る二人の視線の交差は、アリサがマリヤに声を掛けられたことで途切れた。アリサがマリヤと、政近が統也と話し出す様子を眺め、有希は口元を苦笑にゆがめて呟《つぶや》く。

「やられました、ね」

勝てる勝負だった。いや、彼我の実績と知名度の差。校内放送での前哨戦《ぜんしょうせん》における圧勝があった以上、大差で勝てて当然の勝負だった。

しかし、蓋《ふた》を開けてみれば結果は引き分け。いや、拍手の量はほとんど同じでも、話題性という点においては負けているかもしれない。結果は引き分けでも、過程を考えれば完全に敗北だ。

「いっやぁ〜まさかあの二人を味方に引き込むとはね……ビックリしたよ」

感心したように言う茅咲に、有希は頷《うなず》く。

「……ええ、そうですね。これは完全に予想外でした」

そう、完全に予想外だった。そしてこれは……恐らく、有希自身が招いた事態なのだ。アリサの心を折り、流れを引き寄せるために仕掛けた校内放送でのバトル。あれが、あの二人がアリサに味方するきっかけとなってしまったのだろう。

（策を弄し過ぎて……かえってアーリャさんの清廉さが際立ってしまった、って感じか）

おまけに、あの兄を本気にさせてしまった。策士策に溺れるとはこのことか、と内心歯《は》嚙《が》みする有希に、綾乃が頭を下げてくる。

「申し訳ございません、有希様。わたくしがもう少し上手《うま》く話せていれば――」

「綾乃のせいじゃありませんよ。これは、変に策を弄した挙句、政近君の作戦を読み違えたわたくしの判断ミスです」

綾乃の言葉を遮り、有希は首を左右に振る。

そうだ。深読みし過ぎずに、堅実に後攻を選んでいればこうはならなかったはずだ。相手が消極的な引き分け狙いだと読んで……いや、それしかないと、心のどこかで高を括《くく》っていたのだ。正面から戦えば……あの兄が相手でも、負けることはないと。傲慢にもそう思い込んでいたから、兄の威嚇を虚勢と断じ、安易に圧勝を狙った。

（それも全部、お兄ちゃんの読み通りだったんだろうけど……）

あの兄は確実に、有希がどこまで読んでどう動くかも完全に読み切った上で、大袈裟《おおげさ》に威嚇してみせたのだ。あれがなかったら、きっと有希は逆に警戒していた。「おかしい、大人し過ぎる。何か企《たくら》んでいるんじゃないか？」と。

（全てにおいてお兄ちゃんが一枚上手だったってことか……あはは、やっぱりお兄ちゃんはすごいなぁ）

負けたにも拘《かか》わらず……有希の心には、不思議と清々《すがすが》しい気持ちがあった。

兄に勝ちたいと思ったのは本当。けれど、それと同時に……あの兄には、負けて欲しくないという気持ちもあったのだ。かつて自分が憧《あこが》れ、尊敬した兄は、やっぱりすごかったのだと。そう思わされたいという気持ちも、確かにあった。

（ああ、ダメだ。この考えはよくない……）

兄に勝ちたいという気持ちも、兄に負けて欲しくないという気持ちも、どちらも本当。でも、負かされたことに清々しさを感じていては、これから先も決して勝てなくなる。

だから、有希は無理矢理《むりやり》その感情を封じ込め、不敵に笑った。

「まあ、今回のところは負けを認めましょう。今回のところは、ね……」

そう呟く有希の、次は絶対に勝つという気迫に満ちた獰猛《どうもう》な笑みに、茅咲が「見てはいけないものを見た」という感じで視線を泳がせながらスーッと離れていく。

それを横目で見送ってから、綾乃がコソッと有希に話し掛けた。

「有希様」

「うん？」

「……素晴らしい、強キャラ感です」

キラキラとした目で、「わたくし、分かるようになりました！」と言わんばかりに胸の前で両手を握る綾乃に——

「いや、狙ってねーんだわ」

有希は、思わずジト目でツッコむのだった。

エピローグ　前を

「……これで、目標達成できてたらもっとかっこよかったんだけどなぁ」

「本当にね」

人気《ひとけ》のない廊下に、政近《まさちか》とアリサの声が響く。

終業式の後、二人はクラスメートを中心とした多くの生徒に、あいさつのことについて冷やかされたり称賛されたりした。それらをアリサ共々コミュ力を全開にして乗り切り、ホームルームを終えた後に生徒会での最後の打ち合わせも終えて。そうしてようやく、二人は廊下に張り出された成績優秀者発表を見に来たのだ。

一番右端に燦然《さんぜん》と輝くのは、やはりと言うべきか流石と言うべきか、アリサの名前。そして、その隣に有希《ゆき》の名前。そこからズラッと、全部で三十人分の名前が並んでいるが……そこに、政近の名前は載っていなかった。

「三十三位、か……なんとも締まらない結果だねぇ」

手元の成績表を見下ろし、政近は苦笑気味に呟く。

前回の中間テストの、二百五十四人中の二百二位を思えば大躍進だ。だが、目標とする成績優秀者上位三十人には、あと六点届かなかった。

「まあ、何もかも思い通りにはいかないってことだな」

「……なんだか、あまり悔しそうじゃないわね？」

「ん……まあ、なあ」

眉《まゆ》をひそめるアリサに、政近は中途半端に頷く。

たしかに、そこまで悔しさはなかった。それどころか、むしろ三十位以内に入れなくてよかった、という思いすらあった。

（こう言っちゃなんだけど、完全に試験勉強に集中し切れてたとは、とても言えないからな……）

政近は、試験期間中、本当に全力では試験勉強を出来ていなかったという自覚があった。途中、何度も集中力が切れて能率が下がっていたし、「もうこのくらいでいいや～」と妥協した部分もないとは言い切れない。

だから、これでよかったのだ。自分に全力を尽くしたという自負がないのに、なんとな～く目標を達成できてしまったとしたら……政近はまた、人生を舐《な》めプすることになっていただろう。

「ふっ、まあこの天才にも、限界はあったということだな……」

「自分で言う？」

無駄に前髪をサラーンとする政近に、アリサはジト目を向ける。その冷たい視線に、政近は少し真面目な顔になって肩を竦《すく》めた。

「まあ、単純に努力不足だ。ごめんな、副会長候補として恥じない結果を残せなくて」

「それは、別にいいけど……」

「いや、これは俺の反省点だ。次回はもっと……本気で努力するよ」

真剣な眼差《まなざ》しで成績優秀者の表を見つめながら、そう宣言する政近。それに対して、アリサは言葉少なに尋ねた。

「この結果に後悔は？」

「ない」

「なら、いいわ」

そう言ってくるりと踵《きびす》を返すと、アリサはそれ以上成績について掘り返すことなく、政近を促す。

「帰りましょう？　今日はいろいろあったし、少し疲れたわ」

「ああ、そうだな……」

その隣に並んで歩きながら、政近はどうしたものかと視線を巡らせた。と、言うのも……

「……なあ、アーリャ」

「なに？」

「いや、その……賭けはどうするよ？　なんでもひとつ言うこと聞かせられるっていう……」

政近の問い掛けに、アリサは一瞬足を止め……すぐ歩みを再開しながら、スイッと視線を逸らした。

「……考えておくわ」

「いや、お前なんか考えてあるって言ってなかったか？　ロシア語でなんか言ってたじゃん」

「あれは……ちょっと、テキトーに言ってみただけよ」

そうもごもごと言いながら、アリサは顔を背ける。そして、ロシア語でぶつぶつと不満げに言った。

【なによ……私は、てっきり……】

それはずいぶんと要領を得ない言葉だったが、政近はなんとなく事情を察した。

（ああ……こいつ、自分が勝つとは思ってなかったのか……）

思った以上に期待されていたのだということにこそばゆさを感じ、同時にその期待に応《こた》えられなかったことに罪悪感を覚える。

（あぁ〜っと、え〜っと……なんだ？　たしか、【名前】って言ってたか？）

気まずい思いで、政近はアリサの発言を振り返る。そして、しばし考え……ひとつの推測を立てた。

（つまり……そういうことか？　いや、でも……これ、外してたら滅茶苦茶《めちゃくちゃ》恥ずかしくないか？　超自意識過剰男じゃん……）

脳がねじれそうなほどに激しく悩み……政近は決心する。これも賭けに負けた自分への罰だと思い、恥を忍んで踏み込むことを。

「あぁ〜……アーリャ？」

「？」

「その……全校生徒へのあいさつを終え、正式に会長選のペアだと認知されたわけですし……ここは、二人の親密度をアピールするためにも、名前で呼び合うというのはいかがでしょうか……？」

謎に敬語で提案しながら、政近は羞恥《しゅうち》から脳内で七転八倒する。アリサの方を見られず、あえて真っ直ぐ前を向きながら、じっと息を潜めて返事を待つ。そうして妙に長く感じる数秒間の後、アリサの小さな声が届いた。

「……まあ、いいんじゃないかしら？」

「え、お、そう？」

「ま、まあ？」

お互いに目を合わせないまま、なんとなくわちゃわちゃする二人。しかし、アリサが「んんっ」と咳払《せきばら》いをしたことで、政近もチラリとアリサの方に目を向けた。

「えっと、それじゃあ……」

そして、アリサは横目で少し窺うようにしながら、躊躇《ためら》いがちに口を開く。

「まさちか……くん？」

「う、ん……」

その少し恥ずかしげな態度と、名前を呼ばれたという事実に、政近はどうしようもなく全身がこそばゆくなった。

「お、おう……ま、その、いいんじゃないか？」

「そ、そう？　それじゃあこれからは、そんな感じで……」

そして、同時にパッと視線を逸《そ》らしてごにょごにょと言う。なんとも言えないむずがゆい空気に、政近は近付いてきた玄関を見て無駄に声を上げた。

「あぁっと、そうだ！　靴を履き替えないとな！」

「そ、そうね」

冷静に考えれば「わざわざ言うことか？」とツッコみたくなるが、アリサは気にした様子もなく頷く。そして、上下に並んでいる靴箱に同時に手を伸ばしてしまって、またわちゃわちゃ。

なんだか実に甘酸っぱいと言うかくすぐったいと言うか爆発しろと言うかな雰囲気の中、政近とアリサは当たり障りのない話をしながら家路を辿《たど》った。その間、決して互いに目を合わせることはなく、アリサもまた、政近の名前を呼ぶことはなかった。

そうこうしている間に二人の分かれ道に到着し、なんとなく二人同時に立ち止まる。

「それじゃあ……私、こっちだから」

「おう……その、また──」

そう、何気なく言い掛けて。政近は、不意に気付いた。明日からは、夏休みだと。その〝また〟は、ずっと先の機会になると。……このままでは。

「じゃあ……」

「お、おぉ……」

互いに目を合わせないまま、アリサが横断歩道へと向かう。そして、その足が車道に出ようとした──その瞬間。

「アーリャ！」

政近は、半ば反射的にその背に呼び掛けていた。そして、アリサが振り返るのを視界の端に捉《とら》えながら、パッと顔を背ける。

「その……夏休みとはいえ、選挙戦に向けていろいろと準備がいるじゃん？　有希と綾乃《あやの》なんかは、ずっと一緒にいるわけだし……」

あらぬ方向を向いたまま、政近はしどろもどろにしゃべる。

「だから、その……俺達も夏休み中、ちょくちょく会いません、か……？」

そこまで言い切ったところで、政近の羞恥心が限界に達した。戻ってきたアリサが目の前に立つのを感じるが、とてもそちらを見ることが出来ない。叫び声を上げて逃げ出さないようにするのに精一杯だった。

「政近君」

至近距離から、アリサの呼ぶ声が聞こえる。それに、政近はそっぽを向いたまま「ん？」と返す。自分でもどうかと思う情けない対応に、アリサが少し笑みをこぼすのが分かった。

「Не падай духом!《前を向いて》」

その、ロシア語に。政近は、反射的に前を向いてしまった。すると、目の前にはアリサの無邪気な笑顔があって——

С удоволь ствием!

послесловие

あとがき

三度お会いしましたね。どうも、日本で最も三に愛されたラノベ作家、燦々SUN《サンサンサン》です。

なんのこっちゃねんと思うかもしれませんが、まあ聞いてください。奇跡的にも、私の書籍化デビュー（つまりロシデレ一巻発売日）が、角川スニーカー文庫が三十三周年を迎え、私のなろう執筆歴も三周年を迎えた令和三年の三月だったのです。更に言えば当時の私の年齢が三の三乗だったというおまけ付き。これはもう三に愛されていると言っても過言ではないでしょう。流石《さすが》は名前に〝さん〟が三つも並んでるだけのことはある。あ、ついでに言えば『このライトノベルがすごい！２０２２』（宝島社刊）のランキングではロシデレが文庫部門で九位でしたね。これも三の三倍……もっと言うとアーリャが好きな女性キャラのランキングで六位だったのでこれも三の倍数（以下略）。

まあ、そんな三に愛された私が書くロシデレの記念すべき第三巻。いやぁこれは力が入るというものです。編集さんも力が入ったのか、とんでもない方に推薦コメントをお願いしたようです。

なんと、あの超有名ラブコメ漫画家の吉河美希《よしかわみき》先生です。ビックリです。『ヤンキー君とメガネちゃん』や『山田くんと7人の魔女』の作者であり、現在は『カッコウの許嫁』で大ヒットを飛ばされてるあの吉河美希先生ですよ？　今挙げた三作、私自身全部読ませていただいてて今軽く引いてます。ちなみに、私のお気に入りはメガネちゃんこと足立花《あだちはな》さんです。全然そんな風に見えないのに、物理戦闘力高い女の子って大好き。……あれ？　特に意識してなかったけど、私のいろんな小説に登場してる最強女系一族の更科《さらしな》一族って、もしかして足立花さんの影響を受けてる……？　あれ？　そう言えば小説家になろうの方で、更科一族の教えを受けた足立姓のヒロインを書いたことあるな……？　ん？　それに戦闘力高い女の子の名前に植物名を入れるっていう謎の自分ルール……これももしかして足立花さんの影響か？　……無意識ってすごいですね。いや、かなり偶然が重なってる部分もあるとは思うんですが、人は創作において過去に見たものの影響を受けずにはいられないということの証左な気がします。まあそんなことはどうでもいいんですけども。

　とにかく、そんな私が小説を書いてもいなかった頃から第一線で活躍されてるラブコメ漫画家さんに、まさか推薦コメントを頂ける日が来るとは……これがなろうドリームか。いや、本当に驚きです。引き受けてくださった吉河美希先生と引き合わせてくださった編集さんには感謝しかありません。本当にありがとうございます。

　いや、うんまあそんなこともあってか、私も今巻は「大先生に推薦コメント頂いておいて、半端なもんを出すわけにはいかねぇ！」って感じで力が入り過ぎて、文字数が十五万字を超えてしまいました。一巻の1・5倍ですよどうかしてる。いえ、これでも多少削ったんですけどね？　削った上で十五万字超です。それでもそこまで分厚く見えないのは編集さんマジックです。その節は大変ご迷惑をお掛けしました。次巻では気を付けます。気を付けるだけかもしれませんが。

さて、そんな編集さんマジックの副作用なのか、今回はあとがきが四ページあります。ん～なんでや。流石に四ページもあると、小説の内容にも触れないわけにはいきません。一巻のあとがきでは法定速度がどうとか言っていた私ですが、前回のあとがきで早々にアクセルを踏み抜いて法定速度をぶっちしたところ、それに関して特に編集さんからお咎《とが》めがなかったのでもうこれは行けるところまで行ってしまおう。むしろ真面目に書いたら負けなんだという意気込みで臨んだのですが、よもや要求される文字数が倍増しているとは。う～む、流石にこの文字数をアクセル全開で駆け抜けるにはネタという名のガソリンが足りない……はずだったんですが、あれ？　もうページがないですね？　なんででしょうか。……吉河美希先生のところで話が長引いたせいですね。分かってますはい。

ん～それでも何か本編の内容に触れるとしたら……あ、そうだ。マーシャの担任の教師。本編では描写されてませんが、あの天然母娘《おやこ》を相手に三者面談をしたマーシャの担任教師は、たぶん地獄を見たと思います。ん、よし。触れる内容に関してはこれで十分だろう。

はい、では最後に。今回も……いや、今回は特に、本作の執筆に当たって多大なご助力をくださいました編集の宮川夏樹《みやかわなつき》様。御多忙の中、今回も神懸かったイラストを多数描いてくださったイラストレーターのももこ先生。今回もヒロインのアーリャに声を当ててくださった上坂《うえさか》すみれ様。政近《まさちか》に声を当ててくださった天﨑滉平《あまさきこうへい》様。CMでナレーションをしてくださった立木文彦《たちきふみひこ》様。ゲストイラストを描いてくださった三嶋《みしま》くろね先生と日向《ひゅうが》あずり先生。こんな新米作家に推薦コメントをプレゼントしてくださった吉河美希先生……って、こうして並べると本当にえげつないメンバーだな。今年デビューしたばかりの作家に付く布陣じゃないぞどう考えても。増え続けるチート級のパーティーメンバー、そして新米勇者は考えることをやめた……って感じだわ。

ええっと、コホン。そして最後に、本作の制作に関わった全ての方々と本作を手に取ってくださった読者の皆様に、三界《さんがい》に轟《とどろ》く感謝をお送りします。ありがとうございました！

また四巻でお会い出来ることを願っております。それでは。

「ろしでれ」
これからも盛り上げたい
です
momo

時々《ときどき》ボソッとロシア語《ご》でデレる隣《となり》のアーリャさん3

著　燦々SUN《サンサン サ ン》

角川スニーカー文庫　22931

2021年12月1日　初版発行
2023年8月25日　13版発行

発行者　山下直久

発　行　株式会社KADOKAWA
〒102-8177 東京都千代田区富士見2-13-3
電話　0570-002-301（ナビダイヤル）

印刷所　株式会社KADOKAWA
製本所　株式会社KADOKAWA

Printed in Japan　ISBN 978-4-04-111955-6　C0193

★ご意見、ご感想をお送りください★

〒102-8177 東京都千代田区富士見 2-13-3
株式会社KADOKAWA　角川スニーカー文庫編集部気付
「燦々SUN」先生
「ももこ」先生

角川文庫発刊に際して

角川源義

第二次世界大戦の敗北は、軍事力の敗北であった以上に、私たちの若い文化力の敗退であった。私たちの文化が戦争に対して如何に無力であり、単なるあだ花に過ぎなかったかを、私たちは身を以て体験し痛感した。西洋近代文化の摂取にとって、明治以後八十年の歳月は決して短かすぎたとは言えない。にもかかわらず、近代文化の伝統を確立し、自由な批判と柔軟な良識に富む文化層として自らを形成することに私たちは失敗して来た。そしてこれは、各層への文化の普及滲透を任務とする出版人の責任でもあった。

一九四五年以来、私たちは再び振出しに戻り、第一歩から踏み出すことを余儀なくされた。これは大きな不幸ではあるが、反面、これまでの混沌・未熟・歪曲の中にあった我が国の文化に秩序と確たる基礎を齎らすためには絶好の機会でもある。角川書店は、このような祖国の文化的危機にあたり、微力をも顧みず再建の礎石たるべき抱負と決意とをもって出発したが、ここに創立以来の念願を果すべく角川文庫を発刊する。これまで刊行されたあらゆる全集叢書文庫類の長所と短所とを検討し、古今東西の不朽の典籍を、良心的編集のもとに、廉価に、そして書架にふさわしい美本として、多くのひとびとに提供しようとする。しかし私たちは徒らに百科全書的な知識のジレッタントを作ることを目的とせず、あくまで祖国の文化に秩序と再建への道を示し、この文庫を角川書店の栄ある事業として、今後永久に継続発展せしめ、学芸と教養との殿堂として大成せんことを期したい。多くの読書子の愛情ある忠言と支持とによって、この希望と抱負とを完遂せしめられんことを願う。

一九四九年五月三日